Sombra e Ossos

11ª reimpressão

LEIGH BARDUGO

Sombra e Ossos

Trilogia Grisha
Vol. 1

Tradução
Eric Novello

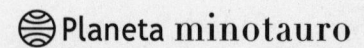

Planeta minotauro

Copyright © Leigh Bardugo, 2012
Copyright © Editora Planeta do Brasil, 2021
Todos os direitos reservados.
Título original: *Shadow and Bone*

Revisão: Opus Editorial e Audrya de Oliveira
Diagramação: Marcela Badolatto
Mapa: Keith Thompson, 2012
Capa: adaptada do projeto original de Natalie C. Sousa e Ellen Duda

CIP-BRASIL. CATALOGAÇÃO NA PUBLICAÇÃO
SINDICATO NACIONAL DOS EDITORES DE LIVROS, RJ

Bardugo, Leigh
    Sombra e ossos / Leigh Bardugo; tradução de Eric Novello. – São Paulo: Planeta, 2021.
    288 p. (Trilogia Grisha ; vol. 1)

ISBN 978-65-5535-279-5
Título original: Shadow and bone

1. Ficção norte-americana I. Título II. Novello, Eric

21-0053   CDD 813.6

Índices para catálogo sistemático:
1. Ficção norte-americana

Ao escolher este livro, você está apoiando o manejo responsável das florestas do mundo

2022
Todos os direitos desta edição reservados à
Editora Planeta do Brasil Ltda.
Rua Bela Cintra, 986, 4º andar – Consolação
São Paulo – SP – 01415-002
www.planetadelivros.com.br
faleconosco@editoraplaneta.com.br

Para meu avô:
Conte-me algumas mentiras.

★ DJERHOLM

NÃO MAR

NOVOKRIBIRSK

KRIBIRSK

OS KERVO

MAR REAL

ilustração do mapa por Keith Thompson

1
2
3
4

FJERDA

PERMAFROST

CHERNAST

TSIBEYA

PETRAZOI

RYEVOST

BALAKIREV

RAVKA

★ OS ALTA

POLIZNAYA

VY

SIKURZOI

SHU HAN

AGRADECIMENTOS

Obrigada a minha agente e campeã, Joanna Stampfel-Volpe. Sou uma pessoa de sorte por tê-la ao meu lado, bem como esse time maravilhoso da Nancy Coffey Literary: Nancy, Sara Kendall, Kathleen Ortiz, Jaqueline Murphy e Pouya Shahbazian.

Minha editora intuitiva e com olhos de águia, Noa Wheeler, que acreditou nesta história e sabia exatamente como deixá-la melhor. Muito obrigada ao excepcional pessoal da Holt Children's e Macmillan: Laura Godwin, Jean Feiwel, Rich Deas e April Ward, do design; e Karen Frangipane, Kathryn Bhirud e Lizzy Mason, de marketing e publicidade. Também gostaria de agradecer a Dan Farley e Joy Dallanegra-Sanger. Este livro não poderia ter encontrado um lar melhor.

Aos meus generosos leitores, Michelle Chihara e Josh Kamensky, que me emprestaram seu cérebro de supergênios e me encorajaram com seu entusiasmo e sua paciência inabaláveis. Obrigada também ao meu irmão Shem por sua arte e abraços a distância; a Miriam "Sis" Pastan, Heather Joy Kamensky, Peter Bibring, Tracey Taylor e aos Apocalípticos (especialmente Lynne Kelly, Gretchen McNeil e Sarah J. Maas, que fizeram minha primeira resenha); a meu amigo WOART Leslie Blanco e a Dan Moulder, que se perdeu no rio.

Eu culpo Gamynne Guillote por estimular minha megalomania e encorajar meu amor por vilões; Josh Minuto por me apresentar à fantasia épica e me fazer acreditar em heróis; e Rachel Tejada por tantos filmes assistidos depois da meia-noite. Agradeço a Hedwig Aerts, minha amiga rainha pirata, por participar de longas horas de digitação tarde da noite; a Erdene Ukhaasai, que diligentemente traduziu russo e mongol para mim no Facebook; a Morgan Fahey, pelos coquetéis e conversas deliciosas sobre a ficção; e a Dan Braun e Michael Pessah, por manterem o ritmo.

Muitos livros ajudaram a inspirar Ravka e trazê-la à vida, incluindo *Natasha's Dance: A Cultural History of Russia*, de Orlando Figes; *Land of the Firebird: The Beauty of Old Russia*, de Suzanne Massie; e *Russian Folk Belief*, de Linda J. Ivanits.

E, finalmente, muito obrigada a minha família: minha mãe, Judy, por sua fé inabalável e por ter sido a primeira da fila a pedir seu *kefta*; a meu pai, Harve, que foi meu chão, e de quem sinto falta todos os dias; e a meu avô Mel Seder, que me ensinou a amar poesia, a procurar aventuras e a como dar um soco.

OS GRISHAS

Soldados do Segundo Exército
Mestres da Pequena Ciência

CORPORALKI
(a ordem dos vivos e dos mortos)
Sangradores
Curandeiros

ETHEREALKI
(a ordem dos conjuradores)
Aeros
Infernais
Hidros

MATERIALKI
(a ordem dos fabricadores)
Durastes
Alquimistas

ANTES

OS CRIADOS OS CHAMAVAM de *malenchki*, fantasminhas, porque eles eram os menores e mais jovens, e porque assombravam a casa do Duque como fantasmas risonhos, entrando e saindo dos quartos, escondendo-se em armários para espiar, esgueirando-se pela cozinha para roubar o último dos pêssegos do verão.

O menino e a menina tinham chegado com um intervalo de semanas entre um e outro, mais dois órfãos das guerras na fronteira, refugiados de cara suja, arrancados dos escombros de cidades distantes e trazidos para a propriedade do Duque para aprender a ler e escrever, e para aprender uma profissão. O menino era baixinho e atarracado. Tímido, mas sempre sorridente. A menina era diferente e sabia disso.

Encolhida no armário da cozinha, ouvindo os adultos fofocarem, ela ouviu Ana Kuya, a governanta do Duque, dizer:

— Ela é uma coisinha feiosa. Nenhuma criança deveria ter aquela aparência. Pálida e azeda como um copo de leite que fermentou.

— E tão magra! — a cozinheira respondeu. — Nunca termina de jantar.

Agachado ao lado da menina, o menino se virou para ela e sussurrou:

— Por que você não come?

— Porque tudo o que ela faz tem gosto de lama.

— Eu acho gostoso.

— Você comeria qualquer coisa.

Eles curvaram a cabeça, encostando de novo a orelha na fresta das portas do armário. Um momento depois, o menino sussurrou:

— Eu não acho você feia.

— Shhh! — a menina chiou. Mas oculta pelas sombras densas do armário, ela sorriu.

NO VERÃO, eles aguentaram longas horas de tarefas seguidas de horas ainda mais longas de aulas em salas sufocantes. Quando o calor atingia seu pior nível, eles escapavam para as florestas para caçar ninhos de passarinhos ou nadar no riacho lamacento, ou se deitavam por horas no prado, vendo o sol passar vagaroso sobre suas cabeças, especulando onde construiriam suas fazendas leiteiras e se teriam duas ou três vacas brancas. No inverno, o Duque partiu para sua casa na cidade, em Os Alta. Conforme os dias ficaram mais curtos e mais frios, os professores foram se tornando negligentes com suas obrigações, preferindo sentar perto do fogo para jogar cartas e beber *kvas*. Entediadas e presas do lado de dentro, as crianças mais velhas distribuíam pancadas com mais frequência. Então o menino e a menina se escondiam nos quartos abandonados da propriedade, atuando para os ratos e tentando se manter aquecidos.

No dia em que os Examinadores Grishas vieram, o menino e a menina estavam empoleirados no batente da janela de um quarto empoeirado no andar de cima, na esperança de ver a carruagem de correspondências. Em vez disso, viram um trenó, uma troica puxada por três cavalos negros, entrar na propriedade passando pelos portões de pedra branca. Eles acompanharam seu progresso silencioso pela neve até a porta da frente da casa do Duque.

Três silhuetas surgiram vestindo chapéus de pele elegantes e *keftas* de lã pesados: um carmesim, um azul bem escuro e o outro roxo vibrante.

— Grishas! — a menina sussurrou.

— Rápido! — disse o menino.

Em um instante, eles tiraram os sapatos e dispararam silenciosamente pelo corredor, deslizando pela sala de música vazia e se lançando atrás de uma coluna na galeria que dava para a sala de estar onde Ana Kuya gostava de receber as visitas.

Ana Kuya já estava lá, parecendo um passarinho em seu vestido preto, servindo chá do samovar, seu chaveiro enorme tilintando na cintura.

— Então este ano só há esses dois? — uma mulher disse em voz baixa.

Eles olharam através da grade da varanda para a sala no andar de baixo. Dois dos Grishas se sentavam perto da lareira: um belo homem de azul e uma mulher de roupa vermelha, com um ar altivo e refinado.

O terceiro Grisha, um jovem loiro, caminhava lentamente pelo cômodo, esticando as pernas.

— Sim — confirmou Ana Kuya. — Um menino e uma menina, os mais jovens aqui já faz um tempo. Imaginamos que ambos tenham perto de oito anos.

— Imaginam? — perguntou o homem de azul.

— Quando os pais estão mortos...

— Nós entendemos — disse a mulher. — Somos, é claro, grandes admiradores da sua instituição. Só gostaríamos que mais nobres prestassem atenção às pessoas comuns.

— Nosso Duque é um grande homem — disse Ana Kuya.

No alto da varanda, o menino e a menina assentiram discretamente um para o outro. Seu benfeitor, o Duque Keramsov, era um grande herói de guerra e um amigo do povo. Ao voltar do front de batalha, transformara sua propriedade em um orfanato e uma casa para viúvas de guerra. Eles eram orientados a rezar por ele todas as noites.

— E como elas são, essas crianças? — perguntou a mulher.

— A menina tem algum talento para desenhar. O menino é mais para tarefas domésticas, no pasto e com madeira.

— Mas como elas *são*? — repetiu a mulher.

Ana Kuya enrugou os lábios murchos.

— Como elas são? São desobedientes, do contra, ligadas demais uma à outra. Elas...

— Estão ouvindo cada palavra do que dizemos — disse o jovem de roxo.

O menino e a menina pularam, surpresos. Ele estava olhando diretamente para o esconderijo deles. Eles se encolheram atrás da coluna, mas era tarde demais.

A voz de Ana Kuya estalou como um chicote.

— Alina Starkov! Malyen Oretsev! Desçam aqui de uma vez!

Relutantes, Alina e Maly desceram pela estreita escada em espiral no fim da galeria. Quando chegaram ao pé da escada, a mulher de vermelho se levantou e indicou com um gesto que se aproximassem.

— Vocês sabem quem nós somos? — ela perguntou. Seu cabelo era cinza metálico. Seu rosto enrugado, mas bonito.

— Vocês são bruxos! — Maly deixou escapar.

— Bruxos? — ela resmungou e se virou para Ana Kuya. — É isso que vocês ensinam nesta escola? Superstições e mentiras?

Ana Kuya enrubesceu de vergonha. A mulher de vermelho se virou para Maly e Alina, seus olhos escuros luzindo.

— Não somos bruxos. Somos praticantes da Pequena Ciência. Mantemos este país e este reino em segurança.

— Assim como o Primeiro Exército — disse calmamente Ana Kuya, um tom inequívoco de rispidez em sua voz.

A mulher de vermelho enrijeceu, mas, após um momento, respondeu:

— Assim como o Exército do Rei.

O jovem de roxo sorriu e se ajoelhou diante das crianças. Ele disse gentilmente: — Quando as folhas mudam de cor, vocês chamam isso de mágica? E quando você corta a mão e ela se cura? E quando você coloca uma caçamba de água no fogo e ela ferve, isso é mágica também?

Maly balançou a cabeça, os olhos arregalados.

Mas Alina franziu a testa:

— Qualquer um pode ferver água.

Ana Kuya suspirou, exasperada, mas a mulher de vermelho riu.

— Você tem toda razão. Qualquer pessoa pode ferver água. Mas nem todo mundo pode dominar a Pequena Ciência. É por isso que viemos testá-los. — Ela se virou para Ana Kuya. — Deixe-nos agora.

— Espere! — gritou Maly. — O que acontece se formos Grishas? O que acontece conosco?

A mulher de vermelho os olhou de cima a baixo.

— Se, por uma pequena chance, *um* de vocês for Grisha, então essa criança sortuda irá para uma escola especial onde os Grishas aprendem a usar seus talentos.

— Vocês terão as melhores roupas, os mais refinados alimentos, o que o coração de vocês desejar — disse o homem de roxo. — Vocês gostariam disso?

— Esse é o modo mais nobre de servir ao seu Rei — disse Ana Kuya, ainda pairando pela porta.

— Uma total verdade — concordou a mulher de vermelho, satisfeita e querendo selar a paz.

O menino e a menina olharam um para o outro. Como os adultos não estavam prestando muita atenção, não viram a menina apertar a mão do menino nem o olhar trocado entre eles. O Duque teria reconhecido aquele olhar. Ele havia passado longos anos nas fronteiras devastadas do norte, onde as aldeias estavam constantemente sob cerco e os camponeses lutavam em suas batalhas com pouca ajuda do Rei ou de qualquer outra pessoa. Ele tinha visto uma mulher, descalça e inabalável em sua porta, encarar uma fileira de baionetas. Ele conhecia o olhar de um homem defendendo o seu lar apenas com uma pedra nas mãos.

Capítulo 1

PARADA À BEIRA de uma estrada movimentada, olhei para baixo, na direção dos campos extensos e fazendas abandonadas do Vale de Tula, e tive meu primeiro vislumbre da Dobra das Sombras. Meu regimento estava a duas semanas de marcha do acampamento militar em Poliznaya e o sol do outono pairava quente sobre nossas cabeças, mas eu tremia no meu casaco enquanto olhava para o nevoeiro que se estendia como uma mancha suja no horizonte.

Um ombro pesado me golpeou pelas costas. Eu cambaleei e quase caí de cara na estrada lamacenta.

— Ei! — gritou o soldado. — Preste atenção!

— Por que não presta atenção nos seus pés gorduchos? — rebati e tive alguma satisfação com a surpresa que sua cara redonda demonstrou. Pessoas, particularmente homens grandes carregando rifles, não esperam discutir com uma coisinha esquelética como eu. Elas sempre parecem meio desorientadas quando isso acontece.

O soldado superou a novidade com rapidez e me deu uma olhada carrancuda enquanto ajustava a mochila nas costas. Depois, desapareceu no fluxo da caravana de cavalos, homens, carros e vagões sobre a crista da colina e rumo ao vale abaixo.

Apertei o passo, tentando acompanhar a multidão. Tinha perdido de vista havia horas a bandeira amarela do carro dos inspetores e sabia que estava muito para trás.

Enquanto caminhava, respirei os aromas verdes e dourados de madeira do outono, a brisa suave às minhas costas. Nós estávamos no Vy, a estrada extensa que antigamente ia de Os Alta até as ricas cidades portuárias na costa oeste de Ravka. Mas isso foi antes da Dobra das Sombras.

Em algum lugar da multidão, alguém estava cantando. *Cantando? Que idiota cantaria em seu caminho para a Dobra?* Olhei de novo para a mancha no horizonte e tive que reprimir um arrepio. Eu já tinha visto a Dobra das Sombras em muitos mapas, um corte negro que separara Ravka de sua única área costeira e a deixara isolada do mar. Às vezes, ela era mostrada como uma mancha; outras, como uma nuvem sombria e disforme. E também havia os mapas que mostravam a Dobra das Sombras apenas como um lago comprido e estreito e o chamavam por seu outro nome, "o Não Mar", um nome com o objetivo de tranquilizar soldados e comerciantes e de encorajar travessias.

Eu bufei. Aquilo poderia enganar algum mercador barrigudo, mas não me confortava nem um pouco.

Parei de dar atenção à névoa sinistra pairando ao longe e olhei para as fazendas arruinadas de Tula. O vale já tinha sido o lar de algumas das propriedades mais ricas de Ravka. No passado, um lugar onde os fazendeiros cuidavam de plantações, e ovelhas pastavam nos campos verdejantes. Mais tarde, um talho escuro aparecera na paisagem, uma faixa de escuridão quase impenetrável que crescera com o passar dos anos e se enchera de horrores. Onde os fazendeiros, seus rebanhos, suas plantações, seus lares e famílias tinham ido parar, ninguém sabia.

Pare com isso, disse para mim mesma. *Você só está piorando as coisas. Pessoas têm cruzado a Dobra há anos... Geralmente com baixas em massa, mas mesmo assim.* Respirei profundamente para me acalmar.

— Nada de desmaiar no meio da estrada — disse uma voz próxima ao meu ouvido, enquanto um braço pesado pousava sobre meus ombros e me dava um apertão. Eu olhei para cima para ver o rosto familiar de Maly, um sorriso em seus olhos azuis brilhantes, enquanto ele passava a andar ao meu lado. — Vamos lá — disse ele. — Um pé depois do outro. Você sabe como é.

— Você está interferindo no meu plano.

— Ah é?

— Sim. Desmaiar, ser atropelada e ficar com machucados graves por todo o corpo.

— Parece um plano brilhante.

— Ah, mas se eu ficar terrivelmente desfigurada, não serei capaz de atravessar a Dobra.

Maly assentiu devagar.

— Entendi. Eu posso empurrá-la embaixo de uma carroça, se for ajudar.

— Vou pensar no assunto — resmunguei, mas senti o meu humor melhorar. Apesar dos meus melhores esforços, Maly ainda tinha aquele efeito sobre mim. E eu não era a única. Uma menina loira e bonita passou pela gente e acenou, lançando um olhar de flerte por cima do ombro para Maly.

— E aí, Ruby — ele chamou. — Vejo você mais tarde?

Ruby deu uma risadinha e correu para o meio da multidão. Maly abriu um largo sorriso até me perceber revirando os olhos.

— O que foi? Achei que você gostasse da Ruby.

— Na verdade, não temos muito sobre o que conversar — respondi secamente. Eu realmente gostava de Ruby… No início. Quando Maly e eu deixamos o orfanato em Keramzin para treinar no serviço militar, na Poliznaya, eu estava nervosa quanto a conhecer novas pessoas. Mas muitas meninas tinham se mostrado animadas para se tornar minhas amigas, e Ruby estava entre as mais ansiosas.

Essas amizades duraram até eu perceber que o único interesse delas em mim era a minha proximidade com Maly.

Agora eu o via alongar os braços de modo expansivo e virar o rosto para o céu de outono, parecendo perfeitamente feliz. Tinha dado até um pequeno salto ao andar, notei com certo desgosto.

— O que há de errado com você? — sussurrei furiosamente.

— Nada — disse ele, surpreso. — Eu me sinto ótimo.

— Mas como você pode ser tão… confiante?

— Confiante? Eu nunca fui confiante. E espero nunca ser.

— Bem, então o que significa tudo isso? — perguntei, balançando a mão para ele. — Parece que você está indo para um jantar muito bom em vez de uma possível morte e desmembramento.

Maly riu.

— Você se preocupa demais. O Rei enviou um grupo inteiro de Grishas pirotécnicos para proteger os esquifes e até alguns daqueles Sangradores assustadores. Nós temos os nossos rifles — disse ele, batendo naquele em suas costas. — Ficaremos bem.

— Um rifle não fará muita diferença se houver um ataque mais pesado.

Maly me olhou de um jeito preocupado.

— O que está acontecendo com você? Está mais mal-humorada do que de costume. E sua aparência está péssima.

— Obrigada — eu me queixei. — Não tenho dormido muito bem.

— E qual é a novidade?

Ele estava certo, é claro. Eu nunca tinha dormido bem. Mas a situação tinha ficado ainda pior nos últimos dias. Os Santos sabiam que eu tinha um monte de boas razões para temer a ida à Dobra, razões que eu compartilhava com cada membro de nosso regimento azarado o suficiente para ser escolhido para a travessia. Mas havia algo mais, um sentimento profundo de mal-estar que eu não saberia nomear.

Eu olhei para Maly. Houve uma época em que poderia contar tudo a ele.

— Eu só... estou com um pressentimento.

— Pare de se preocupar tanto. Talvez eles coloquem o Mikhael no esquife. O volcra dará uma olhada naquela barriga grande e suculenta dele e nos deixará em paz.

Uma lembrança me veio de modo espontâneo: Maly e eu sentados lado a lado em uma cadeira na biblioteca do Duque, folheando as páginas de um livro grande com capa de couro. Nós topamos com uma ilustração de um volcra: garras enormes e imundas, asas coriáceas e fileiras de dentes afiados para se banquetear em carne humana. Eles eram cegos devido a gerações vivendo e caçando na Dobra, mas a lenda dizia que podiam sentir o cheiro de sangue humano a quilômetros de distância. Eu havia apontado para a página e perguntado: "O que ele está segurando?".

Eu ainda podia ouvir Maly sussurrar no meu ouvido. "Eu acho... acho que é um pé." Nós fechamos o livro com uma batida e corremos gritando para o lado ele fora, na segurança da luz do sol.

Sem perceber, eu tinha parado de andar e congelado no lugar, incapaz de sacudir a lembrança da minha mente. Quando Maly percebeu que eu não estava com ele, deu um grande suspiro de enfado e marchou de volta até mim. Ele repousou as mãos nos meus ombros e me sacudiu de leve.

— Eu estava brincando. Ninguém vai comer o Mikhael.

— Eu sei — eu disse, olhando para os meus pés. — Você é hilário.

— Alina, sai dessa, nós vamos ficar bem.

— Você não tem como saber disso.

— Olhe para mim. — Eu me obriguei a erguer os olhos na direção dos dele. — Eu sei que você está assustada. Também estou. Mas nós vamos fazer isso e vamos ficar bem. Sempre ficamos. Certo? — Ele sorriu e meu coração bateu muito alto no meu peito.

Esfreguei meu polegar sobre a cicatriz que corria pela palma da minha mão direita e dei um suspiro inseguro.

— Certo — disse a contragosto e até me peguei sorrindo de volta.

— O espírito da senhorita foi restaurado! — Maly gritou. — O sol pode brilhar outra vez!

— Afe, você vai calar a boca?

Eu me virei para dar um soco nele, mas antes que conseguisse, ele me agarrou e me ergueu. Um estrépito de cascos e gritos cortou o ar. Maly me puxou para a lateral da estrada, no mesmo instante em que uma enorme carruagem negra passou rangendo, dispersando as pessoas diante dela, que corriam para desviar dos cascos de quatro cavalos negros. Ao lado do condutor que empunhava o chicote, estavam dois soldados de casacos cinzentos.

O Darkling. Não havia como confundir sua carruagem negra nem o uniforme de sua guarda pessoal.

Outra carruagem, essa laqueada de vermelho, passou retumbante por nós, em um ritmo mais lento.

Eu olhei para Maly, meu coração acelerado por causa do quase acidente.

— Obrigada — sussurrei. Maly pareceu perceber de repente que seus braços estavam ao meu redor. Ele me soltou e, rapidamente, deu um passo para trás. Eu limpei o pó do meu casaco, na esperança de que ele não notasse que minhas bochechas estavam vermelhas.

Uma terceira carruagem passou por nós, laqueada de azul, e uma menina se inclinou pela janela. Seus cabelos eram negros e cacheados, e ela vestia um chapéu de raposa cinzenta. Ela analisou a multidão que a olhava e, de modo previsível, deteve-se em Maly.

Você estava sonhando acordada com ele agora pouco, me repreendi. *Por que uma Grisha maravilhosa dessas não faria o mesmo?*

Os lábios dela se curvaram em um pequeno sorriso quando encontrou os olhos de Maly. Ela continuou a observá-lo por sobre os ombros até a carruagem sumir de vista. Maly arregalou os olhos com uma cara idiota por causa dela, sua boca ligeiramente aberta.

— Feche a boca antes que algo entre voando — disparei.

Maly piscou, ainda embasbacado.

— Você viu aquilo? — ouvi uma voz gritando. Eu me virei e avistei Mikhael trotando em nossa direção, uma expressão quase cômica de reverência. Mikhael era um ruivo enorme, com um rosto largo e um pescoço mais largo ainda. Atrás dele, Dubrov, um magrelo de cabelos escuros, corria para nos alcançar. Ambos eram rastreadores na unidade de Maly e nunca se distanciavam dele.

— Claro que vi — disse Maly, sua expressão entorpecida evaporando em um sorriso arrogante. Eu revirei os olhos.

— Ela olhou diretamente para você! — Mikhael gritou, dando um tapinha nas costas de Maly.

Maly sacudiu os ombros, incerto, mas seu sorriso aumentou.

— Sim, ela olhou — disse ele presunçoso.

Dubrov se remexeu nervosamente.

— Eles dizem que meninas Grisha podem enfeitiçar você. — Eu bufei. Mikhael olhou para mim como se nem tivesse notado a minha presença.

— E aí, Graveto — ele falou e me deu um soco fraquinho no braço. Eu fiz uma careta ao ouvir o apelido, mas ele já tinha se virado de volta para Maly. — Você sabe que ela vai ficar no acampamento — disse ele, com um olhar malicioso.

— Ouvi dizer que a tenda dos Grishas é grande como uma catedral — Dubrov completou.

— Com um monte de cantinhos escuros — disse Mikhael, mexendo as sobrancelhas para valer.

Maly gritou em comemoração. Sem me olhar uma segunda vez, os três se afastaram rapidamente, gritando e empurrando uns aos outros.

— Foi bom ver vocês, rapazes — murmurei sob a respiração. Reajustei a alça da mochila pendurada em meus ombros e voltei a descer a trilha, juntando-me aos últimos retardatários na colina e em Kribirsk. Não fiz questão de correr. Provavelmente me dariam uma bronca quando enfim chegasse à Tenda dos Documentos, mas eu não podia fazer nada a respeito.

Esfreguei o braço onde Mikhael tinha me acertado um soco. *Graveto*. Eu odiava aquele nome. *Você não me chama de Graveto quando está bêbado de* kvas, *tentando colocar suas patas em mim na fogueira da primavera, seu imbecil miserável*, pensei de modo rancoroso.

Não havia muito para se olhar em Kribirsk. De acordo com o Cartógrafo Sênior, o local tinha sido uma cidade comercial sossegada nos dias antes da Dobra das Sombras, pouco mais do que uma praça central empoeirada e uma pousada para viajantes cansados a caminho do Vy. Mas agora tinha se tornado uma espécie de cidade portuária desmantelada, crescendo em torno de um acampamento militar permanente e das docas secas onde os esquifes terrestres esperavam para levar os passageiros através da escuridão até Ravka Oeste. Eu passei por tavernas, por pubs e pelo que, eu tinha razoável certeza, eram bordéis destinados a atender às tropas do Exército do Rei. Havia lojas vendendo rifles e bestas, lamparinas e tochas e todo tipo de equipamento necessário para uma viagem pela Dobra. A pequena igreja com paredes caiadas e cúpulas reluzentes e em forma de cebola estava surpreendentemente bem cuidada. *Ou talvez não fosse uma grande surpresa*, considerei. Qualquer um que pretendesse viajar pela Dobra das Sombras seria esperto de parar e rezar.

Fui até o local onde os inspetores estavam alojados, depositei a minha mochila em uma cama de lona e corri até a Tenda dos Documentos. Para meu alívio, o Cartógrafo Sênior não estava em nenhum lugar à vista, e eu consegui deslizar para dentro sem ser notada.

Ao entrar na tenda de lona branca, me senti relaxar pela primeira vez desde que avistara a Dobra. A Tenda dos Documentos era essencialmente a mesma em cada campo que eu tinha visto, cheia de luz brilhante e fileiras de mesas de desenhos nas quais os artistas e inspetores se debruçavam sobre seus trabalhos. Após o barulho e o empurra-empurra da viagem, havia algo de tranquilizador nos estalidos do papel, no cheiro da tinta e no arranhar macio dos bicos de pena e pincéis.

Tirei meu caderno de desenho do bolso do casaco e deslizei para uma bancada de trabalho ao lado de Alexei, que se virou para mim e sussurrou irritado:

— Onde você esteve?

— Quase sendo atropelada pela carruagem do Darkling — respondi, pegando uma folha de papel em branco e folheando meus rascunhos para tentar encontrar um adequado para copiar. Alexei e eu éramos assistentes juniores de cartógrafo e, como parte de nosso treinamento, tínhamos que enviar dois croquis terminados ou duas reproduções ao final de cada dia.

Alexei puxou o ar num susto.

— Sério? Você o viu de verdade?

— Na *verdade*, eu estava ocupada demais tentando não morrer.

— Existem maneiras piores de partir. — A atenção dele se voltou para o desenho de um vale rochoso que eu estava prestes a começar a copiar. — Ugh. Esse não. — Ele folheou o meu caderno, parou em uma elevação de uma serra e a apontou com o dedo. — Este aqui.

Eu mal tive tempo de colocar a caneta no papel antes de o Cartógrafo Sênior entrar na tenda e descer pelo corredor, espiando o nosso trabalho enquanto passava.

— Espero que esse seja o segundo desenho que você está começando, Alina Starkov.

— É sim — menti. — Sem dúvida.

Assim que o Cartógrafo passou, Alexei sussurrou:

— Me conte sobre a carruagem.

— Eu tenho que terminar os meus desenhos.

— Aqui — disse ele, exaltado, deslizando um de seus desenhos para mim.

— Ele vai saber que o trabalho é seu.

— Não é tão bom. Você deve conseguir passá-lo como um dos seus.

— Agora sim. Esse é o Alexei que eu conheço e aguento — resmunguei, mas não devolvi o desenho. Alexei era um dos assistentes mais talentosos e sabia disso.

Ele extraiu cada mínimo detalhe de mim sobre as três carruagens Grishas. Eu estava agradecida pelo desenho, então fiz o meu melhor para satisfazer a curiosidade dele enquanto terminava minha elevação da serra e trabalhava em medidas de polegar de alguns dos picos mais altos.

Quando terminamos, a noite estava caindo. Nós entregamos nosso trabalho e caminhamos até a tenda da bagunça, onde ficamos na fila para pegar um guisado amarronzado distribuído por um cozinheiro suado. Depois, nos sentamos junto de alguns dos outros inspetores.

Eu passei a refeição em silêncio, ouvindo Alexei e os outros trocarem fofoca de acampamento e conversarem ansiosos sobre a travessia do dia seguinte. Alexei insistiu para eu recontar a história das carruagens Grishas, o que gerou a mistura usual de fascínio e medo que acompanhava qualquer menção ao Darkling.

— Ele não é humano — disse Eva, outra assistente. Ela tinha belos olhos verdes que pouco ajudavam a desviar a atenção de seu nariz de porco. — Nenhum deles é.

Alexei fungou. — Por favor, nos poupe de sua superstição, Eva.

— Foi um Darkling que fez a Dobra das Sombras, para começo de conversa.

— Isso foi há centenas de anos! — Alexei protestou. — E aquele Darkling era completamente louco.

— E esse é tão ruim quanto.

— Camponesa — disse Alexei e acenou fazendo pouco caso. Eva o olhou ofendida e se virou de costas em acinte para falar com os amigos dela.

Eu permaneci quieta. Eu era mais camponesa do que Eva, apesar de suas superstições. Só podia ler e escrever graças à caridade do Duque, mas, por um acordo silencioso, Maly e eu evitávamos mencionar o Keramzin.

Como se esperasse a deixa, uma explosão de risadas roucas me arrancou de meus pensamentos. Eu olhei por sobre o ombro. Maly estava comandando um tribunal em uma mesa agitada de rastreadores.

Alexei seguiu o meu olhar.

— Como vocês se tornaram amigos, aliás?

— Nós crescemos juntos.

— Vocês não parecem ter muito em comum.

Eu dei de ombros.

— Acho que é fácil ter muito em comum com alguém quando se é criança. — Como solidão, as lembranças dos parentes que deveríamos esquecer, e o prazer de fugir das tarefas para brincar de pique em nosso campo.

Alexei me encarou com tanto ceticismo que eu tive que rir.

— Ele nem sempre foi o Incrível Maly, rastreador especialista e sedutor de meninas Grishas.

Alexei ficou boquiaberto.

— Ele seduziu uma garota Grisha?

— Ainda não, mas tenho certeza de que irá — balbuciei.

— Então, como ele era?

— Ele era baixinho e atarracado e tinha medo de banho — eu disse com alguma satisfação.

Alexei olhou para Maly.

— Pelo visto, as coisas mudam.

Eu esfreguei meu polegar na cicatriz em minha palma.

— Acho que sim.

Nós limpamos nossos pratos e saímos da tenda da bagunça para a noite fria. No caminho de volta para o quartel, tomamos um desvio para poder passear pelo acampamento Grisha. O pavilhão Grisha realmente tinha o tamanho de uma catedral, coberto de seda negra, com seus estandartes azuis, vermelhos e roxos voando lá no alto. Escondidas em algum lugar atrás dele ficavam as tendas do Darkling, protegidas pelos Corporalki Sangradores e pela guarda pessoal dele.

Quando Alexei se deu por satisfeito, nós tomamos o caminho de volta para nosso alojamento. Ele ficou calado e começou a estalar os dedos, e eu sabia que ambos pensávamos sobre a travessia da manhã seguinte. A julgar pelo clima sombrio no quartel, não estávamos sós. Algumas pessoas já estavam em suas camas, dormindo – ou tentando dormir – enquanto outras se amontoavam perto das lamparinas, conversando baixo. Algumas se sentaram segurando seus ídolos, rezando para seus Santos.

Eu estendi o meu saco de dormir em uma cama estreita, tirei as botas e pendurei o casaco. Então, me revirei embaixo das cobertas forradas com pele e olhei para o teto, esperando o sono. Fiquei daquela maneira por um longo tempo, até as luzes de todas as lamparinas terem se extinguido e os sons de conversas terem dado lugar a roncos suaves e ao ruído dos corpos.

De manhã, se tudo saísse conforme planejado, passaríamos com segurança por Ravka Oeste, e eu teria meu primeiro vislumbre do Mar Real. Lá, Maly e os outros rastreadores iriam caçar lobos vermelhos, raposas marinhas e outras criaturas cobiçadas que só podiam ser achadas a oeste. Eu permaneceria com os cartógrafos em Os Kervo para terminar meu treinamento e ajudar a desenhar qualquer informação que conseguíssemos juntar na Dobra. E, então, é claro, teria que cruzar a Dobra novamente para voltar para casa, mas era difícil pensar sobre algo tão lá na frente.

Eu ainda estava completamente desperta quando o ouvi. *Tap, tap.* Pausa. *Tap.* Então de novo: *Tap, tap.* Pausa. *Tap.*

— O que está havendo? — Alexei murmurou sonolento da cama mais próxima à minha.

— Nada — sussurrei, já saindo do meu saco de dormir e enfiando os pés nas botas.

Peguei meu casaco e me arrastei para fora do quartel tão silenciosamente quanto pude. Enquanto abria a porta, ouvi uma risadinha, e uma voz feminina falou de algum lugar do quarto escuro:

— Se for aquele rastreador, diga a ele para entrar e me aquecer.

— Se ele quiser pegar *tsifil*, tenho certeza de que você será sua primeira parada — respondi docemente e escapei para a noite.

O ar frio pinicou minhas bochechas e enterrei meu queixo na gola, desejando ter tido tempo de pegar meu lenço e minhas luvas. Maly estava sentado nos degraus frágeis, de costas para mim. Atrás dele, eu podia ver Mikhael e Dubrov passando uma garrafa de um lado para outro, sob as luzes brilhantes da trilha.

Eu fechei a cara.

— Por favor, não me diga que você só me acordou para avisar que irá à tenda Grisha. O que você quer, um conselho?

— Você não estava dormindo. Estava deitada olhando o teto, se preocupando.

— Errado. Eu estava planejando como me esgueirar para dentro do pavilhão Grisha e conseguir um lindo Corporalnik para mim.

Maly riu. Eu hesitei na porta. Essa era a parte mais difícil de estar perto dele, sem contar o modo como ele fazia o meu coração dar piruetas desajeitadas. Eu odiava esconder quanto as coisas estúpidas que ele fazia me magoavam, mas odiava ainda mais a ideia de que ele descobrisse. Pensei em simplesmente me virar e voltar para dentro. Em vez disso, engoli meu ciúme e me sentei ao lado dele.

— Espero que tenha me trazido algo legal — eu disse. — Os Segredos de Sedução da Alina não saem barato.

Ele sorriu.

— Pode botar na minha conta?

— Suponho que sim.

— Mas só porque eu sei que você é boa nisso.

Eu espiei na escuridão e vi Dubrov tomar um gole da garrafa e então guinar para a frente. Mikhael esticou os braços para firmá-lo, e os sons de sua risada flutuaram até nós no ar noturno.

Maly balançou a cabeça e riu.

— Ele sempre tenta acompanhar Mikhael. Provavelmente terminará vomitando nas minhas botas.

— Bem feito — disse eu. — Então, o que você está fazendo aqui? — Quando começamos nosso serviço militar um ano atrás, Maly me visitava quase toda noite. Mas ele não aparecia havia meses.

Ele deu de ombros.

— Não sei. Você parecia tão infeliz no jantar.

Eu fiquei surpresa de ele ter notado.

— Apenas pensando sobre a travessia — disse com cuidado. Não era exatamente uma mentira. Eu estava apavorada de entrar na Dobra, e Maly definitivamente não precisava saber que Alexei e eu tínhamos falado sobre ele. — Mas me sinto tocada pela sua preocupação.

— Ei — ele disse com um sorriso largo —, eu me preocupo.

— Se você tiver sorte, um volcra me comerá amanhã no café e você não terá mais que se lamuriar.

— Você sabe que eu ficaria perdido sem você.

— Você nunca esteve perdido em sua vida — zombei. Eu era a cartógrafa, mas Maly podia encontrar o norte verdadeiro de olhos vendados e plantando bananeira.

Ele bateu o ombro dele contra o meu.

— Você sabe o que quero dizer.

— Sim — eu disse. Mas não sabia. Não de verdade.

Nós nos sentamos em silêncio, vendo nossa respiração fazer vapor no ar frio.

Maly estudou suas botas e disse:

— Acho que estou nervoso também.

Eu o cutuquei com o cotovelo e disse com uma confiança que não sentia:

— Se pudemos encarar Ana Kuya, podemos lidar com alguns volcras.

— Se eu me lembro bem, a última vez que cruzamos com Ana Kuya, você tomou uma bofetada nas orelhas e nós dois terminamos trabalhando nos estábulos.

Eu me retraí.

— Estou tentando ser reconfortante. Você podia pelo menos fingir que estou tendo sucesso.

— Sabe o que é engraçado? — ele perguntou. — Às vezes eu sinto falta dela, na verdade.

Eu fiz o meu melhor para esconder o assombro. Nós tínhamos passado mais de dez anos de nossas vidas em Keramzin, mas geralmente eu tinha a impressão de que Maly queria esquecer tudo sobre o lugar, talvez até mesmo a mim. Lá ele tinha sido outro refugiado, outro órfão feito para se sentir grato por cada bocado de comida, cada par de botas usado. No exército, ele tinha conquistado um verdadeiro lugar para si, onde ninguém precisava saber que um dia fora um garotinho indesejado.

— Eu também — admiti. — Poderíamos escrever para ela.

— Talvez — disse Maly.

De repente, ele esticou a mão e segurou a minha. Eu tentei ignorar o pequeno choque que passou por mim.

— A esta hora, amanhã, estaremos sentados no porto de Os Kervo, olhando para o oceano e bebendo *kvas*.

Olhei para Dubrov acenando para a frente e para trás e sorrindo.

— Dubrov está acreditando?

— Apenas você e eu — disse Maly.

— Sério?

— É sempre apenas você e eu, Alina.

Por um momento, aquilo pareceu verdade. O mundo era aquele degrau, aquele círculo de luz da lamparina, nós dois suspensos na escuridão.

— Venha! — Mikhael esbravejou da trilha. Maly se moveu de repente como um homem acordando de um sonho. Ele apertou minha mão uma última vez antes de soltá-la. — Tenho que ir — disse ele, o sorriso insolente retornando. — Tente dormir um pouco.

Ele pulou sutilmente dos degraus e correu para se juntar aos amigos.

— Deseje-me sorte! — gritou por sobre o ombro.

— Boa sorte — eu disse automaticamente, e então quis me chutar. *Boa sorte? Tenha um encontro adorável, Maly. Espero que você encontre uma linda Grisha, se apaixone profundamente por ela e que vocês façam um monte de bebês maravilhosos e entediantemente talentosos.*

Continuei sentada nos degraus, congelada, vendo-os desaparecer pela trilha, ainda sentindo o calor da pressão da mão de Maly na minha. *Ai, ai*, pensei enquanto ficava de pé. *Talvez ele caia em uma vala no seu caminho até lá.*

Eu me esgueirei de volta para os alojamentos, fechei a porta com força atrás de mim e me aconcheguei grata no meu saco de dormir. Será que aquela garota Grisha de cabelo preto tinha saído do pavilhão para encontrar Maly? Afastei o pensamento. Aquilo não era da minha conta, e, na verdade, eu não queria saber. Maly nunca havia olhado para mim do jeito que olhara para aquela menina ou até do modo que olhava para Ruby, e nunca iria olhar. Mas o fato de ainda sermos amigos era mais importante do que tudo isso.

Mas, por quanto tempo?, disse uma voz incômoda na minha cabeça. Alexei estava certo: as coisas mudam. Maly tinha mudado para melhor. Ele tinha ficado mais bonito, corajoso e masculino. E eu tinha ficado... mais alta. Suspirei e rolei de lado. Queria acreditar que Maly e eu sempre seríamos amigos, mas tinha que encarar o fato de que estávamos em caminhos diferentes. Deitada na escuridão, esperando pelo sono, perguntei-me se esses caminhos apenas nos distanciariam cada vez mais, e se chegaria o dia em que seríamos estranhos um para o outro novamente.

Capítulo 2

A MANHÃ PASSOU num piscar de olhos: café da manhã, uma rápida viagem até a Tenda dos Documentos para empacotar tintas e papéis adicionais, e então o caos da doca seca. Eu fiquei com o restante dos inspetores, esperando nossa vez de embarcar em uma pequena frota de esquifes terrestres. Atrás de nós, Kribirsk ainda estava acordando e indo fazer suas coisas. Adiante, ficava a estranha e dinâmica escuridão da Dobra.

Animais eram muito barulhentos e se assustavam fácil demais para viajar pelo Não Mar, então as travessias eram feitas em esquifes terrestres, trenós rasos equipados com enormes velas que os permitiam deslizar quase silenciosamente sobre as areias mortas e cinzentas. Os esquifes estavam carregados com grãos, madeira de lei e algodão cru. Mas na viagem de volta, seriam abastecidos com açúcar, rifles e todo tipo de bens acabados que passassem pelos portos marítimos de Ravka Oeste. Olhando para o convés do esquife, equipado com pouco mais de um mastro e uma balaustrada frágil, tudo que eu conseguia pensar era que ele não oferecia lugar para se esconder.

No mastro de cada trenó, ladeados por soldados fortemente armados, estavam dois Etherealki Grishas, da Ordem dos Conjuradores, vestindo *kefta* azul-escuro. O bordado prateado em seus punhos e nas bainhas de suas túnicas indicava que eram Aeros, Grishas capazes de aumentar ou diminuir a pressão do ar, e assim encher as velas dos esquifes com o vento que nos transportaria pelos longos quilômetros da Dobra.

Soldados armados com rifles e supervisionados por um oficial severo se alinhavam na balaustrada. Entre eles, encontravam-se mais Etherealki, mas suas túnicas azuis tinham as bordas vermelhas que indicavam a capacidade de criar fogo.

Ao sinal do capitão do esquife, o Cartógrafo Sênior guiou a mim, Alexei e ao restante dos assistentes no esquife para que nos juntássemos aos outros passageiros. Em seguida, ele assumiu seu lugar ao lado dos Aeros no mastro, onde poderia ajudá-los a navegar na escuridão. Ele tinha uma bússola na mão, mas o objeto seria de pouco uso quando estivéssemos na Dobra. Assim que lotamos o convés, vislumbrei Maly de pé com os rastreadores do outro lado do esquife. Eles também estavam armados com rifles. Uma fileira de arqueiros alinhava-se atrás deles, as aljavas em suas costas eriçadas com as pontas de aço Grisha das flechas. Eu toquei o cabo da faca militar enfiada em meu cinto. Ela não me dava muita confiança.

O contramestre deu um grito nas docas, e o grupo de homens corpulentos no solo começou a empurrar os esquifes na areia sem cor que marcava os confins da Dobra. Eles recuaram rapidamente, como se aquela areia morta e pálida pudesse queimar seus pés.

Então, chegou a nossa vez. Com um súbito solavanco, nosso esquife foi lançado para a frente, batendo contra a terra à medida que os trabalhadores da doca o arribavam. Eu segurei no balaústre para me firmar, meu coração batendo selvagemente. Os Aeros ergueram os braços. As velas se elevaram abertas com um forte estalo, e nosso esquife avançou para dentro da Dobra.

De início, foi como flutuar dentro de uma espessa nuvem de fumaça, mas sem o calor ou cheiro de queimado. Os sons pareceram amortecer, e o mundo ficou em silêncio. Eu assisti aos esquifes à nossa frente deslizarem para a escuridão, sumindo de vista um depois do outro. Percebi que não podia mais ver a proa do nosso esquife e, em seguida, nem a minha própria mão na balaustrada. Olhei para trás, por sobre meu ombro. O mundo vivo tinha desaparecido. A escuridão caiu ao nosso redor, negra, leve e absoluta. Estávamos na Dobra.

Era como estar no fim de tudo. Segurei firme no balaústre, sentindo a madeira afundar na minha mão, grata por sua solidez. Concentrei-me naquilo e na sensação dos meus artelhos nas botas, agarrando o convés. À minha esquerda, podia ouvir Alexei respirando.

Tentei pensar nos soldados com seus rifles e nos Grishas pirotécnicos de túnica azul. A esperança era que atravessássemos a Dobra em silêncio, sem sermos percebidos. Nenhum tiro ecoaria, nenhuma chama seria conjurada. Mas a presença deles me confortava mesmo assim.

Eu não sei por quanto tempo seguimos naquela direção, os esquifes flutuando em frente, o único som o sussurro suave da areia em seus cascos. Pareceram minutos, mas poderiam ter sido horas. *Nós vamos ficar bem*, pensei comigo mesma. *Nós vamos ficar bem*. Então senti a mão de Alexei tatear a minha. Ele agarrou meu pulso.

— Ouça! — ele sussurrou, e sua voz saiu rouca de medo.

Por um momento, tudo que ouvi foi sua respiração irregular e o chiado contínuo dos esquifes. Então, de algum lugar na escuridão, veio outro som, fraco, mas implacável: o bater rítmico de asas. Com uma das mãos, agarrei o braço de Alexei. Com a outra, segurei firme o punho da minha faca, meu coração batendo forte, meus olhos se esforçando para ver algo, qualquer coisa na escuridão. Ouvi o som de gatilhos sendo puxados, a batida de flechas sendo armadas. Alguém sussurrou:

— Fiquem preparados.

Nós aguardamos. Ouvíamos o som de asas batendo no ar ficar mais alto conforme elas se aproximavam, como os tambores de um exército que se avizinha. Tive a impressão de poder sentir o vento se agitar contra minhas bochechas à medida que elas nos rodeavam, cada vez mais perto.

— Queimem! — o comando soou, seguido pelo estalido da pedra de ignição e por uma lufada explosiva, enquanto flores ondulantes de chama Grisha irrompiam de cada um dos esquifes.

Olhei para o brilho repentino, esperando meus olhos se ajustarem. Na luz do fogo, eu os vi. Volcras deviam se mover em pequenos grupos, mas ali estavam eles... Não em dezenas, mas centenas, planando e mergulhando no ar em torno do esquife. Eram mais assustadores do que tudo que eu tinha visto nos livros, mais do que qualquer monstro que eu tivesse imaginado. Tiros foram disparados. Os arqueiros lançaram as flechas, e os gritos dos volcras partiram o ar, um som alto e horrível.

Eles mergulharam. Eu ouvi um lamento estridente e vi com pavor um soldado ser suspenso e carregado pelo ar, chutando e se sacudindo. Alexei e eu nos aproximamos e ficamos abaixados contra a balaustrada, segurando nossas facas frágeis e murmurando orações enquanto o mundo se dissolvia em um pesadelo. Ao nosso redor, homens bradaram, pessoas gritaram, soldados entraram em combate com as formas maciças das bestas aladas se contorcendo, então a escuridão artificial da

Dobra foi quebrada aos trancos e barrancos por explosões de chamas douradas dos Grishas.

Em seguida, um grito rasgou o ar ao meu lado. Eu ofeguei enquanto o braço de Alexei era arrancado do meu. Em um esguicho de fogo, eu o vi se agarrando na balaustrada com uma das mãos. Vi sua boca gritando, seus olhos arregalados e assustados, e a coisa monstruosa que o segurava em seus braços cinza e brilhantes, suas asas batendo no ar enquanto ela o arrancava do chão, suas garras grossas enfiadas profundamente nas costas dele, já molhadas de sangue. Os dedos de Alexei escorregaram no corrimão. Eu saltei para a frente e agarrei o braço dele.

— Aguente firme — gritei.

Então a chama se foi, e senti os dedos de Alexei serem puxados dos meus na escuridão.

— Alexei! — gritei.

Os gritos dele sumiram nos sons da batalha enquanto o volcra o levava para o breu. Outra explosão de chamas iluminou o céu, mas ele já tinha ido embora.

— Alexei! — tornei a gritar, me inclinando sobre a lateral da balaustrada. — Alexei!

A resposta veio na forma de uma rajada de asas quando outro volcra desceu sobre mim. Eu me inclinei para trás, evitando por pouco suas garras, minha faca estendida diante de mim com as mãos trêmulas. O volcra avançou, a luz da chama fazendo brilhar seus olhos cegos e leitosos, sua boca escancarada com fileiras de dentes negros, curvos e afiados. Com o canto do olho, vi um clarão de pólvora. Em seguida, ouvi um tiro de espingarda, e o volcra cambaleou, gritando de raiva e de dor.

— Ande! — Era Maly, de rifle na mão, o rosto riscado de sangue. Ele segurou meu braço e me puxou para trás dele.

O volcra continuava vindo, arranhando seu caminho pelo convés, uma de suas asas pendurada em um ângulo arqueado. Maly estava tentando recarregar na luz das chamas, mas o volcra era muito rápido. Ele correu na nossa direção, garras cortando o ar e rasgando o peito de Maly. Ele gritou de dor.

Eu agarrei a asa quebrada do volcra e enfiei minha faca bem fundo entre os ombros dele. Sua carne musculosa pareceu viscosa em minhas mãos. Ele gritou de dor e se libertou da minha pegada ao se agitar violentamente. Caí para trás, atingindo o convés com força. Ele avançou até mim em um frenesi de fúria, suas enormes mandíbulas batendo.

Outro tiro ecoou. O volcra cambaleou e caiu em um amontoado grotesco, sangue negro vazando de sua boca. Na luz fraca, vi Maly baixando o rifle. Sua camisa rasgada estava escura de sangue. O rifle deslizou de seus dedos enquanto cambaleava e caía de joelhos. Então, ele tombou no convés.

— Maly! — Em um instante, eu estava do lado dele, minhas mãos pressionando seu peito em uma tentativa desesperada de parar o sangramento. — Maly! — solucei, as lágrimas escorrendo pelo meu rosto.

O ar estava denso com o cheiro de sangue e pólvora. Ao nosso redor, eu ouvia tiros de rifle, pessoas chorando... e o som obsceno de algo se alimentando. As chamas dos Grishas estavam ficando mais fracas e esporádicas, e, o pior de tudo, percebi que o esquife tinha parado de se mover. *Então é isso*, eu pensei, sem esperanças. Eu me inclinei sobre Maly, mantendo a ferida pressionada.

Sua respiração estava pesada. — Eles estão vindo — ele ofegou.

Olhei para cima e vi, na luz fraca e desvanecente do fogo Grisha, dois volcras mergulhando sobre nós.

Eu me encolhi sobre Maly, protegendo o corpo dele com o meu. Sabia que era inútil, mas era tudo que podia oferecer. Senti o cheiro fétido do volcra, senti as rajadas de ar de suas asas. Pressionei minha testa contra a de Maly e o ouvi sussurrar:

— Te encontro na pradaria.

Algo dentro de mim desabou, em fúria, em desesperança, com a certeza de minha própria morte. Eu senti o sangue de Maly em minhas mãos, vi a dor em seu rosto adorável. Um volcra gritou de triunfo quando suas garras afundaram em meu ombro. A dor disparou pelo meu corpo.

E o mundo ficou branco.

Fechei os olhos quando um fluxo repentino e perfurante de luz explodiu diante de minha visão. Aquilo parecia preencher minha cabeça, me cegando, me afogando. De algum lugar acima, ouvi um guincho terrível. Senti as garras do volcra se afrouxarem e o baque quando caí para a frente e minha cabeça entrou em contato com o convés. Então, não senti nada mais.

Capítulo 3

EU ACORDEI NO SUSTO. Pude sentir o fluxo de ar no meu rosto e abri os olhos para ver o que pareciam ser nuvens escuras de fumaça. Eu estava deitada de costas, no convés do esquife. Levei apenas um momento para perceber que as nuvens estavam ficando mais rarefeitas, cedendo lugar a fiapos negros e, entre eles, à luz do sol outonal. Fechei os olhos novamente, senti o alívio passar por mim. *Estávamos saindo da Dobra*, pensei. *De alguma maneira, tínhamos passado por ela.* Não tínhamos? Lembranças do ataque do volcra voltaram com tudo em um turbilhão assustador. Onde estava Maly?

Tentei me sentar e uma rajada de dor percorreu meus ombros. Eu a ignorei e me empurrei para a frente. Então, me peguei olhando para o cano de um rifle.

— Afaste essa coisa de mim — gritei, golpeando-o de lado.

O soldado balançou o rifle para lá e para cá, apontando-o ameaçadoramente para mim.

— Fique onde está — ele ordenou.

Eu o encarei, aturdida.

— Qual o seu problema?

— Ela está acordada! — ele gritou por sobre o ombro. Dois outros soldados armados se juntaram a ele, o capitão do esquife e uma Corporalnik. Com um tremor de pânico, vi que os punhos de seu *kefta* vermelho estavam bordados de preto. O que um Sangrador queria comigo?

Olhei ao redor. Um Aeros continuava no mastro, braços erguidos, nos impulsionando com um vento forte, um único soldado ao lado dele. O convés estava escorregadio com sangue espalhado. Meu estômago se revirou quando me lembrei do horror da batalha. Um Curandeiro Corporalki cuidava dos feridos. Onde estava Maly? Havia soldados e Grishas de pé nos balaústres, ensanguentados, chamuscados, e em um número consideravelmente menor do que aquele que tinha partido. Todos me olhavam com cautela. Com um medo crescente, me dei conta de que os soldados e a Corporalnik estavam me vigiando. Como uma prisioneira.

Eu falei:

— Maly Oretsev. Ele é um rastreador. Foi ferido durante o ataque. Onde ele está? — Ninguém respondeu. — Por favor — implorei. — Onde ele está?

Houve um baque quando o esquife chegou à costa. O capitão apontou para mim com o seu rifle.

— De pé.

Pensei em simplesmente me recusar a me levantar até eles contarem o que tinha acontecido com Maly, mas uma olhada para o Sangrador me fez reconsiderar. Fiquei de pé, curvando-me devido à dor no ombro, então cambaleei enquanto o esquife voltava a se mover, puxado pelos funcionários da doca seca, em terra firme. Por instinto, estendi a mão para me reequilibrar, mas o soldado que toquei se encolheu para trás, como se eu estivesse pegando fogo. Dei um jeito de recuperar o equilíbrio, mas meus pensamentos estavam embolando.

O esquife parou de novo.

— Ande — o capitão ordenou.

Os soldados me levaram pela embarcação, armas apontadas para mim. Eu passei pelos outros sobreviventes, altamente consciente de sua curiosidade e dos olhares assustados, e percebi o Cartógrafo Sênior cochichando animado com um soldado. Eu queria parar e dizer a ele o que tinha acontecido a Alexei, mas não me atrevi.

Assim que pisei na doca seca, fiquei surpresa de ver que tínhamos voltado a Kribirsk. Nós nem tínhamos atravessado a Dobra. Dei de ombros. Melhor marchar pelo acampamento com um rifle apontado para as minhas costas do que estar no Não Mar.

Mas não muito melhor, pensei, inquieta.

Conforme os soldados marchavam me escoltando pela estrada principal, as pessoas paravam seus trabalhos para me olhar. Minha mente estava zunindo à procura de respostas, sem encontrar nada. Eu tinha feito algo de errado na Dobra? Quebrado alguma espécie de protocolo militar? E, aliás, como nós tínhamos escapado da Dobra? As feridas pulsavam perto do meu ombro. A última coisa de que me lembrava era da dor terrível das garras do volcra perfurando as minhas costas, aquela explosão chamuscante de luz. Como tínhamos sobrevivido?

Esses pensamentos sumiram de minha mente quando dei de cara com a Tenda dos Oficiais. O capitão ordenou aos guardas que descansassem e seguiu para a entrada.

A Corporalnik esticou a mão para impedi-lo.

— Isto é uma perda de tempo. Nós devíamos ir imediatamente para...

— Tire suas mãos de mim, Sangradora — o capitão falou com rispidez e balançou o braço para se soltar.

Por um momento, a Corporalnik o encarou, os olhos perigosos, então ela sorriu friamente e fez uma mesura.

— *Da, kapitan.*

Senti os pelos dos meus braços se arrepiarem.

O capitão desapareceu dentro da tenda. Nós aguardamos. Olhei nervosa para a Corporalnik, que pelo visto tinha se esquecido de sua fleuma com o capitão e me analisava novamente. Ela era jovem, talvez mais jovem do que eu, mas aquilo não a tinha impedido de confrontar um oficial superior. Por que teria impedido? Ela poderia matar o capitão ali mesmo, sem nem levantar uma arma. Esfreguei meus braços, tentando me livrar dos arrepios.

A borda da tenda se abriu, e fiquei assustada ao ver o capitão surgir seguido pelo rigoroso Coronel Raevsky. O que eu poderia ter feito que exigisse o envolvimento de um oficial sênior?

O coronel me olhou, seu rosto envelhecido e sombrio.

— O que você é?

— Cartógrafa Assistente, Alina Starkov. Núcleo Real de Inspetores...

Ele me interrompeu.

— O *que* você é?

Eu pisquei.

— Eu... eu sou uma cartógrafa, senhor.

Raevsky fez uma careta. Ele puxou um dos soldados de lado e lhe murmurou algo que fez o soldado voltar correndo para as docas secas.

— Venha — disse ele, lacônico.

Senti o golpe do cano de um rifle nas minhas costas e segui em frente. Tinha um pressentimento muito ruim sobre aonde estavam me levando. *Não pode ser*, eu pensei, desesperada. *Não faz sentido.*

Mas logo que a enorme tenda negra surgiu cada vez maior diante de nós, não restaram dúvidas sobre aonde estávamos indo.

A entrada para a tenda Grisha estava protegida por mais Corporalki Sangradores e oprichniki de roupas cinza, os soldados de elite que compunham a guarda pessoal do Darkling. Os oprichniki não eram Grishas, mas eram igualmente assustadores.

A Corporalnik do esquife se reuniu com os guardas à frente da tenda, e então ela e o Coronel Raevsky desapareceram dentro dela. Eu esperei, com o coração acelerado, consciente dos sussurros e olhares atrás de mim, a ansiedade cada vez maior.

Lá no alto, quatro bandeiras flutuavam com a brisa: azul, vermelha, roxa e, acima de todas, a preta. Na noite anterior, Maly e seus amigos estavam rindo e falando sobre tentar entrar nessa tenda, imaginando o que encontrariam dentro dela. E agora, pelo visto, quem iria descobrir era eu. *Onde está Maly?* O pensamento continuava retornando, o único pensamento claro que eu parecia capaz de formular.

Depois do que pareceu uma eternidade, a Corporalnik reapareceu e acenou para o capitão, que me levou para dentro da tenda Grisha.

Por um momento, todo o meu medo desapareceu, eclipsado pela beleza que me cercava. As paredes internas da tenda estavam cobertas com cascatas de seda cor de bronze que captavam a luz das velas brilhando nos candelabros reluzentes lá no alto.

Os pisos eram cobertos por peles e tapetes opulentos. Ao longo das paredes, divisores brilhantes de seda separavam os compartimentos onde os Grishas se agrupavam em seus *kefta* vibrantes. Alguns conversavam de pé, outros deitados em almofadas, bebendo chá. Dois estavam envolvidos jogando xadrez. De algum lugar, vinha a melodia de uma balalaica. A propriedade do Duque era linda, mas possuía uma beleza melancólica de quartos empoeirados e pintura descascando, o eco de algo que já tinha sido grandioso. A tenda Grisha não se parecia com nada que eu tivesse visto antes; um lugar vivo com poder e riqueza.

Os soldados me escoltaram por uma longa coxia acarpetada. No final dela, pude ver um pavilhão negro em uma plataforma elevada. Um murmúrio de curiosidade se espalhou pela tenda enquanto passávamos.

Homens e mulheres Grisha interromperam suas conversas para me olhar embasbacados. Alguns até se levantaram para ver melhor. Quando alcançamos a plataforma, a sala estava tudo, menos silenciosa, e eu sentia como se todos pudessem ouvir meu coração disparado no peito. Em frente ao pavilhão negro, alguns ministros vestidos com requinte usavam a águia dupla do Rei, e um grupo de Corporalki se reunia em torno de uma longa mesa repleta de mapas. Na cabeceira da mesa, ficava uma cadeira de encosto alto, esculpida de maneira ornamentada e feita do ébano mais escuro. Sentada nela, encontrava-se uma pessoa de *kefta* negro, o queixo apoiado em uma mão pálida.

Apenas um Grisha vestia preto, ou melhor, tinha a permissão de se vestir de preto.

O Coronel Raevsky ficou de pé atrás dele, falando em um tom baixo demais para que eu ouvisse.

Eu os observei, dividida entre o medo e o fascínio. *Ele era muito jovem*, pensei. Esse Darkling vinha comandando os Grishas desde antes de eu nascer, mas o homem sentado acima de mim na plataforma não parecia muito mais velho do que eu. Ele tinha um rosto bonito e severo, o cabelo negro e grosso, e olhos cinza-claros que brilhavam como quartzo. Eu sabia que os Grishas mais poderosos viviam vidas longas, e os Darklings eram os mais poderosos de todos eles. Mas senti algo de errado nisso e me lembrei das palavras de Eva: *Ele não é humano.*

Nenhum deles é.

Uma risada alta tilintou na multidão que se formou perto de mim na base do palanque. Reconheci a linda garota de azul, aquela na carruagem dos Etherealki que tinha sido tão simpática com Maly. Ela sussurrou alguma coisa para sua amiga de cabelos castanhos e ambas riram novamente.

Meu rosto ferveu enquanto imaginava qual seria a minha aparência com aquele casaco gasto e despedaçado, após uma jornada pela Dobra das Sombras e uma batalha com um bando de volcras famintos. Mas ergui o queixo e olhei a belezinha diretamente nos olhos. *Ria o quanto quiser*, pensei, sombria. *Seja lá o que estiver sussurrando, eu já ouvi pior.* Ela sustentou o olhar por um momento e então desviou.

Eu desfrutei de um rápido momento de satisfação antes que a voz do Coronel Raevsky me trouxesse de volta para a realidade da minha situação.

— Tragam-nos — disse ele. Eu me virei e vi mais soldados levando um grupo exaurido e confuso de pessoas para a tenda e para cima da plataforma. Entre eles, identifiquei o soldado que tinha estado ao meu lado quando o volcra atacara e o Cartógrafo Sênior. Seu casaco geralmente impecável estava rasgado e sujo. Seu rosto, assustado.

Meu desconforto cresceu quando me dei conta de que eles eram os sobreviventes do meu esquife terrestre, e que tinham sido trazidos ao Darkling como testemunhas. O que tinha acontecido lá fora na Dobra? O que eles pensavam que eu tinha feito?

Prendi a respiração quando reconheci os rastreadores do grupo. Primeiro vi Mikhael, seu cabelo vermelho desgrenhado balançando acima da multidão. Inclinando-se sobre ele, com ataduras penduradas para fora da camisa ensanguentada, estava Maly, com uma aparência pálida e muito cansada. Minhas pernas fraquejaram e pressionei a mão contra a boca para suprimir um soluço.

Maly estava vivo. Eu queria me embrenhar pela multidão e lançar meus braços ao redor dele, mas mal conseguia ficar de pé enquanto o alívio me invadia. O que quer que acontecesse ali, nós ficaríamos bem. Nós tínhamos sobrevivido à Dobra e sobreviveríamos a esta loucura também.

Olhei para o palanque e minha alegria murchou. O Darkling estava olhando diretamente para mim. Ele continuava a ouvir o Coronel Raevsky, sua postura tão relaxada quanto antes, mas mantinha um olhar concentrado e atento. Ele retornou sua atenção para o coronel e percebi que eu estava prendendo a respiração.

Quando o grupo de sobreviventes esfarrapados alcançou a base da plataforma, o Coronel Raevsky ordenou:

— *Kapitan*, reporte-se.

O capitão permaneceu em posição de sentido e respondeu com uma voz sem emoção:

— Com aproximadamente trinta minutos de travessia, fomos cercados por um bando numeroso de volcras. Estávamos encurralados e sofrendo várias baixas. Eu estava lutando na face estibordo do esquife. Naquele momento, eu vi...

O soldado hesitou e, quando falou novamente, sua voz soou menos certa.

— Não sei exatamente o que vi. Uma explosão de luz. Brilhante como o meio-dia, mais brilhante. Foi como olhar para o sol.

A multidão irrompeu em cochichos. Os sobreviventes do esquife estavam assentindo, e eu me vi assentindo com eles. Eu tinha visto a explosão de luz também.

O soldado recuperou a concentração e continuou:

— Os volcras se dispersaram e a luz desapareceu. Eu ordenei que voltássemos imediatamente para a doca seca.

— E a garota? — perguntou o Darkling.

Com uma pontada gélida de medo, percebi que ele estava falando de mim.

— Eu não vi a garota, *moi soverenyi*.

O Darkling ergueu uma sobrancelha, virando-se para os outros sobreviventes.

— Quem realmente viu o que aconteceu? — Sua voz era fria, distante, quase desinteressada.

Os sobreviventes entraram em uma discussão, murmurando uns com os outros. Então, devagar e timidamente, o Cartógrafo Sênior deu um passo à frente. Senti uma pontada de pena dele. Eu nunca o tinha visto tão desgrenhado. Seu cabelo castanho e escasso estava espalhado em todos os ângulos da cabeça, e os dedos depenavam nervosamente seu casaco arruinado.

— Diga-nos o que viu — mandou Raevsky.

O cartógrafo lambeu os lábios.

— Nós... nós estávamos sob ataque — disse ele, trêmulo. — Havia luta em todo canto. Um barulho terrível. Muito sangue... Um dos rapazes, Alexei, foi levado. Foi terrível, terrível. — Suas mãos se agitaram como dois pássaros assustados.

Eu franzi a testa. Se o Cartógrafo tinha visto Alexei ser atacado, então por que não tinha tentado ajudar?

O velho pigarreou.

— Eles estavam por toda parte. Eu vi um deles ir atrás dela...

— Atrás de quem? — perguntou Raevsky.

— Alina... Alina Starkov, uma de minhas assistentes.

A bonitinha de azul sorriu e se inclinou para cochichar com a amiga. Eu travei minha mandíbula. Que agradável saber que os Grishas ainda podiam manter seu esnobismo no meio de um relato sobre um ataque de volcras.

— Prossiga — Raevsky pressionou.

— Vi um deles ir atrás dela e do rastreador — disse o Cartógrafo, apontando para Maly.

— E onde você estava? — perguntei com raiva. As palavras escaparam de minha boca antes que eu pudesse pensar melhor sobre elas. Todos os rostos se viraram para mim, mas não me importei. — Você viu o volcra nos atacar. Você viu aquela coisa levar o Alexei. Por que você não ajudou?

— Eu não podia fazer nada — ele alegou, com as mãos bem abertas. — Eles estavam por toda parte. Foi um caos!

— Alexei ainda poderia estar vivo se você tivesse mexido sua bunda magra para nos ajudar!

Houve um sobressalto na multidão e então uma onda de risadinhas. O Cartógrafo ficou vermelho de raiva e eu me arrependi na mesma hora. Se conseguisse escapar dessa confusão, estaria muito encrencada.

— Chega! — estrondeou Raevsky. — Diga o que você viu, Cartógrafo.

A multidão silenciou e o Cartógrafo lambeu os lábios novamente.

— O rastreador caiu. Ela estava ao lado dele. Aquela coisa, o volcra, estava indo atrás deles. Eu o vi em cima dela e então... ela acendeu.

Os Grishas irromperam em exclamações de descrença e escárnio. Alguns deles riram. Se não estivesse tão assustada e perplexa, me sentiria tentada a me juntar a eles. *Talvez eu não devesse ter sido tão dura com ele*, pensei, olhando para o Cartógrafo amarrotado. *Claramente o pobre homem tinha levado uma pancada na cabeça durante o ataque.*

— Eu vi! — ele gritou sobre a balbúrdia. — Veio luz dela!

Alguns Grishas agora zombavam dele abertamente, mas outros estavam gritando:

— Deixem-no falar!

O Cartógrafo olhou com desespero para seus companheiros sobreviventes em busca de suporte e, para minha surpresa, vi alguns deles concordarem. Todo mundo tinha ficado louco? Eles realmente achavam que eu tinha afugentado o volcra?

— Isso é um absurdo! — disse uma voz na multidão. Foi a bonitinha de azul. — O que você está sugerindo, velhote? Que nós encontramos uma Conjuradora do Sol?

— Não estou sugerindo nada, ele protestou. — Só estou contando o que vi!

— Isso não é impossível — disse um Grisha corpulento. Ele vestia o *kefta* roxo de um Materialnik, um membro da Ordem dos Fabricadores. — Existem histórias...

— Não seja ridículo — a garota riu, sua voz áspera de desprezo. — O volcra abalou a sanidade do homem!

A multidão começou a argumentar, barulhenta.

Eu me senti subitamente cansada. Meu ombro latejava no lugar onde o volcra cravara suas garras. Eu não sabia o que o Cartógrafo ou qualquer um dos outros no esquife pensavam ter visto. Só sabia que isso era algum tipo de engano terrível e que, no fim dessa farsa, eu é que pareceria idiota. Eu me encolhi ao pensar no quanto caçoariam de mim quando tudo terminasse. E, com alguma esperança, isso terminaria logo.

— Silêncio. — O Darkling mal precisou levantar a voz, mas o comando atravessou a multidão e o silêncio se fez.

Eu suprimi um arrepio. Talvez ele não achasse essa piada tão divertida.

Eu só esperava que ele não me culpasse por ela. O Darkling não era conhecido por conceder perdão. Talvez eu devesse estar me preocupando menos em ser sacaneada e mais em ser exilada para Tsibeya. Ou um lugar pior. Eva contara que, uma vez, o Darkling tinha ordenado a um Curandeiro Corporalki que selasse permanentemente a boca de um traidor.

Os lábios do homem foram enxertados juntos e ele morreu de fome. Naquela época, Alexei e eu rimos e consideramos essa mais uma das histórias malucas de Eva. Agora, eu não tinha mais tanta certeza.

— Rastreador — disse o Darkling, suavemente —, o que você viu?

De uma vez só, a multidão se virou para Maly, que olhou desconfortável para mim e de volta para o Darkling.

— Nada. Eu não vi nada.

— A garota estava do seu lado.

Maly assentiu.

— Você deve ter visto alguma coisa.

Maly olhou para mim novamente, seu olhar pesado de preocupação e cansaço. Eu nunca o tinha visto tão pálido, e me perguntava quanto sangue ele tinha perdido. Experimentei um surto de raiva inútil. Ele estava gravemente ferido. Poderia estar descansando em vez de ficar de pé ali, respondendo a perguntas ridículas.

— Basta dizer o que você lembra, rastreador — ordenou Raevsky.

Maly deu de ombros sutilmente e estremeceu com a dor de suas feridas.

— Eu estava caído de costas no convés. Alina estava perto de mim. Eu vi o volcra mergulhar e sabia que ele vinha atrás de nós. Eu disse algo e...

— O que você disse? — a voz fria do Darkling cortou a sala.

— Eu não me lembro — respondeu Maly. Eu reconheci a posição inflexível de sua mandíbula e soube que ele estava mentindo. Ele se lembrava.

— Eu senti o cheiro do volcra, o vi descendo sobre nós. Alina gritou e então eu não pude ver mais nada. O mundo estava apenas... brilhando.

— Então você não viu de onde vinha a luz? — Raevsky perguntou.

— Alina não é... Ela não poderia... — Maly balançou a cabeça. — Nós viemos da mesma... vila.

Notei uma pausa sutil, a pausa do órfão.

— Se ela pudesse fazer qualquer coisa desse tipo, eu saberia.

O Darkling olhou para Maly por um longo momento e então olhou de volta para mim.

— Todos temos os nossos segredos — disse ele.

Maly abriu a boca como se fosse dizer algo mais, mas o Darkling ergueu a mão para silenciá-lo. A raiva cintilou pelos traços de Maly, mas ele calou a boca; os lábios pressionados em uma linha rígida.

O Darkling levantou-se de sua cadeira. Ele gesticulou e os soldados deram um passo para trás, me deixando sozinha para encará-lo. A tenda parecia assustadoramente silenciosa. Bem devagar, ele desceu os degraus.

Precisei lutar contra o desejo de me afastar quando ele parou na minha frente.

— Agora, o que você tem a dizer, Alina Starkov? — ele perguntou, de um jeito agradável.

Engoli em seco. Minha garganta estava áspera e meu coração tombando de um batimento ao outro, mas eu sabia que precisava falar. Precisava fazê-lo entender que não tinha nada a ver com tudo aquilo.

— Deve ter havido algum tipo de engano — falei, rouca. — Eu não fiz nada. Não sei como nós sobrevivemos.

O Darkling pareceu considerar isso. Então, cruzou os braços e inclinou a cabeça para um lado.

— Bem — disse ele, sua voz preocupada —, gosto de pensar que sei de tudo que acontece em Ravka, e que se houvesse uma Conjuradora do Sol vivendo no meu próprio país, eu saberia. — Murmúrios contidos de aquiescência brotaram na multidão, mas ele os ignorou, olhando-me bem de perto. — Mas algo poderoso parou os volcras e salvou os esquifes do Rei.

Ele aguardou, como se esperasse que eu resolvesse esse enigma para ele.

Empinei o queixo de um jeito teimoso.

— Eu não fiz nada — insisti. — Nadinha mesmo.

O canto da boca do Darkling se contraiu, como se ele estivesse reprimindo um sorriso. Ele me olhou da cabeça aos pés uma vez, depois outra. Eu me senti como algo estranho e reluzente, uma coisa qualquer que tinha sido levada até a margem de um lago, e que ele poderia chutar com sua bota.

— Sua memória é tão ruim quanto a do seu amigo? — ele perguntou e inclinou a cabeça na direção de Maly.

— Eu não... — Hesitei. Do que eu me lembrava? Terror. Escuridão. Dor. O sangue de Maly. A vida escorrendo dele sobre minhas mãos. A fúria que me dominou quando pensei no meu próprio desamparo.

— Estenda o seu braço — disse o Darkling.

— O quê?

— Já perdemos muito tempo. Estenda o seu braço.

Uma pontada gelada de medo me percorreu. Olhei em volta, em pânico, mas ninguém me ajudaria. Os soldados olhavam para a frente, rostos impávidos. Os sobreviventes dos esquifes pareciam assustados e cansados. Os Grishas me observavam com curiosidade. A garota de azul estava sorrindo. O rosto pálido de Maly parecia ter ficado ainda mais branco, mas não havia resposta em seus olhos preocupados.

Tremendo, estendi meu braço esquerdo.

— Puxe sua manga para cima.

— Eu não fiz nada. — Eu queria dizer isso alto, proclamar isso, mas minha voz saiu assustada e baixa.

O Darkling olhou para mim, esperando. Eu suspendi a manga.

Ele abriu os braços e senti uma onda de terror passar por mim quando vi a palma das mãos dele se encherem de algo preto que se aglomerou e rodopiou pelo ar como tinta em água.

— Agora — disse ele naquele mesmo tom de voz agradável de conversa, como se nós estivéssemos sentados juntos, bebendo um chá, como se eu não estivesse tremendo na frente dele —, vamos ver o que você é capaz de fazer.

Ele uniu as mãos e produziu um som como o de um trovão. Eu oferecí quando a escuridão ondulante se propagou de suas mãos entrelaçadas, derramando-se em uma onda negra sobre mim e a multidão.

Eu estava cega. A sala tinha sumido. Tudo tinha desaparecido.

Gritei de medo quando senti os dedos do Darkling segurarem meu pulso nu. Mas, de repente, meu medo recuou. Ele ainda estava lá, encolhido como um animal dentro de mim, mas tinha sido colocado de lado por algo calmo, assertivo e poderoso, algo vagamente familiar.

Senti um chamado me alcançar e, para a minha surpresa, senti algo em mim se erguer para responder. Eu o empurrei para longe, depois para baixo. De algum modo, sabia que se aquela coisa se libertasse, ela me destruiria.

— Nada por aí? — o Darkling murmurou. Eu me dei conta de quão perto de mim ele estava na escuridão. Minha mente em pânico se prendeu às suas palavras. *Nada aqui. Isso aí, nada.*

Nadinha mesmo. Agora, vá embora!

E, para o meu alívio, aquela coisa lutando dentro de mim pareceu recuar, deixando a pergunta do Darkling sem resposta.

— Não tão rápido — ele sussurrou. Eu senti algo gelado pressionar o lado de dentro do meu antebraço. No mesmo instante em que percebi que aquilo era uma faca, a lâmina cortou a minha pele.

Medo e dor percorreram meu corpo. Eu gritei. A coisa dentro de mim rugiu até a superfície, indo veloz responder ao chamado do Darkling. Eu não podia me impedir. Eu respondi. O mundo explodiu em uma luz branca e resplandecente.

A escuridão se estilhaçou como vidro ao nosso redor. Por um momento, vi os rostos da multidão, as bocas abertas em choque enquanto a tenda era preenchida por luz solar brilhante, o ar reluzindo com calor.

Então o Darkling afrouxou os dedos, e com o seu toque veio aquela sensação peculiar de certeza que tinha me invadido. A luz radiante desapareceu, deixando a luz de velas comuns em seu lugar, mas eu ainda podia sentir o calor e o brilho inexplicável da luz do sol na minha pele.

Minhas pernas fraquejaram, e o Darkling me segurou contra o seu corpo com um braço surpreendentemente forte.

— Pelo visto, você só parece um ratinho — ele sussurrou em meu ouvido, e então acenou para um de seus guardas pessoais.

— Leve-a — disse ele, passando-me para o oprichnik que esticou os braços para me amparar. Eu enrubesci com a indignidade de ser passada como um saco de batatas, mas me sentia muito debilitada e confusa para protestar. O sangue escorria do meu braço pelo corte que o Darkling tinha feito em mim.

— Ivan! — gritou o Darkling. Um Sangrador alto correu da plataforma para o lado do Darkling. — Leve-a para a minha carruagem. Eu a quero cercada por uma guarda armada em tempo integral. Leve-a para o Pequeno Palácio e não pare por nada.

Ivan assentiu.

— E traga um Curandeiro para ver os machucados dela.

— Espere! — protestei, mas o Darkling já estava se virando de costas. Eu agarrei o braço dele, ignorando o suspiro que ecoou da plateia Grisha. — Deve ter havido algum tipo de engano. Eu não... Eu não... — Minha voz foi sumindo conforme o Darkling se virava lentamente para me encarar, seus olhos de ardósia flutuando para onde minha mão agarrara sua manga. Eu o soltei, mas não ia desistir tão facilmente. — Eu não sou o que você pensa que eu sou — sussurrei, em desespero.

O Darkling se aproximou de mim e disse, numa voz tão baixa que só eu podia ouvir:

— Duvido que você tenha a mínima ideia do que é. — Em seguida, sinalizou para Ivan. — Vá!

O Darkling me deu as costas e caminhou suavemente para o palanque elevado, onde foi cercado por um enxame de conselheiros e ministros, todos falando alto e rápido.

Ivan me segurou firme pelo braço.

— Venha.

— Ivan — chamou o Darkling —, maneire seu tom. Ela é uma Grisha agora.

Ivan corou de leve e fez uma pequena mesura, mas seu aperto no meu braço não abrandou enquanto ele me puxava pela galeria.

— Vocês têm que me ouvir — falei ofegante, enquanto me esforçava para acompanhar seus passos largos. — Eu não sou uma Grisha. Eu sou uma cartógrafa. Nem mesmo uma boa cartógrafa.

Ivan me ignorou.

Eu olhei para trás, procurando na multidão.

Maly estava discutindo com o capitão do esquife terrestre. Como se sentisse meus olhos sobre ele, ergueu a cabeça e nossos olhares se encontraram. Eu pude ver meu próprio pânico e confusão espelhados em seu rosto branco. Queria gritar por ele, correr até ele, mas no momento seguinte ele tinha sumido, engolido pela multidão.

Capítulo 4

LÁGRIMAS DE FRUSTRAÇÃO escorreram de meus olhos enquanto Ivan me arrastava da tenda pelo sol do fim da tarde. Ele me puxou por uma colina baixa até a estrada onde a carruagem negra do Darkling já nos esperava, cercada por um círculo de Etherealki Grishas montados e ladeados por fileiras de cavalaria armada. Dois dos guardas de roupas cinza do Darkling esperavam na porta da carruagem com uma mulher e um homem loiro, ambos vestidos de Corporalki vermelhos.

— Entre aí — Ivan ordenou. Então, parecendo se lembrar da ordem do Darkling, ele adicionou: — ... por favor.

— Não — disse eu.

— O quê? — Ivan parecia genuinamente surpreso. O outro Corporalki olhou em choque.

— Não! — eu repeti. — Eu não vou a lugar nenhum. Deve ter havido algum tipo de engano. Eu...

Ivan me interrompeu, segurando meu braço com mais firmeza.

— O Darkling não comete erros — ele disse entredentes. — Entre na carruagem.

— Eu não quero...

Ivan abaixou a cabeça até seu nariz estar a apenas alguns milímetros do meu e praticamente me deu uma bronca:

— Você acha que eu me importo com o que você quer? Em poucas horas, cada espião fjerdano e assassino shu han saberá o que aconteceu na Dobra, e eles virão atrás de você. Nossa única chance é levá-la até Os Alta, atrás dos muros do palácio, antes que alguém se dê conta do que você é. Agora, *entre na carruagem*.

Ele me empurrou pela porta e me seguiu para dentro, jogando-se no banco em frente ao meu, com desgosto.

Os outros Corporalki se juntaram a ele, seguidos pelos guardas oprichniki que se sentaram um de cada lado meu.

— Então eu sou uma prisioneira do Darkling?

— Você está sob a proteção dele.

— Qual é a diferença?

A expressão de Ivan era ilegível.

— Reze para nunca precisar saber.

Eu fechei a cara, caí de volta no assento almofadado e assoviei de dor. Tinha me esquecido das feridas.

— Cuide dela — Ivan disse para a mulher Corporalnik. Os punhos dela estavam bordados com o cinza dos Curandeiros.

A mulher trocou de lugar com um dos oprichniki para poder sentar ao meu lado.

Um soldado enfiou a cabeça pela porta.

— Estamos prontos — disse ele.

— Ótimo — respondeu Ivan. — Mantenha-se alerta e em movimento.

— Só pararemos para mudar os cavalos. Se pararmos antes disso, você saberá que algo está errado.

O soldado desapareceu, fechando a porta atrás dele.

O cocheiro não hesitou. Com um grito e o estalo de um chicote, a carruagem avançou. Senti uma vertigem gelada de pânico. O que estava acontecendo comigo? Pensei em simplesmente abrir a porta da carruagem e sair correndo. Mas para onde eu correria? Estávamos cercados de homens armados no meio de um acampamento militar. E mesmo se não estivéssemos, aonde eu poderia ir?

— Tire o seu casaco, por favor — pediu a mulher ao meu lado.

— O quê?

— Eu preciso ver as suas feridas.

Eu pensei em recusar, mas para quê? Tirei desajeitadamente os ombros do meu casaco e deixei a Curandeira afrouxar a minha camisa. Os Corporalki eram a Ordem dos Vivos e dos Mortos.

Tentei me concentrar na parte dos *vivos*, mas nunca tinha sido curada por um Grisha, e cada músculo do meu corpo retesava de medo.

Ela tirou algo de uma pequena bolsa de couro, e um forte cheiro químico tomou a carruagem. Eu me encolhi enquanto ela limpava as feridas, meus dedos enfiados nos joelhos. Quando ela terminou, senti algo quente pinicando entre meus ombros.

Mordi o lábio com força. A urgência de coçar as costas era quase insuportável. Por fim, ela terminou e colocou minha camisa de volta no lugar. Com cuidado, flexionei os ombros. A dor tinha ido embora.

— Agora o braço — disse ela.

Eu já tinha quase esquecido o corte feito pelo Darkling com a faca, mas meu pulso e mão estavam grudentos de sangue. Ela limpou o corte e então ergueu o meu braço na direção da luz.

— Tente mantê-lo firme — disse ela — ou ficará uma cicatriz.

Fiz o que pude, mas o sacolejo da carruagem dificultava a missão. A Curandeira passou as mãos devagar sobre a ferida. Senti minha pele pulsar com calor. Meu braço começou a coçar furiosamente e, enquanto eu assistia maravilhada, minha carne parecia cintilar e se mover, à medida que os dois lados do corte se uniam e a pele era selada.

A coceira passou e a Curandeira se sentou novamente. Eu me estiquei e toquei meu braço. Havia um ligeiro relevo de cicatriz onde antes existia o corte, mas era só isso.

— Obrigada — eu disse admirada.

A Curandeira assentiu.

— Dê seu *kefta* a ela — Ivan disse-lhe.

A mulher franziu a testa, mas hesitou apenas um momento antes de tirar o *kefta* vermelho e passá-lo para mim.

— Por que eu preciso disso? — perguntei.

— Apenas pegue-o — ele resmungou.

Eu peguei o *kefta* da Curandeira. Ela manteve o rosto inexpressivo, mas eu percebi que abrir mão daquele traje era doloroso para ela.

Antes que pudesse decidir se ofereceria a ela ou não o meu casaco ensanguentado, Ivan bateu no teto e a carruagem começou a desacelerar. A Curandeira nem mesmo esperou o movimento cessar antes de abrir a porta e escapar para fora.

Ivan fechou a porta num puxão. O oprichnik voltou para o assento ao meu lado, e nós tornamos a seguir nosso caminho.

— Para onde ela foi? — perguntei.

— Retornou a Kribirsk — ele respondeu. — Nós viajaremos mais rápido com menos peso.

— Você parece pesar mais do que ela — murmurei.

— Vista o *kefta* — disse ele.

— Por quê?

— Porque ele é feito com miolo de Materialki. Pode barrar um tiro de rifle.

Eu olhei para ele. Isso era mesmo possível? Havia histórias de Grishas aguentando tiros à queima-roupa e sobrevivendo ao que teriam sido feridas fatais. Eu nunca as tinha levado a sério, mas talvez o trabalho manual do Fabricador fosse a verdade por trás desses contos de camponeses.

— Todos vocês vestem isso? — perguntei enquanto puxava o *kefta*.

— Quando estamos no campo — disse o oprichnik. Eu quase dei um pulo. Fora a primeira vez que um dos guardas tinha falado.

— Só não tome um tiro na cabeça — Ivan adicionou com um sorriso condescendente.

Eu o ignorei. O *kefta* era grande demais. Eu o sentia macio e desconhecido, o forro de pele quente contra a minha pele. Fiz um muxoxo. Não parecia justo oprichniks e Grishas usarem-no como roupa básica enquanto soldados comuns ficavam sem essa proteção. *Nossos oficiais o vestiam também?*

A carruagem ganhou velocidade. No tempo que levara para a Curandeira conduzir seu trabalho, já havia começado a escurecer e nós tínhamos deixado Kribirsk para trás. Eu me inclinei para a frente, esforçando-me para olhar para fora da janela, mas o mundo ao redor tinha virado um borrão crepuscular.

Senti a ameaça das lágrimas novamente e pisquei para segurá-las. Poucas horas antes, eu era uma garota assustada no meu caminho para o desconhecido, mas pelo menos sabia quem e o que eu era. Com uma pontada de aflição, pensei na Tenda dos Documentos. Os outros inspetores deviam estar trabalhando naquele momento. Será que estariam de luto por Alexei? Ou falando de mim e do que tinha acontecido na Dobra?

Apertei o casaco militar amassado que agasalhava o meu colo. Sem dúvida, tudo tinha sido um sonho, alguma alucinação maluca causada pelos horrores da Dobra das Sombras.

Eu não podia estar de fato vestindo o *kefta* de um Grisha, sentada na carruagem do Darkling, a mesma carruagem que quase tinha me atropelado no dia anterior.

Alguém acendeu uma lamparina dentro do veículo e, na luz bruxuleante, pude ver melhor o interior de seda. Os bancos eram pesadamente forrados de veludo negro. Nas janelas, haviam cunhado o símbolo do Darkling no vidro: dois círculos sobrepostos, o sol em um eclipse.

Na minha frente, os dois Grishas me observavam com curiosidade assumida. Seus *keftas* vermelhos eram feitos da melhor lã, bordados ricamente de preto e forrados com pele negra. O Sangrador de cabelos claros era esguio e tinha um rosto comprido e melancólico. Ivan era mais alto, mais largo, com cabelo castanho ondulado e a pele bronzeada de sol. Agora que eu tinha me dado ao trabalho de olhar, devia admitir que ele era bonito. *E sabia disso também. Um grande e bonito valentão.*

Eu me mexia inquieta no meu assento, incomodada com seus olhares. Olhava para fora da janela, mas não havia nada para ver além da escuridão crescente e de meu próprio reflexo pálido. Tornei a encarar os Grishas e tentei suprimir minha irritação.

Eles me fitavam estupidamente. Lembrei a mim mesma de que esses homens poderiam fazer meu coração explodir no peito, mas uma hora não consegui mais suportar.

— Eu não faço truques, sabe — disparei.

Os Grishas se entreolharam.

— Foi um belo truque o que você fez lá na tenda — disse Ivan.

Eu revirei os olhos.

— Bem, se eu tiver planos de fazer algo excitante, prometo avisar primeiro, então... tire um cochilo ou algo parecido.

Ivan se sentiu afrontado. Experimentei uma pequena pontada de medo, mas o Corporalnik de cabelos claros deixou escapar uma gargalhada.

— Meu nome é Fedyor — disse ele. — E esse é o Ivan.

— Eu sei — respondi. Então, imitando a cara de desaprovação de Ana Kuya, completei: — Muito prazer.

Eles trocaram um olhar confuso. Eu os ignorei e me contorci no meu lugar, tentando ficar confortável. O que não era nada fácil com dois soldados altamente armados ocupando a maior parte do espaço.

A carruagem deu um solavanco e sacudiu para a frente.

— É seguro? — perguntei. — Viajar à noite?

— Não — disse Fedyor. — Mas seria consideravelmente mais perigoso parar.

— Por causa das pessoas que estão atrás de mim? — falei com sarcasmo.

— Se ainda não estão atrás de você, estarão em breve.

Eu bufei. Fedyor ergueu as sobrancelhas.

— Por centenas de anos, a Dobra das Sombras tem feito o trabalho dos nossos inimigos, fechando nossos portos, sufocando-nos, tornando-nos fracos. Se você for uma verdadeira Conjuradora do Sol, então o seu poder poderia ser a chave para abrir a Dobra ou até mesmo destruí-la. Fjerda e Shu Han não vão ficar lá parados e deixar que isso aconteça.

Eu olhei para ele boquiaberta. O que essas pessoas esperavam de mim? E o que fariam comigo ao perceber que eu não conseguiria atender às expectativas?

— Isso é ridículo — murmurei.

Fedyor me olhou de cima a baixo e então sorriu discretamente.

— Talvez — disse ele.

Eu franzi a testa. Ele estava concordando comigo, mas ainda assim me senti insultada.

— Como você o escondeu? — Ivan perguntou, abruptamente.

— O quê?

— O seu poder — ele disse, impaciente. — Como você o escondeu?

— Eu não o escondi. Eu não sabia que ele existia.

— Impossível.

— E, ainda assim, aqui estamos — retruquei, amarga.

— Você não foi testada?

Uma lembrança turva cruzou minha mente: três figuras encapuzadas na sala de estar em Keramzin, uma mulher de rosto altivo.

— Claro que fui testada.

— Quando?

— Aos oito anos.

— Muito tarde — comentou Ivan. — Por que seus pais não testaram você mais cedo?

Porque eles estavam mortos, pensei, mas não falei. *E ninguém prestava muita atenção nos órfãos do Duque Keramsov.* Eu dei de ombros.

— Isso não faz nenhum sentido. — Ivan franziu a testa.

— É o que eu estava tentando dizer a vocês! — Eu me inclinei para a frente, olhando desesperada de Ivan para Fedyor. — Eu não sou o que vocês pensam que eu sou. Não sou uma Grisha. O que aconteceu na Dobra... Eu não sei o que aconteceu, mas não fui eu.

— E o que aconteceu na tenda dos Grishas? — Fedyor perguntou calmamente.

— Eu não posso explicar aquilo. Mas não foi coisa minha. O Darkling fez algo quando me tocou.

Ivan riu.

— Ele não fez nada. Ele é um amplificador.

— Um o quê?

Fedyor e Ivan se entreolharam mais uma vez.

— Deixa pra lá — falei. — Eu não me importo.

Ivan enfiou a mão por dentro da gola e puxou uma correntinha de prata com algo pendurado nela. Ele a segurou diante de mim para que eu a examinasse.

Minha curiosidade era o que eu tinha de melhor, e me inclinei para ver direito o objeto. Parecia um conjunto de garras pretas e afiadas.

— O que é isso?

— Meu amplificador — disse Ivan com orgulho. — As garras são da pata dianteira de um urso Sherborn. Eu mesmo o matei quando deixei o colégio e me juntei ao exército do Darkling. — Ele se inclinou para trás em seu assento e enfiou a corrente de volta na gola.

— Um amplificador aumenta o poder de um Grisha — explicou Fedyor. — Mas o poder precisa já existir de início.

— Todos os Grishas têm amplificadores? — perguntei.

Fedyor ficou sério.

— Não — respondeu. — Amplificadores são raros e difíceis de conseguir.

— Somente os Grishas favoritos do Darkling possuem um amplificador — comentou Ivan, de modo presunçoso.

Eu me arrependi de perguntar.

— O Darkling é um amplificador vivo — prosseguiu Fedyor. — Foi o que você sentiu.

— Como as garras? É esse o poder dele?

— Um deles — corrigiu Ivan.

Apertei ainda mais o *kefta* ao meu redor, sentindo um frio repentino. Eu me lembrei da segurança que tinha me inundado com o toque do Darkling, e daquela sensação estranhamente familiar de um chamado ecoando em mim, um chamado que precisava de resposta. Aquilo tinha me assustado, mas me divertido também. Naquele momento, toda a minha dúvida e medo foram substituídos por um tipo de certeza absoluta. Eu sempre tinha sido uma ninguém, uma refugiada de uma vila sem nome, uma menina magrela e desajeitada se movendo sozinha pela escuridão adensada. Mas quando o Darkling fechara seus dedos em volta do meu pulso, tinha me sentido diferente, algo mais. Fechei os olhos e tentei me concentrar, tentei me lembrar daquele sentimento de certeza e dar vida àquele poder perfeito e seguro. Mas nada aconteceu.

Suspirei e abri os olhos. Ivan parecia estar se divertindo muito.

A vontade de chutá-lo se tornou quase incontrolável.

— Vocês todos ficarão muito desapontados — murmurei.

— Pelo seu próprio bem, espero que esteja errada — disse Ivan.

— Para o bem de todos nós — emendou Fedyor.

PERDI A NOÇÃO DO TEMPO. Noite e dia passaram pelas janelas da carruagem. Eu ficava a maior parte do tempo olhando a paisagem, procurando por pontos de referência para me dar algum senso de familiaridade. Esperava que tomássemos alguma trilha lateral, mas, em vez disso, nos mantivemos no caminho direto para o Vy, e Fedyor explicou que o Darkling tinha preferido a velocidade à discrição. Ele esperava me colocar em segurança atrás das muralhas duplas de Os Alta antes que o rumor sobre meu poder se espalhasse e chegasse aos espiões e assassinos inimigos que atuavam nas fronteiras de Ravka.

Nós mantivemos um ritmo brutal. Ocasionalmente, parávamos para trocar de cavalos e tinha permissão de esticar as pernas. Quando conseguia dormir, meus sonhos eram povoados por monstros. Uma vez, acordei de repente, com o coração acelerado, e dei de cara com Fedyor me observando. Ivan estava dormindo ao meu lado, roncando alto.

— Quem é Maly? — ele perguntou.

Eu me dei conta de que devia estar falando enquanto dormia.

Sem graça, olhei para os guardas oprichniki me flanqueando. Um olhava de maneira impassível para a frente. O outro estava cochilando.

Do lado de fora, o sol da tarde brilhava através de um bosque de bétulas enquanto passávamos bramindo por ele.

— Ninguém — eu disse. — Um amigo.

— O rastreador?

Eu assenti.

— Ele estava comigo na Dobra das Sombras. Salvou a minha vida.

— E você a dele.

Abri a boca para discordar, mas parei. *Eu tinha salvado a vida de Maly?* O pensamento me veio de repente.

— É uma grande honra — disse Fedyor. — Salvar uma vida. Você salvou muitas.

— Não o suficiente — murmurei, pensando no olhar assustado no rosto de Alexei quando ele foi puxado para dentro da escuridão. Se eu tinha mesmo esse poder, por que não fora capaz de salvá-lo? Ou a qualquer um dos outros que tinham morrido na Dobra? Eu olhei para Fedyor.

— Se você realmente acredita que salvar uma vida é uma honra, então por que não se tornou Curandeiro em vez de Sangrador?

Fedyor fitou o cenário que passava.

— De todos os Grishas, os Corporalki têm o caminho mais difícil. Precisamos de mais treinamento e de mais estudo. No fim, senti que poderia salvar mais vidas sendo um Sangrador.

— Agindo como um assassino? — perguntei, surpresa.

— Como um soldado — Fedyor me corrigiu. Ele deu de ombros. — Matar ou curar? — disse ele com um sorriso triste. — Cada um de nós tem seus próprios dons. — De repente, sua expressão mudou. Ele se sentou reto e socou Ivan na lateral. — Acorde!

A carruagem parou. Eu olhei em volta, confusa.

— Estamos... — comecei, mas o guarda ao meu lado me cobriu a boca com a mão e colocou um dedo sobre os lábios.

A porta da carruagem abriu com força e um soldado colocou a cabeça para dentro.

— Tem uma árvore caída no meio da estrada — informou ele. — Mas pode ser uma armadilha. Fiquem alertas e...

O homem jamais terminou a frase. Um tiro foi disparado e ele caiu para a frente, com uma bala nas costas. De repente, o ar foi invadido por gritos de pânico, e pelo som de tiros de rifle de trincar os dentes enquanto uma saraivada de balas acertava a carruagem.

— Abaixe-se! — o guarda ao meu lado gritou, protegendo meu corpo com o dele, enquanto Ivan chutava o soldado morto para fora de seu caminho e puxava a porta para fechá-la.

— Fjerdanos — disse o guarda, espiando do lado de fora.

Ivan se virou para Fedyor e o guarda ao lado dele.

— Fedyor, vá com ele. Você cobre esse lado. Nós iremos pelo outro. Custe o que custar, defenda a carruagem.

Fedyor sacou uma faca enorme de seu cinto e me entregou.

— Fique rente ao chão e quieta.

Os Grishas esperaram com os guardas, agachados ao lado da janela, então, após um sinal de Ivan, eles saltaram um para cada lado da carruagem, batendo as portas atrás deles. Eu me encolhi no chão, apertando o punho pesado da faca, joelhos contra o peito, as costas pressionadas contra a base do assento. Do lado de fora, podia ouvir os sons de luta, metal contra metal, grunhidos e gritos, os cavalos relinchando. A carruagem balançou quando um corpo colidiu contra o vidro da janela. Vi apavorada que era um dos meus guardas. Seu corpo deixou um rastro vermelho no vidro conforme deslizava para fora do meu campo de visão.

A porta da carruagem foi aberta e um homem de rosto selvagem e barba amarela apareceu. Eu me arrastei para o outro lado, a faca erguida na minha frente. Ele gritou algo para seus compatriotas em um idioma fjerdano estranho e segurou minha perna. Enquanto eu o chutava, a porta atrás de mim foi aberta e eu praticamente tombei em outro homem barbado. Ele me segurou por baixo dos braços e me puxou com força da carruagem enquanto eu gritava e sacudia a faca.

Devo tê-lo atingido, porque ele me xingou e afrouxou as mãos ao meu redor. Eu lutei para ficar de pé e corri. Nós estávamos em um vale arborizado onde o Vy se estreitava para passar entre duas colinas inclinadas. Ao meu redor, soldados e Grishas lutavam contra homens barbados. Árvores explodiam em chamas, atingidas pelo fogo Grisha. Vi Fedyor esticar a mão e o homem na frente dele desabar no chão, apertando o peito, com sangue escorrendo da boca.

Corri sem direção, escalando a colina mais próxima, meus pés deslizando sobre as folhas caídas que cobriam o chão da floresta, minha respiração cada vez mais ofegante. Subi metade do declive antes de ser abordada por trás. Caí para a frente e a faca voou das minhas mãos, enquanto eu usava os braços para aparar a queda.

Girei e chutei quando o homem de barba amarela agarrou minhas pernas. Olhei desesperada para o vale, mas os soldados e os Grishas lá embaixo estavam lutando pela vida deles, claramente em menor número e incapazes de vir me ajudar. Lutei e me sacudi, mas o fjerdano era forte demais. Ele ficou em cima de mim, usando os joelhos para prender meus braços ao lado do meu corpo, e pegou sua faca.

— Eu vou estripar você aqui mesmo, sua bruxa — ele rosnou com um sotaque fjerdano carregado.

Naquele momento, ouvi o barulho de cascos, e meu atacante virou a cabeça para olhar para a estrada.

Um grupo de cavaleiros bramia para dentro do vale, seus *keftas* intercalando vermelho e azul, suas mãos brilhando de fogo e relâmpagos.

O cavaleiro que os liderava estava vestido de preto.

O Darkling deslizou de sua montaria e estendeu as mãos bem abertas. Depois, as uniu provocando o som de uma explosão. Novelos de escuridão dispararam de suas mãos entrelaçadas, serpenteando através do vale para encontrar os assassinos fjerdanos, e então deslizaram até seus corpos para envolver seus rostos na sombra agitada.

Eles gritaram. Alguns deixaram cair suas espadas, outros as sacudiram cegamente.

Com um misto de reverência e horror, assisti aos combatentes ravkanos aproveitarem a vantagem e cortarem com facilidade os homens cegos e indefesos.

O homem barbado em cima de mim murmurou algo que não compreendi. Pensei que poderia ser uma oração. Ele encarava o vazio, congelado com a chegada do Darkling, o terror palpável. Eu aproveitei a chance.

— Estou aqui! — gritei na direção na encosta.

A cabeça do Darkling se virou. Ele ergueu as mãos.

— *Nej!* — o fjerdano gritou, a faca mantida no alto. — Eu não preciso enxergar para enfiar minha faca no coração dela!

Prendi a respiração. O silêncio tomou conta do vale, quebrado apenas pelos gemidos dos homens morrendo. O Darkling abaixou as mãos.

— Você deve ter percebido que está cercado — disse ele, calmamente, sua voz conduzida por entre as árvores.

O assassino olhava da direita para a esquerda. Em seguida, olhou para o topo da colina, de onde soldados ravkanos iam surgindo, rifles prontos para disparar. Enquanto o fjerdano olhava de um lado para outro freneticamente, o Darkling avançou alguns passos pelo declive.

— Não chegue mais perto! — o homem gritou.

O Darkling parou. — Entregue-a para mim — disse ele —, e deixarei você correr de volta para o seu rei.

O assassino deu uma risadinha louca. — Oh, não, não. Eu não acho que isso vá acontecer — disse ele, sacudindo a cabeça, a faca mantida acima do meu coração acelerado, sua ponta cruel brilhando no sol. — O Darkling não poupa vidas. — Ele olhou para mim. Seus cílios eram louro-claros, quase invisíveis.

— Ele não terá você — o homem murmurou suavemente. — Ele não terá a bruxa. Nem terá esse poder. — O assassino ergueu a faca ainda mais alto e gritou: — *Skirden Fjerda!*

A faca mergulhou em um arco brilhante. Eu virei a cabeça e apertei os olhos com medo. Ao fazer isso, vislumbrei o Darkling, seu braço cortando o ar na minha frente. Ouvi outro estalo como um trovão e depois... Nada.

Devagar, abri os olhos e absorvi o terror diante de mim. Escancarei a boca para gritar, mas nenhum som saiu.

O homem em cima de mim tinha sido cortado em dois. Sua cabeça, seu ombro e seu braço direito repousavam sobre o solo da floresta, a mão branca ainda segurando a faca. O resto dele balançou por um instante sobre mim, um fiapo negro de fumaça sumindo no ar ao lado da ferida que percorria o comprimento de seu torso cortado.

Então, o que restava dele caiu para a frente.

Eu recuperei a voz e gritei. Rastejei para trás, me afastando do corpo mutilado, incapaz de ficar de pé, incapaz de desviar o olhar daquela visão horrível, meu corpo tremendo sem controle. O Darkling percorreu a colina e ajoelhou ao meu lado, bloqueando minha visão do corpo.

— Olhe para mim — ele instruiu.

Tentei me concentrar em seu rosto, mas tudo que podia ver era o corpo cortado do assassino, seu sangue se acumulando nas folhas úmidas.

— O que... o que você fez com ele? — perguntei, com a voz tremendo.

— O que eu precisava fazer. Você consegue ficar de pé?

Eu assenti, ainda tremendo. Ele pegou minhas mãos e me ajudou a levantar. Quando meu olhar escapou de volta para o corpo, ele pegou o meu queixo e atraiu meus olhos de volta para os dele.

— Para mim — ele ordenou.

Concordei e tentei manter meus olhos fixos no Darkling, conforme ele me conduzia para baixo da colina e gritava ordens para seus homens.

— Liberem a estrada. Eu preciso de vinte cavaleiros.

— E a garota? — gritou Ivan.

— Ela vai comigo — disse o Darkling.

Ele me deixou com seu cavalo enquanto se reunia com Ivan e seus capitães. Fiquei aliviada de ver Fedyor com eles, segurando o braço, mas parecendo bem de resto. Bati no flanco suado do cavalo e respirei o cheiro de couro limpo da sela, tentando desacelerar os batimentos do meu coração e ignorar o que eu sabia estar atrás de mim na colina.

Alguns minutos depois, vi soldados e Grishas montando seus cavalos. Vários homens tinham terminado de tirar a árvore da estrada e outros cavalgavam, indo embora com a carruagem bastante avariada.

— Aquilo foi uma isca — disse o Darkling, aproximando-se pela lateral. — Nós tomaremos as trilhas ao sudeste. É o que deveríamos ter feito desde o início.

— Então você comete erros — eu disse sem pensar.

Ele parou de colocar as luvas e pressionei meus lábios, nervosa.

— Eu não quis dizer...

— É claro que cometo erros — disse ele, com um meio sorriso. — Só não é algo frequente.

Ele ergueu o capuz e ofereceu a mão para me ajudar a subir no cavalo. Por um momento, hesitei. Ele continuou diante de mim, um cavaleiro coberto de preto, seu rosto nas sombras.

A imagem do homem cortado surgiu em minha mente e meu estômago revirou.

Como se lesse meus pensamentos, ele repetiu:

— Eu fiz o que precisava fazer, Alina.

Eu sabia disso. Ele tinha salvado a minha vida. Além do mais, que outra escolha eu tinha? Coloquei a mão na dele e deixei o Darkling me ajudar com a sela. Ele deslizou atrás de mim e esporeou o cavalo para iniciar o trote.

Conforme deixávamos o vale, senti o peso da realidade do que tinha acabado de acontecer me abater.

— Você está tremendo — disse ele.

— Eu não estou acostumada com gente tentando me matar.

— Sério? Eu nem dou mais atenção.

Eu me virei para olhar para ele. Ainda havia o traço de um sorriso, mas não estava totalmente certa de que ele estava brincando. Voltei a olhar para a frente.

— E eu acabei de ver um homem ser cortado ao meio. — Mantive a voz baixa, mas não podia esconder o fato de que ainda tremia.

O Darkling passou as rédeas para apenas uma das mãos e tirou uma de suas luvas. Fiquei tensa quando o senti deslizar sua palma nua sob meu cabelo e repousá-la na minha nuca.

Minha surpresa deu lugar à calma quando a mesma sensação de poder e certeza me inundou. Com uma das mãos segurando minha cabeça, ele fez o cavalo passar para um galope. Fechei os olhos e tentei não pensar. Logo, apesar do movimento do cavalo e dos horrores do dia, caí em um sono conturbado.

Capítulo 5

OS DIAS SEGUINTES passaram em uma mancha de desconforto e exaustão. Nós ficamos fora do Vy e seguimos por estradas laterais e trilhas estreitas de caça, movendo-nos tão rápido quanto o terreno montanhoso e por vezes traiçoeiro permitia. Eu perdi a noção de onde estávamos e quão longe tínhamos ido.

Após o primeiro dia, o Darkling e eu cavalgamos separados, mas descobri que estava sempre consciente de onde ele se encontrava na coluna de cavaleiros. Ele não disse uma palavra para mim e, conforme as horas e os dias passavam, comecei a me preocupar com a possibilidade de tê-lo ofendido de alguma maneira. (Apesar de que, considerando quão pouco havíamos conversado, eu não tinha certeza de como teria conseguido isso.) Ocasionalmente, eu o flagrava olhando para mim, seus olhos frios e ilegíveis.

Eu nunca tinha sido particularmente boa em cavalgar, e o ritmo que o Darkling mantinha estava acabando comigo. Não importava para que lado mudasse na minha sela, alguma parte do meu corpo doía. Olhei distraidamente para as orelhas em contração do meu cavalo e tentei não pensar em minhas pernas queimando ou na minha lombar latejando.

Na quinta noite, quando paramos para acampar em uma fazenda abandonada, eu queria pular em regozijo do meu cavalo. Mas estava tão dolorida que dei um jeito de deslizar desajeitadamente para o chão. Agradeci ao soldado que cuidou da minha montaria e me arrastei lentamente por uma pequena colina, de onde eu podia ouvir o murmúrio suave de um córrego.

Ajoelhei na margem com as pernas trêmulas e lavei o rosto e as mãos na água fria. O ar tinha mudado nos últimos dias e o céu azul e brilhante do outono dava lugar a um cinza taciturno. Os soldados pareciam pensar que nós chegaríamos a Os Alta antes de qualquer temporal verdadeiro desabar. E então, o que viria? O que aconteceria comigo quando chegássemos ao Pequeno Palácio? O que aconteceria quando eu não conseguisse fazer o que eles queriam que eu fizesse? Não era inteligente desapontar reis. Ou Darklings. Eu duvidava que eles simplesmente me mandariam de volta para o regimento com um tapinha nas costas. Eu me perguntei se Maly continuava em Kribirsk. Se os ferimentos estivessem curados, ele já teria sido mandado de volta para a Dobra ou para algum outro serviço. Pensei no rosto dele desaparecendo na multidão na tenda Grisha. Eu nem tivera a chance de me despedir.

No anoitecer que se adensava, alonguei os braços e as costas e tentei afastar a sensação de melancolia que se instalara em mim. *Provavelmente foi melhor assim*, disse para mim mesma. E, afinal, como eu teria me despedido de Maly? *Obrigada por ter sido meu melhor amigo e tornado minha vida suportável. Ah, e me desculpe por ter me apaixonado por você por um instante. Não deixe de escrever!*

— Do que você está rindo?

Eu me virei, olhando a escuridão. A voz do Darkling parecia flutuar das sombras. Ele caminhou até o riacho e se abaixou na margem para jogar água no rosto e nos cabelos negros.

— E então? — ele insistiu, olhando para mim.

— De mim — admiti.

— Você é assim tão engraçada?

— Eu sou hilária.

O Darkling me observou no que restava da luz do crepúsculo.

Tive a sensação inquietante de estar sendo analisada.

Fora um pouco de poeira em seu *kefta*, nossa cavalgada parecia ter tido pouco efeito sobre ele. Minha pele se eriçou de vergonha quando me conscientizei profundamente do meu *kefta* estropiado e grande demais, do meu cabelo sujo e da ferida que o assassino fjerdano tinha deixado na minha bochecha. Ele estava olhando para mim e se arrependendo de sua decisão de me arrastar por todo esse caminho? Estaria se perguntando se tinha cometido outro de seus raros erros?

— Eu não sou Grisha — soltei.

— As evidências sugerem o contrário — disse ele, pouco preocupado. — O que lhe dá tanta certeza?

— Olhe para mim!

— Estou olhando.

— Eu pareço uma Grisha para você? — Grishas eram bonitos. Eles não tinham sardas na pele nem cabelo castanho sem brilho e braços esquálidos.

Ele sacudiu a cabeça e se levantou.

— Você não entende nada — disse ele e começou a caminhar de volta para a colina.

— Você explicará para mim?

— Não, agora não.

Eu estava tão furiosa que quis socá-lo na nuca. E se eu não o tivesse visto cortar um homem ao meio, teria feito exatamente isso. Eu me contentei em olhar o espaço entre as escápulas de seus ombros enquanto o acompanhava colina acima.

Dentro do celeiro em ruínas da fazenda, os soldados do Darkling limparam um espaço no piso de terra e armaram uma fogueira. Um deles tinha caçado e matado um galo-silvestre e o estava tostando nas chamas. Rendeu uma refeição pobre, compartilhada entre todos nós, mas o Darkling não queria mandar seus homens à floresta por diversão.

Eu peguei um lugar perto da fogueira e comi minha pequena porção em silêncio. Ao terminar, hesitei por um momento antes de limpar os dedos no meu *kefta* já imundo. Ele era provavelmente a coisa mais legal que eu já tinha vestido e jamais vestiria, e ver o tecido manchado e rasgado fazia eu me sentir particularmente para baixo.

Na luz da fogueira, eu via os oprichniki sentados lado a lado com os Grishas. Alguns deles já tinham abandonado a fogueira e ido deitar. Outros tinham sido designados para o primeiro turno de vigilância. O restante conversava enquanto as chamas diminuíam, passando um cantil de lá para cá. O Darkling se sentou com eles. Notei que ele só tinha pegado a sua parte do galo silvestre. E agora se sentava ao lado de seus soldados no chão frio, um homem só abaixo do Rei em poder.

Ele deve ter percebido minha atenção, porque se virou para me olhar, seus olhos de granito brilhando na luz da fogueira. Eu corei.

Para meu espanto, ele se levantou e veio se sentar ao meu lado, me oferecendo o cantil. Hesitei e então dei um gole, fazendo uma careta ao sentir o gosto. Eu nunca havia gostado de *kvas*, mas os professores em Keramzin bebiam como se fosse água. Maly e eu roubamos uma garrafa uma vez. A surra que levamos ao sermos pegos não foi nada comparada a quão miseravelmente doentes nós ficamos.

Ainda assim, o líquido queimava enquanto descia, e o calor era bem-vindo.

Dei outro gole e passei o cantil de volta a ele.

— Obrigada — falei, tossindo um pouco.

Ele bebeu, olhando para a fogueira, e então disse:

— Vamos lá. Pergunte-me.

Pisquei para ele, surpresa. Não tinha certeza de por onde começar. Minha mente cansada estava transbordando de dúvidas, zumbindo em um estado entre o pânico, a exaustão e a descrença desde que deixáramos Kribirsk. Eu não tinha certeza de possuir a energia necessária para formular um pensamento e, quando abri a boca, a pergunta que saiu me surpreendeu.

— Quantos anos você tem?

Ele me olhou confuso.

— Eu não sei exatamente.

— Como assim, você não sabe? Qual a sua idade, exatamente?

O Darkling deu de ombros.

Olhei para ele de um jeito atravessado. Que eu não soubesse a data do meu nascimento, tudo bem. Todos os órfãos de Keramzin recebiam a data de aniversário do Duque, em honra ao nosso benfeitor. Mas com ele era diferente.

— Bem, então, grosso modo, qual a sua idade?

— Por que você quer saber?

— Porque eu ouço histórias sobre você desde criança, mas você não parece ser muito mais velho do que eu — falei com honestidade.

— Que tipo de histórias?

— Do tipo comum — respondi com certo aborrecimento. — Se você não quer me responder, é só dizer.

— Eu não quero responder.

— Oh.

Então ele suspirou e disse:

— Cento e vinte. É pegar ou largar.

— O quê? — guinchei. Os soldados sentados do outro lado olharam para nós. — Isso é impossível — falei, mais baixo.

Ele olhou para as chamas.

— Quando o fogo queima, ele consome a madeira. Ele a devora, deixando apenas cinzas. O poder Grisha não funciona dessa maneira.

— E como ele funciona?

— Usar nosso poder nos torna mais fortes. Ele nos alimenta em vez de nos consumir. A maioria dos Grishas vive vidas longas.

— Mas não cento e vinte anos.

— Não — ele admitiu. — A longevidade de um Grisha é proporcional ao seu poder. Quanto maior o poder, maior o tempo de vida. E quando o poder é ampliado...

Ele se interrompeu e encolheu os ombros.

— E você é um amplificador vivo. Como o urso de Ivan.

No canto de sua boca surgiu a alusão de um sorriso.

— Como o urso de Ivan.

Um pensamento desagradável me ocorreu.

— Mas isso significa que...

— Que meus ossos ou alguns dos meus dentes tornariam outro Grisha muito poderoso.

— Bem, isso é completamente assustador. Isso não o preocupa nem um pouquinho?

— Não — disse ele, simplesmente. — Agora você responde a minha pergunta. Que tipo de histórias são contadas a meu respeito?

Eu me mexi, desconfortável.

— Bem, nossos professores nos disseram que você fortaleceu o Segundo Exército, reunindo Grishas de fora de Ravka.

— Eu não tive que reuni-los. Eles vieram a mim. Os outros países não tratam seus Grishas tão bem quanto Ravka — disse ele, severo. — Os fjerdanos nos queimam como bruxos e os kerches nos vendem como escravos. Os shu han nos cortam em pedaços procurando a fonte de nosso poder. O que mais?

— Disseram que você é o Darkling mais forte em gerações.

— Eu não perguntei sobre elogios.

Eu passei o dedo em um fio solto na manga do meu *kefta*. Ele me observou, aguardando.

— Bem — eu disse —, havia um antigo servo que trabalhou na propriedade...

— Prossiga — disse ele. — Conte-me.

— Ele... ele disse que os Darklings nascem sem alma. Que apenas algo realmente mau poderia ter criado a Dobra das Sombras. — Olhei para seu rosto frio e completei, apressadamente: — Mas a Ana Kuya o mandou embora e nos disse que isso tudo não passava de superstição camponesa.

O Darkling suspirou.

— Eu duvido que esse serviçal seja o único a acreditar nisso.

Eu não disse nada. Nem todo mundo pensava como Eva ou o velho serviçal, mas eu tinha estado tempo suficiente no Primeiro Exército para saber que a maioria dos soldados comuns não confiava nos Grishas e não prestava lealdade ao Darkling.

Após um momento, o Darkling disse:

— Meu tataravô foi o Herege Negro, o Darkling que criou a Dobra das Sombras. Isso foi um erro, um experimento nascido de sua ganância, talvez de seu mal. Eu não sei. Mas todos os Darklings depois dele tentaram desfazer o dano que ele causou ao nosso país, e eu não sou diferente. — Ele se virou para mim, sua expressão séria, a luz das chamas brincando sobre os planos perfeitos de seu rosto. — Eu passei a vida procurando um modo de corrigir as coisas. Você é o primeiro lampejo de esperança que tenho em muito tempo.

— Eu?

— O mundo está mudando, Alina. Mosquetes e rifles são apenas o começo. Eu vi as armas que eles estão desenvolvendo em Kerch e Fjerda. A era do poder Grisha está chegando ao fim.

Aquele foi um pensamento terrível.

— Mas... mas e o Primeiro Exército? Eles possuem rifles. E têm armas.

— De onde você acha que vêm os rifles deles? Sua munição? Cada vez que atravessamos a Dobra, nós perdemos vidas. Uma Ravka dividida não sobreviverá à nova era. Precisamos de nossos portos. Precisamos de nossas cidades portuárias. E só você pode devolvê-los a nós.

— Como? — pedi que explicasse. — Como eu devo fazer isso?

— Me ajudando a destruir a Dobra das Sombras.

Eu balancei a cabeça.

— Você é louco. Tudo isso é loucura.

Olhei o céu noturno por entre as vigas quebradas do telhado do celeiro. Estava repleto de estrelas, mas eu só conseguia ver a distância interminável de escuridão entre elas. Eu me imaginei de pé no silêncio morto da Dobra das Sombras, cega, assustada, sem nada para me proteger além do meu suposto poder. Pensei no Herege Negro. Ele havia criado a Dobra, um Darkling, exatamente como aquele homem sentado me observando tão de perto na luz da fogueira.

— E aquela coisa que você fez? — perguntei antes de perder a coragem. — Ao fjerdano.

Ele olhou de volta para a fogueira.

— É chamado o Corte. Exige um grande poder e uma grande concentração. É algo que só alguns poucos Grishas podem fazer.

Esfreguei os braços, tentando afastar o arrepio que tinha tomado conta de mim.

Ele olhou para mim e de volta para a fogueira.

— Se eu o tivesse cortado com uma espada, isso teria feito alguma diferença?

Teria? Eu tinha visto inúmeros horrores em poucos dias. Mas mesmo após os pesadelos da Dobra, a imagem que permanecia comigo, que se erguia em meus sonhos e me perseguia quando eu acordava, era a do corpo cortado do homem barbado, balançando na luz do sol que o salpicava, antes de cair sobre mim.

— Eu não sei — admiti, baixinho.

Algo passou por seu rosto, algo que parecia raiva, ou até mesmo dor. Sem mais nenhuma palavra, ele se levantou e se afastou de mim.

Eu o vi desaparecer na escuridão e me senti repentinamente culpada. *Não seja idiota*, eu me repreendi. *Ele é o Darkling. O segundo homem mais poderoso de Ravka. Ele tem cento e vinte anos! Você não feriu os sentimentos dele.* Mas pensei na expressão que passara rapidamente por seu rosto, na vergonha na voz dele quando falara sobre o Herege Negro, e não consegui me livrar do sentimento de que eu havia falhado em algum tipo de teste.

DOIS DIAS DEPOIS, logo após anoitecer, passamos por um enorme portão e pelas famosas muralhas duplas de Os Alta.

Maly e eu tínhamos sido treinados não muito longe dali, na fortaleza militar de Poliznaya, mas nunca estivéramos dentro da cidade. Os Alta era reservada para os muito ricos, para as casas dos oficiais do governo e militares, suas famílias, amantes, e todo tipo de negócios que os supriam.

Senti uma pontada de decepção quando passamos pelas lojas fechadas, um mercado amplo onde alguns vendedores já estavam armando suas tendas, e fileiras apinhadas de casas estreitas. Os Alta era chamada de a cidade dos sonhos. Era a capital de Ravka, lar dos Grishas e do Grande Palácio do Rei.

Mas se ela parecia alguma coisa, era uma versão maior e mais suja da cidade mercantil de Keramzin.

Tudo aquilo mudou quando alcançamos a ponte. Ela atravessava um canal largo onde pequenos barcos flutuavam na água. E na margem seguinte, erguendo-se branca e brilhante da névoa, estava a outra Os Alta. Enquanto cruzávamos a ponte, vi que havia sido erguida para transformar o canal em um fosso gigante que separava a cidade dos sonhos à nossa frente da bagunça comum da cidade mercantil atrás de nós.

Quando chegamos ao outro lado do canal, foi como se tivéssemos entrado em outro mundo. Para todo lugar que eu olhava via fontes e praças, parques verdejantes e amplos bulevares ladeados por colunas perfeitas de árvores. Aqui e ali, eu via luzes acesas nos pavimentos inferiores das casas nobres, onde o fogo das cozinhas estava sendo aceso e o dia de trabalho começava.

As ruas passaram a se inclinar para cima e, à medida que subíamos cada vez mais alto, as casas se tornavam maiores e mais imponentes, até que finalmente chegamos a outra muralha e a outro conjunto de portões, estes forjados em ouro brilhante e adornados com a águia dupla do Rei. Ao longo do muro, pude ver homens fortemente armados em seus postos, um lembrete sombrio de que, independentemente de toda a sua beleza, Os Alta ainda era a capital de um país que se encontrava havia muito tempo em guerra.

O portão se abriu.

Nós subimos por um amplo caminho pavimentado com cascalho brilhante e cercado por fileiras de árvores elegantes. À direita e à esquerda, estendendo-se a perder de vista, percebi jardins cuidados, repletos de verde e cobertos pela névoa do início da manhã. Acima de tudo, após uma série de terraços de mármore e fontes de ouro, surgiu o Grande Palácio, a casa de inverno do Rei ravkano.

Quando finalmente chegamos à enorme fonte com a águia dupla em sua base, o Darkling trouxe seu cavalo para o lado do meu.

— E então, o que você pensa disso? — ele perguntou.

Eu olhei para ele, e então para a fachada elaborada. O palácio era mais largo do que qualquer construção que eu tinha visto; seus terraços apinhados de estátuas, seus três pavimentos reluzindo com colunas e mais colunas de janelas brilhantes, cada uma delas ornada à exaustão com o que, eu suspeitava, fosse ouro verdadeiro.

— É muito... imponente? — falei, com cuidado.

Ele olhou para mim, um pequeno sorriso brincando nos lábios.

— Eu acho que é a construção mais feia que já vi na vida — disparou ele, e fez o cavalo seguir adiante com um cutucão.

Nós seguimos por um caminho que contornava por trás do palácio e se aprofundava em seus terrenos, passando por um labirinto de cerca viva, um gramado extenso com um templo de colunas no centro e uma vasta estufa com janelas nubladas de condensação. Então, entramos em uma plataforma espessa cheia de árvores, tão grande que parecia uma pequena floresta, e passamos por um longo e escuro corredor no qual os galhos formavam um telhado denso e trançado sobre nós.

Os pelos dos meus braços se arrepiaram. Eu tive o mesmo sentimento de quando atravessamos o canal, a sensação de cruzar uma fronteira entre dois mundos.

Quando emergimos do túnel sob uma fraca luz do sol, olhei para um declive suave e vi um prédio diferente de tudo que já tinha visto.

— Bem-vinda ao Pequeno Palácio — disse o Darkling.

Era um nome estranho, já que, embora fosse menor do que o Grande Palácio, o "Pequeno" Palácio continuava a ser enorme. Ele se erguia das árvores que o contornavam como algo esculpido a partir de uma floresta encantada, um conjunto de muros de madeira escura e domos dourados. À medida que nos aproximávamos, vi que cada centímetro dele estava coberto de entalhes intrincados de pássaros e flores, vinhas retorcidas e criaturas mágicas.

Um grupo de serviçais vestidos de cinza nos aguardava nos degraus. Desmontei e um deles correu para pegar meu cavalo, enquanto os outros empurravam um grande conjunto de portas duplas para abri-las.

Enquanto passávamos por eles, não pude resistir ao impulso de tocar aquelas esculturas primorosas. Elas haviam sido incrustadas com madrepérola para que brilhassem na primeira luz da manhã. Quantas mãos e quantos anos tinham sido necessários para criar um palácio assim?

Nós passamos por uma câmara de entrada e, em seguida, por uma vasta sala hexagonal com quatro mesas compridas arrumadas em um quadrado no seu centro. Nossos passos ecoaram pelo chão de pedra, e um domo de ouro maciço parecia flutuar sobre nós a uma altura impossível.

O Darkling emparelhou-se com um dos serviçais, uma mulher mais velha de vestido cinza-escuro, e falou com ela em tons abafados.

Então, ele fez uma reverência sutil para mim e saiu do salão, seguido por seus homens.

Senti uma onda de aborrecimento. O Darkling tinha falado pouco comigo desde aquela noite no celeiro, e não tinha me dado nenhuma pista do que esperar quando chegássemos. Mas eu não tinha cabeça nem energia para correr atrás dele, então segui humildemente a mulher de cinza por outro par de portas duplas e em uma das torres menores.

Quando vi todos os degraus, quase desabei e chorei. *Talvez eu pudesse perguntar se não teria como ficar sentada ali no meio do salão*, pensei, miseravelmente. Em vez disso, coloquei a mão no corrimão esculpido e me arrastei para cima, meu corpo rígido protestando a cada passo. Quando chegamos ao topo, minha vontade foi comemorar deitando e tirando uma soneca, mas a serviçal já estava se movendo pelo corredor. Nós passamos porta após porta até, finalmente, chegarmos a uma câmara onde outra criada uniformizada esperava perto de uma porta aberta.

Registrei vagamente um quarto grande com cortinas pesadas e douradas, fogo queimando em uma lareira belamente azulejada, mas eu só tinha olhos para a enorme cama com dossel.

— Eu posso trazer algo para você? Algo para comer? — perguntou a mulher. Eu balancei a cabeça. Só queria dormir.

— Muito bem — disse ela, e fez um gesto de cabeça para a criada, que, após uma reverência, desapareceu pelo corredor. — Então deixarei você dormir. Certifique-se de trancar a sua porta.

Eu pisquei.

— Por precaução — disse a mulher. Em seguida, ela partiu, fechando gentilmente a porta ao sair.

Precaução contra o quê?, me perguntei. Mas eu estava cansada demais para pensar sobre aquilo. Tranquei a porta, tirei o *kefta* e as botas e me joguei na cama.

Capítulo 6

SONHEI QUE ESTAVA de volta a Keramzin, correndo de meias pelos corredores escuros, tentando encontrar Maly. Podia ouvi-lo me chamando, mas sua voz nunca parecia se aproximar. Por fim, cheguei ao piso mais alto, e à porta do velho quarto azul onde costumávamos nos sentar no parapeito e observar nosso prado.

Eu ouvi a risada de Maly. Eu abri a porta... e gritei. Havia sangue por todo lado. O volcra estava empoleirado no parapeito e, quando se virou para mim e abriu suas horríveis mandíbulas, vi que tinha olhos de quartzo cinza.

Acordei num sobressalto, com o coração disparado, e olhei em volta, assustada. Por um momento, me esqueci de onde estava. Então suspirei e desabei de volta nos travesseiros.

Eu já estava cochilando novamente quando alguém começou a bater na porta.

— Vá embora — murmurei por baixo das cobertas. Mas as batidas só ficaram mais altas. Eu me sentei, sentindo todo meu corpo gritar em protesto. Minha cabeça doía e, quando tentei ficar de pé, minhas pernas não quiseram colaborar.

— Tudo bem! — gritei. — Estou indo! — As batidas cessaram. Cambaleei até a porta e estendi a mão para pegar a maçaneta, mas então hesitei. — Quem é?

— Eu não tenho tempo para isso — uma voz feminina disparou de trás da porta. — Abra. Agora! — Dei de ombros. Deixe-os me matar ou me sequestrar ou seja lá o que quiserem fazer. Contanto que não tivesse que cavalgar ou subir escadas, eu não reclamaria.

Mal tinha destrancado a porta quando ela se abriu e uma garota alta passou me empurrando, examinando o quarto e depois me olhando de jeito crítico. Ela era, facilmente, a pessoa mais bonita que eu já tinha visto. Seu cabelo ondulado era de um ruivo profundo, suas íris grandes e douradas. A pele era tão lisa e sem falhas que parecia que as maçãs perfeitas de seu rosto tinham sido esculpidas em mármore. Ela usava um *kefta* creme bordado em ouro e forrado de pele de raposa avermelhada.

— Por todos os santos — ela disse, me olhando de cima. — Você pelo menos tomou um banho? E o que aconteceu com o seu rosto?

Eu fiquei muito vermelha, minha mão voando para o machucado na bochecha. Fazia quase uma semana desde a partida do acampamento e ainda mais tempo desde que eu tinha me banhado ou escovado o cabelo. Estava coberta de sujeira e sangue, além do cheiro dos cavalos.

— Eu...

Mas a garota já estava gritando ordens para as serviçais que a seguiram para dentro do quarto.

— Preparem um banho. Um quente. E precisarei dos meus kitapetrechos. E tirem as roupas dela.

As serviçais, descendo sobre mim, puxaram meus botões.

— Ei! — gritei, afastando a mão delas.

A Grisha revirou os olhos.

— Segurem-na se for preciso.

As serviçais redobraram seus esforços.

— Parem! — gritei, me afastando delas. Elas hesitaram, olhando de mim para a garota.

Honestamente, nada seria melhor que um banho quente e mudar as roupas, mas eu não deixaria uma ruiva tirânica fazer o que quisesse comigo.

— O que está acontecendo? Quem são vocês?

— Eu não tenho tem...

— Então arrume! — disparei. — Eu cobri mais de cento e cinquenta quilômetros nas costas de um cavalo. Não tenho uma boa noite de sono há uma semana e quase fui morta duas vezes. Então, antes de fazer qualquer coisa, vocês vão ter que me contar quem são e por que é tão importante eu tirar a minha roupa.

A ruiva respirou profundamente e disse devagar, como se estivesse falando com uma criança:

— Meu nome é Genya. Em menos de uma hora você será apresentada ao Rei, e é minha tarefa torná-la apresentável.

Minha raiva evaporou. Eu seria apresentada ao Rei?

— Oh — falei, humildemente.

— Sim. "Oh." Então, podemos prosseguir?

Assenti sem dizer nada e Genya bateu palmas. As serviçais entraram em ação voando, arrancando as minhas roupas e me arrastando para o banheiro. Na noite anterior, eu estava cansada demais para notar o quarto, mas agora, mesmo tremendo e abobada com a perspectiva de ter de conhecer um rei, eu me maravilhava com as pequenas peças de bronze que ocupavam todas as superfícies e com a enorme banheira oval de cobre batido, que as servas estavam enchendo de água fervendo. Ao lado da banheira, a parede estava coberta por um mosaico de conchas e abalone brilhante.

— Para dentro! — disse uma das serviçais, dando-me um empurrão.

Eu entrei. A água estava dolorosamente quente, mas eu a encarei em vez de tentar facilitar indo devagar. A vida militar tinha me curado do meu recato havia muito tempo, mas havia algo diferente em ser a única pessoa nua no cômodo, especialmente quando todo mundo continuava a me olhar de um jeito curioso.

Gritei quando uma das mulheres agarrou minha cabeça e começou a lavar meu cabelo furiosamente. Outra se inclinou sobre a banheira e começou a esfregar minhas unhas.

Depois de me acostumar a ele, o calor da água fez bem para o meu corpo dolorido. Eu não tomava um banho quente havia bem mais de um ano, e jamais tinha sonhado que poderia existir uma banheira assim. Obviamente, ser um Grisha tinha os seus benefícios. Eu poderia ter passado uma hora só flutuando para lá e para cá. Mas após ser totalmente afundada e escovada, uma serviçal agarrou meu braço e ordenou:

— Para fora! Para fora!.

Relutante, saí da banheira e deixei a mulher me enxugar rudemente com toalhas grossas. Uma das moças mais novas deu um passo à frente com um pesado robe de veludo e me conduziu ao quarto. Em seguida, ela e as outras saíram, me deixando sozinha com Genya.

Eu olhei para a ruiva com cautela. Ela havia aberto as cortinas e colocado, ao lado das janelas, mesa e cadeira, ambas talhadas de um jeito elaborado em madeira.

— Sente-se — ela mandou. Eu me ressenti com o tom de voz dela, mas obedeci.

Um pequeno baú repousava aberto ao alcance de suas mãos, o conteúdo espalhado sobre a mesa: frascos de vidro bojudos cheios do que pareciam ser frutos, folhas e pós coloridos. Não tive chance de investigá-los em mais detalhes, porque Genya agarrou meu queixo, olhou meu rosto de perto e virou o lado machucado para a luz da janela. Ela respirou profundamente e deixou os dedos passearem pela minha pele. Senti o mesmo arrepio experimentado quando a Curandeira cuidara das feridas que consegui na Dobra.

Longos minutos se passaram enquanto eu fechava as mãos para me impedir de coçar. Então Genya se afastou e a coceira diminuiu. Ela me passou um pequeno espelho dourado de mão.

A ferida tinha sumido completamente. Pressionei minha pele de leve, mas não senti nenhuma dor.

— Obrigada — falei, repousando o espelho e começando a me levantar. Mas Genya me puxou de volta para a cadeira.

— Aonde você pensa que vai? Nós não terminamos.

— Mas...

— Se o Darkling só quisesse você curada, teria mandado uma Curandeira.

— Você não é uma Curandeira?

— Não estou vestida de vermelho, estou? — Genya retorquiu, uma ponta de amargura na voz. Ela apontou para si. — Eu sou uma Artesã.

Fiquei perplexa. Eu me dei conta de que nunca tinha visto uma Grisha em um *kefta* branco.

— Você vai fazer um vestido pra mim?

Genya deixou escapar um suspiro exasperado.

— Não as túnicas! Isto. — disse ela, sacudindo seus dedos longos e graciosos diante do rosto. — Você não acha que nasci com esta aparência, acha?

Olhei para a perfeição marmórea e harmoniosa do rosto de Genya enquanto entendia o que ela queria dizer e sentia uma onda de indignação.

— Você quer mudar o meu rosto?

— Não o mudar. Apenas... renová-lo um pouquinho.

Fechei a cara. Eu sabia qual era a minha aparência. Na verdade, era altamente consciente das minhas limitações. Mas de fato não precisava de uma Grisha maravilhosa jogando-as na minha cara. E, pior ainda, era o fato de que o Darkling a tinha enviado para fazer isso.

— Esqueça — falei, me levantando com um salto. — Se o Darkling não gosta da minha aparência, problema dele.

— Você gosta? — Genya perguntou com o que parecia ser curiosidade genuína.

— Não exatamente — respondi. — Mas a minha vida já está confusa o suficiente sem ver um rosto estranho no espelho.

— Não funciona dessa maneira — explicou Genya. — Eu não faço grandes mudanças, apenas sutis. Aperfeiçoar sua pele. Fazer algo com esse seu cabelo pálido. Eu me aperfeiçoei, mas tive a vida inteira para fazer isso.

Eu queria argumentar, mas ela era de fato perfeita.

— Vá embora.

Genya inclinou a cabeça para um lado, me analisando.

— Por que você está levando isso para o lado pessoal?

— Você não levaria?

— Não faço ideia. Sempre fui linda.

— E humilde também?

Ela deu de ombros.

— Certo, então eu sou bonita. Isso não significa muito entre os Grishas. O Darkling não se importa com a sua aparência, apenas com o que você pode fazer.

— Então, por que ele a enviou?

— Por que o Rei adora beleza e o Darkling sabe disso. Na corte do Rei, as aparências são tudo. Se você será a salvação de toda a Ravka, bem, seria melhor se parecesse uma pessoa com esse poder.

Cruzei os braços e olhei pela janela. Do lado de fora, o sol estava brilhando em um pequeno lago com uma pequena ilha no centro. Eu não tinha ideia de que horas eram ou de quanto eu havia dormido.

Genya se aproximou de mim.

— Você não é feia, você sabe.

— Obrigada — eu disse, secamente, ainda olhando para os terrenos arborizados.

— Você só parece um pouco...

— Cansada? Doente? Magrela?

— Bem — Genya disse de um jeito sensato —, você mesma disse que estava viajando pesado há dias e...

Suspirei.

— Essa é minha aparência de sempre. — Repousei a cabeça no vidro frio, sentindo a raiva e o constrangimento se esvaírem de mim. Contra o que eu estava lutando? Se fosse honesta comigo mesma, a perspectiva que Genya estava oferecendo era tentadora.

— Tudo bem — falei. — Pode fazer.

— Obrigada! — Genya exclamou, batendo as mãos. Eu olhei para ela com atenção, mas não havia sarcasmo em sua voz ou expressão. *Ela estava aliviada*, percebi. O Darkling a tinha enviado com uma tarefa, e me perguntei o que teria acontecido com ela se eu me recusasse. Deixei que ela me levasse de volta para a cadeira.

— Só não se empolgue — recomendei.

— Não se preocupe — disse a ruiva. — Você continuará parecendo você mesma, mas será como se tivesse dormido mais do que poucas horas. Eu sou muito boa.

— Dá para notar — concordei. E fechei os olhos.

— Tudo bem — disse ela. — Você pode assistir. — Ela me passou o espelho de ouro. — Mas chega de falar. E fique reta.

Ergui o espelho e vi as pontas dos dedos gelados de Genya descerem devagar sobre minha testa. Minha pele se arrepiou e assisti cada vez mais maravilhada enquanto as mãos de Genya passeavam pelo meu rosto. Cada mancha, cada arranhão, cada falha parecia desaparecer sob seus dedos. Ela colocou os polegares debaixo dos meus olhos.

— Uau! — exclamei, surpresa, enquanto desapareciam as olheiras que me atormentavam desde a infância.

— Não fique muito animada — disse Genya. — É temporário.

Ela pegou uma das rosas na mesa e arrancou uma pétala rosa-pálido. Ergueu-a contra a minha bochecha e a cor sangrou da pétala para a minha pele, deixando o que parecia ser um bonito rubor. Ela segurou uma pétala fresca nos meus lábios e repetiu o processo.

— Só dura alguns dias — ela me informou. — Agora, o cabelo.

Ela tirou um pente longo feito de osso de seu baú, junto com uma jarra de vidro cheia de algo brilhante.

Espantada, eu perguntei:

— Isso é ouro de verdade?

— É claro — disse Genya, segurando um chumaço do meu cabelo castanho e sem brilho. Ela sacudiu um pouco da folha de ouro no topo da minha cabeça e, à medida que puxava o pente pelo meu cabelo, o ouro pareceu se dissolver em fios brilhantes. Conforme Genya terminava cada seção, ela o enrolava ao redor dos dedos, deixando o cabelo cair em ondas.

Por fim, deu um passo para trás, com um sorriso presunçoso.

— Melhor, não acha?

Eu me examinei no espelho. Meu cabelo brilhava. Minhas bochechas tinham um rubor rosado. Eu ainda não era bonita, mas não podia negar a melhora. Perguntei-me o que Maly pensaria se me visse, e então afastei o pensamento.

— Melhor — concordei, de má vontade.

Genya deu um suspiro melancólico.

— É realmente o melhor que posso fazer por você agora.

— Obrigada — respondi, amarga, mas então Genya piscou para mim e sorriu.

— Além disso — disse ela —, você não quer atrair tanta atenção do Rei.

Sua voz saiu leve, mas vi uma sombra passar por seu rosto quando ela atravessou o quarto e abriu a porta para que os servos voltassem correndo.

Eles me empurraram para trás de um biombo de ébano incrustado com estrelas de madrepérola, de modo que parecesse um céu noturno. Em poucos minutos, me vestiram com uma túnica e calças limpas, botas de couro macio e um casaco cinza. Desapontada, percebi que era apenas uma versão limpa do meu uniforme do exército. Havia até um pequeno emblema de cartógrafo mostrando uma rosa dos ventos na manga direita. Meus sentimentos devem ter transparecido no meu rosto.

— Não era o que você esperava? — Genya perguntou, com algum divertimento.

— Só pensei que... — Mas o que eu havia pensado? Realmente achei que usaria as túnicas de um Grisha?

— O Rei espera ver uma menina humilde arrancada das fileiras de seu exército, um tesouro desconhecido. Se você aparecer em um *kefta*, ele pensará que o Darkling estava escondendo você.

— Por que o Darkling me esconderia?

Genya deu de ombros.

— Para se aproveitar. Para lucrar. Quem sabe? Mas o Rei é... Bem, você verá o que ele é.

Meu estômago revirou. Eu estava prestes a ser apresentada ao Rei. Tentei me reequilibrar, mas Genya me apressou pela porta e pelo corredor, minhas pernas pesadas e trêmulas.

Próximo à base da escada, ela sussurrou:

— Se alguém perguntar, só ajudei você a se vestir. Eu não devo trabalhar com Grishas.

— Por que não?

— Porque a ridícula Rainha e sua corte mais ridícula ainda acham que não é justo.

Fiquei boquiaberta com ela. Insultar a Rainha poderia ser considerado traição, mas Genya parecia totalmente despreocupada.

Quando entramos no imenso salão abobadado, ele estava repleto de Grishas em túnicas carmesins, roxas e azul-escuras.

A maioria deles parecia ter perto da minha idade, mas alguns Grishas mais velhos estavam reunidos em um canto. Apesar dos cabelos grisalhos e rostos enrugados, eles eram notavelmente atraentes. Na verdade, todo mundo no salão tinha uma desesperadora boa aparência.

— A rainha talvez tenha razão — murmurei.

— Ah, isso não é trabalho meu — disse Genya.

Franzi a testa. Se Genya estava dizendo a verdade, então essa era mais uma evidência de que eu não pertencia àquele lugar.

Alguém nos viu entrar no salão, e um silêncio caiu com cada olhar da sala vidrado em mim.

Um Grisha alto, de peito largo e vestindo túnica vermelha escura, se adiantou. Ele tinha a pele profundamente bronzeada e parecia exalar boa saúde. Fez uma ligeira mesura e se apresentou:

— Eu sou Sergei Beznikov.

— Eu...

— Eu sei quem você é, é claro — Sergei interrompeu, seus dentes brancos brilhando. — Venha, deixe-me apresentá-la. Você caminhará conosco. — Ele me pegou pelo cotovelo e começou a me levar em direção a um grupo de Corporalki.

— Ela é uma Conjuradora, Sergei — disse uma garota usando um *kefta* azul com cachos castanhos flutuantes. — Ela caminhará conosco. — Houve murmúrios de concordância vindo dos outros Etherealki atrás dela.

— Marie — disse Sergei com um sorriso falso —, não é possível que você esteja sugerindo que ela entre no salão como uma Grisha de ordem inferior.

A pele de alabastro de Marie ficou subitamente manchada, e vários dos Conjuradores se levantaram.

— Preciso lembrá-lo de que o próprio Darkling é um Conjurador?

— Então você está se comparando com o Darkling, agora?

Marie gaguejou e, tentando apaziguar os ânimos, eu me intrometi:

— Por que eu não vou com Genya, simplesmente?

Houve algumas risadinhas baixas.

— Com uma Artesã? — Sergei perguntou, parecendo horrorizado.

Eu olhei para Genya, que simplesmente sorriu e sacudiu a cabeça.

— Ela pertence ao nosso grupo — protestou Marie, e a discussão recomeçou ao nosso redor.

— Ela caminhará comigo — disse uma voz baixa, e a sala ficou totalmente em silêncio.

Capítulo 7

EU ME VIREI E VI o Darkling de pé em uma arcada, ladeado por Ivan e diversos outros Grishas que reconheci da viagem. Marie e Sergei se afastaram rapidamente. O Darkling examinou a multidão e disse:

— Estão esperando por nós.

Na mesma hora, a sala inteira entrou em atividade, enquanto os Grishas se levantavam e começavam a se enfileirar pelas portas duplas que levavam para fora. Eles se organizaram em dois, lado a lado, em uma longa fila. Primeiro os Materialki, depois os Etherealki e, por fim, os Corporalki, de modo que os Grishas de maior hierarquia entrassem por último na sala do trono.

Sem saber o que fazer, permaneci onde estava, vendo a multidão. Olhei em volta procurando Genya, mas ela parecia ter desaparecido. Um momento depois, o Darkling se encontrava ao meu lado. Olhei para o seu perfil pálido, a mandíbula delineada, os olhos de granito.

— Você parece ter descansado bem — comentou ele.

Eu me arrepiei. Ainda não me sentia confortável com o que Genya tinha feito, mas, estando em uma sala cheia de Grishas bonitos, tinha que admitir minha gratidão por isso. Ainda não sentia pertencer ao grupo, mas teria me destacado de um jeito muito pior sem a ajuda de Genya.

— Existem outros Artesãos? — perguntei.

— Genya é única — ele respondeu, olhando para mim. — Como nós.

Eu ignorei a pequena excitação que me percorreu com a palavra "nós" e perguntei:

— Por que ela não está caminhando com o restante dos Grishas?

— Genya precisa servir à Rainha.

— Por quê?

— Quando as habilidades de Genya começaram a aparecer, eu poderia tê-la feito escolher entre se tornar uma Fabricadora ou uma Corporalnik. Em vez disso, cultivei sua afinidade particular e a tornei um presente para a Rainha.

— Um presente? Então um Grisha não é melhor do que um servo?

— Todos nós servimos alguém — disse ele, e eu me surpreendi com o tom áspero em sua voz. Então ele completou: — O Rei espera uma demonstração.

Eu me senti como se tivessem me afundado em água gelada.

— Mas eu não sei como...

— Não espero que saiba — disse ele, calmamente, se movendo adiante enquanto os últimos Corporalki de túnicas vermelhas desapareciam pela porta.

Nós saímos em um caminho de cascalho sob o último raio de sol da tarde. Estava ficando difícil respirar. Eu sentia como se estivesse caminhando para a minha execução. *Talvez estivesse*, pensei com uma onda de medo.

— Não é justo — sussurrei com raiva. — Eu não sei o que o Rei pensa que posso fazer, mas não é justo me jogar lá e esperar que eu simplesmente faça as coisas acontecerem.

— Espero que você não anseie por justiça vindo de mim, Alina. Não é uma das minhas especialidades.

Eu olhei para ele. O que aquilo significaria?

O Darkling olhou para mim.

— Você acredita mesmo que eu traria você por todo esse caminho só para fazê-la de idiota? A nós dois?

— Não — admiti.

— E agora está completamente fora das suas mãos, não está? — ele frisou, enquanto seguíamos nosso caminho pelo túnel escuro de galhos. Isso também era verdade, embora não especificamente reconfortante.

Eu não tinha escolha a não ser acreditar que ele sabia o que fazia. De repente, tive um pensamento desagradável.

— Você vai me cortar de novo? — perguntei.

— Duvido que precise, mas depende só de você.

Aquelas palavras não me acalmaram.

Tentei me acalmar sozinha e diminuir o ritmo do meu coração, mas antes que me desse conta, havíamos chegado ao jardim e estávamos subindo os degraus de mármore branco do Grande Palácio. À medida que seguíamos por uma espaçosa sala de entrada rumo a um longo corredor forrado com espelhos e ornamentado em ouro, pensei em como o lugar era diferente do Pequeno Palácio. Para todo lado que eu olhava, via mármore e ouro, sublimes paredes brancas e do mais claro azul, lustres brilhantes, lacaios de libré, pisos em parquê polido montados em desenhos geométricos elaborados. Não que não fosse bonito, mas havia algo exaustivo em relação a toda aquela extravagância.

Sempre supus que os camponeses famintos e os soldados malsupridos de Ravka eram o resultado da Dobra das Sombras.

Mas enquanto caminhávamos ao lado de uma árvore de jade embelezada com folhas de diamantes, não tive mais tanta certeza.

A sala do trono tinha três andares, cada janela brilhando com águias duplas de ouro. Um longo tapete azul-claro percorria o comprimento da sala onde os membros da corte esperavam em torno de um trono elevado. Muitos dos homens usavam uniformes militares, calças pretas e casacos brancos cheios de medalhas e adornos. As mulheres cintilavam em vestidos de seda líquida com pequenas mangas balonadas e decotes baixos. Ladeando o corredor acarpetado, os Grishas permaneciam agrupados em suas ordens distintas.

O silêncio caiu quando todos os rostos se voltaram para mim e para o Darkling.

Nós caminhamos devagar em direção ao trono dourado. Conforme nos aproximamos, o Rei se endireitou, tenso de excitação. Ele aparentava ter em torno de quarenta anos. Era magro, de ombros arredondados, com grandes olhos lacrimejantes e bigode claro. Vestia uniforme militar completo, com uma espada fina na bainha, e seu peito estreito estava coberto de medalhas. Ao lado dele, no tablado elevado, encontrava-se um homem de barba longa e negra. Trajava vestes sacerdotais, mas havia uma águia dupla de ouro estampada em seu peito.

O Darkling apertou gentilmente o meu braço para me avisar de que estávamos parando.

— Vossa Majestade, *moi tsar* — disse ele, em um tom límpido. — Alina Starkov, a Conjuradora do Sol. — Uma onda de murmúrios veio da multidão. Eu não tinha certeza se devia me curvar ou fazer uma ligeira mesura. Ana Kuya tinha insistido para que todos os órfãos aprendessem como cumprimentar os poucos convidados nobres do Duque, mas, por algum motivo, não parecia certo reverenciar usando calças de exército. O Rei me salvou de fazer bobagem quando acenou impaciente para que nos aproximássemos.

— Venha, venha! Traga-a para mim.

O Darkling e eu caminhamos para a base do tablado.

O Rei me examinou com minúcia. Ele franziu a testa e seu lábio inferior se projetou levemente. — Ela é muito comum.

Corei e mordi a língua. O Rei também não tinha muito que se olhar. Ele praticamente não tinha queixo e, de perto, eu podia ver os vasos sanguíneos rompidos em seu nariz.

— Mostre-me — o Rei ordenou.

Meu estômago se apertou. Olhei para o Darkling. Então era isso. Ele assentiu para mim e esticou seus braços plenamente. Um silêncio tenso caiu enquanto suas mãos se enchiam de fitas escuras e rodopiantes de escuridão que sangravam pelo ar. Ele bateu as mãos com um estalo retumbante. Gritos nervosos explodiram da multidão enquanto a escuridão encobria a sala.

Dessa vez, eu estava mais bem preparada para o breu que me engoliu, mas ainda assim era assustador. Por instinto, cheguei para a frente, procurando algo em que me segurar.

O Darkling pegou meu braço, e senti sua mão nua deslizar pela minha. Senti a mesma certeza poderosa me varrer, e então o chamado do Darkling, puro e convincente, pedindo uma resposta. Com uma mistura de pânico e alívio, senti algo brotando dentro de mim. Dessa vez, não tentei combatê-lo. Deixei que achasse seu caminho.

A luz inundou a sala do trono, encharcando-nos de calor e estilhaçando a escuridão como um vidro negro. A corte explodiu em aplausos. As pessoas estavam chorando e abraçando umas às outras. Uma mulher desmaiou. O Rei parecia o mais entusiasmado, levantando de seu trono e aplaudindo furiosamente, com uma expressão de júbilo.

O Darkling soltou a minha mão e a luz desapareceu.

— Brilhante! — gritou o Rei. — Um milagre! — Ele desceu os degraus do tablado, o sacerdote barbado deslizando silenciosamente atrás dele, e pegou minha mão, levando-a aos lábios úmidos.

— Minha querida — disse ele. — Minha menina querida. — Eu pensei no que Genya havia dito sobre a atenção do Rei e senti minha pele formigar, mas não me importei em puxar a mão de volta. Porém, ele logo me liberou e foi dar tapinhas nas costas do Darkling.

— Um milagre, simplesmente um milagre — disse, efusivo. — Venha, temos que fazer planos imediatamente.

Enquanto o Rei e o Darkling se afastavam para conversar, o sacerdote se aproximou.

— Um milagre, de fato — disse ele, olhando para mim com uma intensidade perturbadora. Seus olhos eram de um castanho quase negro, e ele cheirava levemente a mofo e incenso. *Como um túmulo*, pensei, com um calafrio. E fiquei agradecida quando ele deslizou para longe a fim de se juntar ao Rei.

Fui rapidamente cercada de homens e mulheres bem-vestidos, todos querendo me conhecer e tocar minha mão ou minha manga. Eles me cercaram por todos os lados, se acotovelando e empurrando para chegar mais perto. Assim que senti uma nova onda de pânico se instalando, Genya apareceu ao meu lado. Mas meu alívio durou pouco.

— A Rainha deseja conhecê-la — ela sussurrou no meu ouvido. Ela me guiou pela multidão e por uma porta lateral estreita que levava ao corredor. Em seguida, entramos em uma sala de estar que parecia uma joia, onde a Rainha se reclinava em um divã, embalando no colo um cão fungador de cara amassada.

A Rainha era bonita, com um cabelo loiro brilhante em um penteado perfeito, seus traços delicados, frios e adoráveis. Mas havia algo meio estranho em relação ao seu rosto. Suas íris pareciam azuis demais, seu cabelo muito amarelo, sua pele muito lisa. Eu me perguntei quanto Genya teria trabalhado nela.

Ela estava cercada por mulheres em vestidos requintados cor-de-rosa e azul-claro, seus decotes bordados com fio dourado e pequenas pérolas de rio. Ainda assim, todas eram pálidas ao lado de Genya com seu *kefta* de lã simples, cor de creme, e seu cabelo ruivo brilhante queimando como uma chama.

— *Moya tsarina* — disse Genya, afundando-se em uma reverência graciosa. — A Conjuradora do Sol.

Dessa vez, tive que tomar uma decisão. Fiz uma pequena mesura e ouvi risadinhas baixas das mulheres.

— Encantadora — disse a Rainha. — Eu detesto pretensão. — Precisei de toda a minha força de vontade para não bufar em resposta. — Você é de uma família Grisha? — ela perguntou.

Olhei nervosa para Genya, que acenou me encorajando.

— Não — eu disse, adicionando rapidamente — *moya tsarina*.

— Uma camponesa, então?

Eu assenti.

— Nós temos tanta sorte com nosso povo — disse a Rainha, e as senhoras murmuraram numa suave concordância. — Sua família precisa ser notificada do seu novo status. Genya enviará um mensageiro.

Genya assentiu e fez outra pequena mesura. Eu pensei em simplesmente assentir com ela, mas não tinha certeza se queria começar a mentir à realeza.

— Na verdade, Vossa Majestade, eu fui criada no lar do Duque Keramsov.

As mulheres cochicharam surpresas, e mesmo Genya pareceu curiosa.

— Uma órfã! — exclamou a rainha, soando encantada. — Que maravilha!

Eu jamais descreveria o fato de meus pais estarem mortos como uma "maravilha", mas na falta de outra coisa para dizer, balbuciei:

— Obrigada, *moya tsarina*.

— Isso tudo deve parecer muito estranho para você. Tome cuidado para a vida na corte não corromper seu jeito de ser como fez com os outros — recomendou ela, seus olhos azuis de mármore deslizando para Genya. O insulto foi inegável, mas a expressão de Genya não entregou nada, um fato que não pareceu agradar à Rainha. Ela nos dispensou com um estalo de seus dedos carregados de anéis. — Agora, vão.

Enquanto Genya me levava de volta pelo corredor, pensei ouvi-la murmurar "vaca velha". Mas antes que pudesse decidir se perguntava a ela ou não sobre o que a Rainha tinha dito, o Darkling estava lá, nos levando por um corredor vazio.

— Como você se saiu com a Rainha? — ele perguntou.

— Não faço ideia — respondi honestamente. — Tudo que ela disse foi perfeitamente educado, mas o tempo inteiro me olhou como se eu fosse algo que o cachorro dela tinha cuspido.

Genya riu e os lábios do Darkling se curvaram para cima no que foi quase um sorriso.

— Bem-vinda à corte — disse ele.

— Não tenho certeza se gostei dela.

— Ninguém gosta — ele admitiu. — Mas todos damos um bom show.

— O Rei parecia satisfeito — falei.

— O Rei é uma criança.

Fiquei boquiaberta, em choque, e olhei ao redor, nervosa, com medo de que alguém tivesse escutado. Essas pessoas pareciam cometer traições com mais facilidade do que respiravam. Genya não pareceu nem remotamente perturbada com as palavras do Darkling.

O Darkling deve ter notado meu desconforto, porque acrescentou:

— Mas hoje você fez dele uma criança muito feliz.

— Quem era aquele homem barbudo com o Rei? — perguntei, louca para mudar de assunto.

— O Apparat?

— Ele é um sacerdote?

— Mais ou menos. Alguns dizem que é um fanático. Outros, que é uma fraude.

— E você?

— Eu digo que ele tem sua utilidade. — O Darkling se virou para Genya. — Acho que já exigimos demais de Alina por hoje — disse. — Leve-a de volta para os quartos e tire as medidas para o seu *kefta*. Ela começará a receber treinamento amanhã.

Genya fez uma leve mesura e colocou a mão no meu braço para me levar embora. Fui tomada por emoção e alívio.

Meu poder (*meu* poder, isso ainda não parecia real) tinha se mostrado novamente e me impedido de fazer papel de idiota. Eu havia sobrevivido à minha apresentação ao Rei e à minha audiência com a Rainha. E receberia um *kefta* Grisha.

— Genya — o Darkling chamou atrás de nós —, o *kefta* dela será preto.

Genya respirou abismada. Eu olhei para seu rosto chocado e então para o Darkling, que já estava se virando para ir.

— Espere! — chamei antes que pensasse duas vezes. O Darkling parou e virou aqueles olhos de ardósia para mim. — Eu... Se não tiver problema, prefiro usar túnicas azuis, o azul dos Conjuradores.

— Alina! — Genya exclamou, claramente horrorizada.

Mas o Darkling ergueu uma mão para silenciá-la.

— Por quê? — ele perguntou, com uma expressão ilegível.

— É que já sinto como se não pertencesse a este lugar. Acho que seria melhor se eu não... me destacasse.

— Você está tão ansiosa assim para ser como todo mundo?

Ergui o queixo. Ele claramente reprovava, mas eu não ia voltar atrás.

— Só não quero me destacar demais.

O Darkling olhou para mim por um longo momento. Eu não sabia direito se ele estava pensando no que eu tinha dito ou se tentava me intimidar, mas trinquei os dentes e devolvi o olhar. De repente, ele assentiu.

— Como desejar — disse. — Seu *kefta* será azul. — E sem dizer mais nada, nos deu as costas e desapareceu pelo corredor.

Genya me olhou, perplexa.

— O que foi? — perguntei, na defensiva.

— Alina — Genya disse bem devagar —, nenhum outro Grisha jamais teve permissão de usar as cores do Darkling.

— Você acha que ele está com raiva?

— Esse não é o ponto, em absoluto! Essa seria uma marca do seu destaque, da estima do Darkling. Isso colocaria você muito cima de todos os outros.

— Bem, eu não quero estar acima de todos os outros.

Genya sacudiu as mãos, irritada, e me pegou pelo cotovelo, levando-me de volta pelo palácio até a entrada principal. Dois criados de libré abriram as grandes portas douradas para nós. Num sobressalto, percebi que eles vestiam branco e dourado, as mesmas cores do *kefta* de Genya, as cores de um serviçal. Nenhum espanto ela ter pensado que eu era louca de recusar a oferta do Darkling. E talvez ela estivesse certa.

Mantive o pensamento durante a longa caminhada de volta pelos jardins do Pequeno Palácio. O crepúsculo caía e os serviçais acendiam as lamparinas que cercavam a trilha de cascalho. Quando subimos as escadas para o meu quarto, meu estômago se contorcia.

Sentei perto da janela e fiquei olhando para os jardins.

Enquanto eu meditava, Genya chamou uma serviçal e mandou que encontrasse uma costureira e encomendasse uma bandeja de jantar. Mas antes de dispensar a garota, ela se virou para mim.

— Talvez você prefira esperar e jantar com os Grishas mais tarde? — indagou.

Eu balancei a cabeça. Estava cansada e sobrecarregada demais para sequer pensar em ficar de novo rodeada de gente.

— Mas você ficaria comigo? — perguntei a ela.

Ela hesitou.

— Você não tem que ficar, é claro — falei, rapidamente. — Tenho certeza de que preferirá comer com os outros.

— De jeito nenhum. Jantar para duas então — ela disse de um jeito imperioso, e a serviçal partiu. Genya fechou a porta e caminhou até a pequena penteadeira, onde começou a ajeitar os objetos que se encontravam ali: um pente, uma escova, um pote de tinta e uma caneta. Não reconheci nenhum deles, mas alguém devia tê-los trazido ao quarto para mim.

De costas para mim, Genya disse:

— Alina, você deve entender que, quando começar o seu treinamento amanhã, bem, Corporalki não comem com Conjuradores. Conjuradores não comem com Fabricadores e...

Eu fiquei na defensiva na mesma hora.

— Olha, se você não quer ficar para jantar, prometo não chorar dentro da sopa.

— Não! — ela gritou. — Não é isso, de jeito nenhum! Só estou tentando explicar o modo como as coisas funcionam.

— Esqueça.

Genya deixou escapar uma lufada de frustração.

— Você não entende. É uma grande honra ser solicitada a jantar com você, mas os outros Grishas não aprovarão.

— Por quê?

Genya suspirou e se sentou em uma das cadeiras esculpidas.

— Porque eu sou o bichinho de estimação da Rainha. Porque eles não consideram o que eu faço valioso. Por um monte de razões.

Eu me perguntei quais seriam as outras razões e se elas teriam algo a ver com o Rei. Pensei nos criados de libré de pé em cada porta do Grande Palácio, todos eles vestidos de branco e ouro. Como seria para Genya ficar isolada dos seus, mas sem ser uma verdadeira participante da corte?

— Engraçado — eu disse após um momento. — Sempre pensei que ser bonita tornaria a vida muito mais fácil.

— Ah, e torna — Genya disse e riu. Eu não me aguentei e ri também.

Fomos interrompidas por uma batida na porta, e a costureira logo nos deixou ocupadas com fitas e medições.

Quando ela terminou e estava reunindo suas musselinas e alfinetes, Genya sussurrou:

— Ainda dá tempo, sabe. Você ainda poderia...

Mas eu a cortei.

— Azul — falei, com firmeza, embora meu estômago se contorcesse de novo.

A costureira nos deixou, e nos concentramos no jantar.

A comida era menos esquisita do que eu esperava, o tipo de prato que eu tinha provado em dias festivos em Keramzin: mingau de ervilha doce, codorna assada no mel e figos frescos. Descobri que estava com mais fome do que nunca e tive que resistir a pegar o meu prato e lambê-lo.

Genya manteve um fluxo contínuo de conversa durante o jantar, a maioria fofoca sobre os Grishas. Eu não conhecia nenhuma das pessoas de quem ela falava, mas estava feliz de não ter que manter um assunto, então assentia e sorria quando necessário. Quando a última criada nos deixou, levando nossos pratos de jantar, não pude segurar um bocejo, e Genya se levantou.

— Eu virei pegá-la para o desjejum ao amanhecer. Irá demorar um pouco até você aprender os caminhos por aí. O Pequeno Palácio pode parecer um labirinto. — Então os seus lábios perfeitos se ergueram em um sorriso travesso. — Você devia tentar descansar. Amanhã conhecerá Baghra.

— Baghra?

Genya sorriu de um jeito malicioso:

— Sim, sim. Ela é puro deleite.

Antes que eu pudesse perguntar o que aquilo significava, ela deu um leve aceno e saiu pela porta. Mordi o lábio. O que exatamente estaria reservado para mim no dia seguinte?

Assim que a porta se fechou atrás de Genya, senti a exaustão cair sobre mim. A emoção de saber que o meu poder podia ser mesmo real, a excitação de conhecer o Rei e a Rainha, e as maravilhas estranhas do Grande e do Pequeno Palácio tinham mantido meu cansaço à deriva, mas agora ele havia voltado e, com ele, um sentimento enorme de solidão.

Eu me despi, pendurei o uniforme de modo organizado em um cabide atrás do biombo pintado de estrelas e coloquei minhas botas novas e brilhantes embaixo dele. Esfreguei a lã escovada do casaco entre os dedos, na esperança de encontrar algum sentimento de familiaridade, mas o tecido parecia estranho, muito duro, muito novo. De repente, senti falta do meu velho casaco sujo.

Vesti uma camisola macia de algodão branco e lavei o rosto. Enquanto o secava, vislumbrei a mim mesma no espelho acima da pia. Talvez fosse a luz da lamparina, mas eu parecia ainda melhor do que quando Genya terminara de trabalhar em mim. Após um momento, dei-me conta de que estava embasbacada comigo mesma no espelho e tive que sorrir. Para uma garota que detestava se olhar, eu corria o risco de me tornar vaidosa.

Subi na cama alta, deslizei sob as peles e sedas pesadas e apaguei a lamparina com um sopro. Ao longe, ouvi uma porta se fechando, vozes dando boa-noite, os sons do Pequeno Palácio indo dormir. Encarei a escuridão.

Eu nunca tivera um quarto só para mim. Em Keramzin, dormia em um velho corredor de retratos que tinha sido convertido em dormitório, cercada de inúmeras outras garotas. No exército, dormia nas tendas ou alojamentos com os outros Inspetores. Meu novo quarto parecia enorme e vazio. No silêncio, todos os eventos do dia voltaram à minha cabeça e lágrimas pinicaram meus olhos.

Talvez eu acordasse na manhã seguinte e descobrisse que tudo tinha sido um sonho, que Alexei continuava vivo e Maly não estava machucado, que ninguém tinha tentado me matar, que eu nunca tinha conhecido o Rei e a Rainha nem visto o Apparat, ou sentido a mão do Darkling na minha nuca. Talvez eu acordasse e sentisse o cheiro das fogueiras queimando, segura nas minhas próprias roupas, na minha pequena cama. Então, poderia contar a Maly sobre esse sonho estranho e assustador, mas também muito bonito.

Esfreguei o polegar na cicatriz na minha palma e ouvi a voz de Maly dizendo:

— Nós vamos ficar bem, Alina. Sempre ficamos.

— Espero que sim, Maly — sussurrei no meu travesseiro e deixei as lágrimas me conduzirem ao sono.

Capítulo 8

APÓS UMA NOITE AGITADA, acordei cedo e não consegui voltar a dormir. Tinha me esquecido de fechar as cortinas ao deitar, e a luz do sol estava passando pelas janelas. Pensei em me levantar para fechá-las e tentar voltar a dormir, mas simplesmente não encontrava a energia necessária. Eu não tinha certeza se era a preocupação e o medo que me mantinham me revirando, ou a falta de familiaridade com o luxo de dormir em uma cama de verdade depois de tantos meses passados em camas de lona cambaleantes ou com nada além de um saco de dormir entre mim e a terra dura.

Eu me estiquei para passar os dedos nos pássaros e flores esculpidos de um modo intrincado na cabeceira. Acima de mim, o dossel da cama se abria para revelar um teto pintado de cores fortes, com um padrão elaborado de folhas e flores e pássaros em voo. Enquanto olhava para o desenho, contando as folhas de uma coroa de zimbro e começando a cochilar de novo, uma batida suave veio à porta. Eu me livrei das cobertas pesadas e deslizei meus pés nas pequenas pantufas forradas de pele, colocadas ao lado da cama.

Quando abri a porta, uma serviçal aguardava com uma pilha de roupas, um par de botas e um *kefta* azul-escuro enrolado em torno do braço. Mal tive tempo de agradecer antes de ela fazer uma mesura e desaparecer.

Fechei a porta e coloquei as botas e roupas na cama. Depositei cuidadosamente o novo *kefta* sobre o biombo.

Por um momento, apenas olhei para ele. Havia passado a vida inteira usando roupas vindas dos órfãos mais velhos e, mais tarde, o uniforme padrão do Primeiro Exército. Certamente nunca tivera nada feito para mim. E jamais tinha sonhado que vestiria um *kefta* Grisha.

Lavei o rosto e escovei o cabelo. Não tinha certeza de quando Genya chegaria, então não sabia se teria tempo de tomar banho. Estava desesperada por uma xícara de chá, mas não tinha coragem de chamar um criado. Por fim, não havia mais nada para fazer.

Comecei com a pilha de roupas em cima da cama: calças justas de um tecido que eu nunca tinha visto e que parecia se encaixar e se mover como uma segunda pele, uma blusa de algodão fino amarrada com uma faixa azul-escura e botas. Mas chamá-las de botas não parecia certo. Eu já tivera botas. Essas eram algo totalmente diferente. Feitas do couro preto mais macio, encaixaram com perfeição na minha panturrilha. Eram roupas estranhas, parecidas com as que homens camponeses e fazendeiros vestiam. Mas os tecidos eram mais sofisticados e caros do que qualquer camponês poderia sonhar em bancar.

Após me vestir, olhei para o *kefta*. Eu realmente iria vesti-lo? Eu realmente seria uma Grisha? Isso simplesmente não parecia possível.

É só um casaco, me censurei.

Respirei fundo, peguei o *kefta* do biombo e o vesti. Era mais leve do que parecia e, assim como as outras roupas, serviu com perfeição. Abotoei os pequenos botões escondidos na parte da frente e dei um passo para trás para tentar me olhar no espelho acima da pia. O *kefta* tinha o azul profundo da meia-noite e quase chegava aos meus pés. As mangas eram largas e, embora parecesse bastante com um casaco, era tão elegante que me senti usando um vestido. Então notei o bordado nos punhos. Como todos os Grishas, os Etherealki indicavam sua designação dentro de sua ordem pela cor do bordado: azul-claro para Hidros, vermelho para Infernais e prata para Aeros. Meus punhos estavam bordados em ouro. Passei os dedos nos fios brilhantes, sentindo uma pontada de ansiedade, e quase saltei quando uma batida soou na porta.

— Muito bom — disse Genya quando a porta se abriu. — Mas você teria ficado melhor de preto.

Adotei a saída elegante e fiz careta para ela, então corri para segui-la enquanto ela descia pelo corredor e pela escada. Genya me levou à mesma sala abobadada onde tínhamos nos reunido na tarde anterior para o cortejo. Ela não estava tão lotada hoje, mas ainda assim mantinha um burburinho vivo de conversas. Nos cantos, os Grishas se agrupavam em torno de samovares e descansavam em divãs, se aquecendo com elaborados fornos de azulejo. Outros tomavam café da manhã em quatro mesas compridas arrumadas em um quadrado no centro da sala. Mais uma vez, houve silêncio quando entramos, mas dessa vez as pessoas pelo menos fingiram continuar suas conversas enquanto passávamos.

Duas garotas em túnicas de Conjuradoras vieram para cima da gente. Eu reconheci Marie de sua discussão com Sergei, antes do cortejo.

— Alina! — disse ela. — Ontem nós não fomos devidamente apresentadas. Eu sou a Marie, essa é a Nadia. — Ela apontou para a menina com bochechas de maçã ao lado dela, que sorriu largo para mim.

Marie enroscou o braço dela no meu, dando as costas deliberadamente para Genya.

— Venha se sentar conosco!

Eu franzi o cenho e abri minha boca para protestar, mas Genya simplesmente balançou a cabeça e disse:

— Vá em frente. Seu lugar é com os Etherealki. Eu pegarei você após o café da manhã para um passeio.

— Nós podemos levá-la para passear... — Marie começou.

Mas Genya a cortou.

— Para o nosso passeio, conforme o Darkling solicitou.

Marie ficou vermelha.

— O que você é, criada dela?

— Mais ou menos — disse Genya e então se afastou para pegar uma xícara de chá.

— Muito acima da posição dela — disse Nadia com uma breve fungada.

— Pior a cada dia — Marie concordou. Então, elas se viraram para mim e sorriram radiantes. — Você deve estar faminta!

Ela me levou a uma das mesas compridas e, quando nos aproximamos, dois criados se adiantaram para puxar nossas cadeiras.

— Nós nos sentamos aqui, à direita do Darkling — disse Marie, com orgulho na voz, apontando com o dedo o comprimento da mesa onde mais Grishas usando *kefta* azul estavam sentados. — Os Corporalki se sentam lá — disse ela, com um olhar de desdém para a mesa oposta à nossa, onde um Sergei emburrado e alguns outros Grishas vestidos de vermelho comiam seus cafés da manhã.

Ocorreu-me que, se estávamos à direita do Darkling, enquanto os Corporalki se mantinham à esquerda, ambos os grupos guardavam a mesma distância em relação ao Darkling, porém não mencionei isso.

A mesa do Darkling estava vazia. O único sinal de sua presença era uma grande cadeira de ébano. Quando perguntei se ele tomaria café conosco, Nadia sacudiu a cabeça vigorosamente.

— Oh não! É raro até que ele coma conosco — disse ela.

Eu ergui a sobrancelha. Toda essa confusão sobre quem se sentaria mais próximo ao Darkling e ele nem se importava em dar as caras?

Pratos de pão de centeio e arenque na salmoura foram servidos na nossa frente e tive que abafar um soluço. Eu odiava arenque. Por sorte, havia um monte de pão e, vi com espanto, ameixas fatiadas que deviam ter vindo de uma estufa. Uma serviçal nos trouxe chá quente de um dos samovares grandes.

— Açúcar! — gritei, enquanto o criado colocava um pequeno pote diante de mim.

Marie e Nadia se entreolharam e eu corei. O açúcar tinha sido racionado em Ravka nos últimos cem anos, mas aparentemente não era uma novidade no Pequeno Palácio.

Outro grupo de Conjuradores se juntou a nós e, após introduções breves, eles começaram a me encher de perguntas.

De onde eu era? Do Norte. (Maly e eu nunca mentíamos sobre a nossa origem. Só não contávamos toda a verdade.)

Eu realmente era uma cartógrafa? Sim.

Eu realmente tinha sido atacada por fjerdanos? Sim.

Quantos volcras eu tinha matado? Nenhum.

Todos eles pareceram desapontados com a última resposta, principalmente os rapazes.

— Mas eu ouvi que você matou centenas deles quando o esquife foi atacado! — protestou um garoto chamado Ivo, com os traços elegantes de um visom.

— Bem, não matei — eu disse e então considerei. — Pelo menos, acho que não. Eu meio que... desmaiei.

— Você desmaiou? — Ivo parecia horrorizado.

Fiquei extremamente agradecida quando senti um tapinha no meu ombro e vi que Genya tinha vindo me resgatar.

— Vamos? — ela perguntou, ignorando os demais.

Balbuciei minhas despedidas e fugi com rapidez, consciente de seus olhares nos seguindo pelo salão.

— Como foi o café da manhã? — Genya perguntou.

— Horrível.

Genya fez um som de desgosto.

— Arenque e centeio?

Eu tinha pensado que a pergunta queria dizer algo mais, mas apenas assenti.

Ela torceu o nariz.

— Indigno.

Eu olhei para ela, com suspeita.

— O que você comeu?

Genya olhou por sobre o ombro para garantir que ninguém estava ouvindo e sussurrou:

— Uma das cozinheiras tem uma filha com pintas terríveis. Eu cuidei delas e agora a cozinheira me envia os mesmos brioches que prepara para o Grande Palácio toda manhã. Eles são divinos.

Eu sorri e balancei a cabeça. Os outros Grishas podiam olhar Genya com desprezo, mas ela tinha seu próprio tipo de poder e influência.

— Só não comente a respeito — ela adicionou. — O Darkling é bastante incisivo na ideia de que comamos comida camponesa saudável. Que os Santos nos livrem de esquecermos que somos verdadeiros ravkanos.

Eu me segurei para não bufar. O Pequeno Palácio era uma versão de contos de fadas da vida servil, tão distante da Ravka real quanto o resplendor e o brilho dourado da corte. Os Grishas pareciam obcecados em simular o modo dos camponeses, até no tipo de roupas que vestíamos embaixo de nossos *keftas*. Mas havia algo um pouco estúpido em comer "alimentos camponeses saudáveis" em pratos de porcelana, debaixo de um domo coberto de ouro real. E que camponês não escolheria brioches no lugar de peixe salgado?

— Não direi uma palavra — prometi.

— Ótimo! Se você for legal comigo, até divido com você — disse Genya, dando uma piscada. — Agora, essas portas levam à biblioteca e às oficinas. — Ela apontou para um conjunto de portas duplas maciças na nossa frente. — Por aquele caminho você volta ao seu quarto — continuou, apontando para a direita. — E aquele leva ao Grande Palácio. — E apontou para as portas duplas à esquerda. Genya começou a me levar em direção à biblioteca.

— Mas, e aquele caminho ali? — perguntei, apontando para as portas duplas fechadas atrás da mesa do Darkling.

— Se aquelas portas forem abertas, fique atenta. Elas levam à sala de reuniões do Darkling e a seus alojamentos.

Quando olhei mais de perto as pesadas portas talhadas, identifiquei o símbolo do Darkling escondido no emaranhado de vinhas e animais correndo. Eu me forcei a me virar e corri atrás de Genya, que já estava no seu caminho para o salão abobadado.

Eu a segui pelo corredor até outro conjunto de portas duplas enormes. Esse par tinha sido talhado para parecer a capa de um velho livro, e quando Genya as empurrou, eu engasguei.

A biblioteca tinha dois andares e suas paredes estavam cheias de livros do chão ao teto. Uma sacada percorria o segundo andar e a cúpula era feita inteiramente de vidro, de modo que a sala toda se iluminasse com a luz da manhã. Algumas cadeiras de leitura e pequenas mesas estavam colocadas rente às paredes. No centro da sala, diretamente abaixo da cúpula brilhante de vidro, havia uma mesa redonda, cercada de bancos circulares.

— Você virá aqui para história e teoria — disse Genya, me levando ao redor da mesa e pelo salão. — Eu terminei com tudo isso anos atrás. Um tédio. — Então ela riu. — Feche a boca. Você parece uma truta.

Eu fechei a boca, mas isso não me impediu de olhar ao redor admirada. A biblioteca do Duque parecia tão grande para mim, mas, comparada àquele lugar, era um casebre. Tudo em Keramzin parecia gasto e desbotado diante da beleza do Pequeno Palácio, porém, por algum motivo, pensar nisso dessa maneira me deixou triste. Eu me perguntei o que os olhos de Maly veriam. Meus passos desaceleraram. Os Grishas podiam trazer convidados? Maly poderia me visitar em Os Alta? Ele tinha suas obrigações com o regimento, mas se conseguisse sair... O pensamento me encheu de ânimo. O Pequeno Palácio não parecia mais tão intimidador quando eu pensava em passear pelos corredores com o meu melhor amigo.

Nós deixamos a biblioteca por outro conjunto de portas duplas e passamos por um corredor escuro. Genya virou à esquerda, mas olhei para o corredor à direita e vi dois Corporalki surgindo de um grande grupo de portas laqueadas de vermelho. Eles nos olharam de um jeito hostil antes de desaparecer nas sombras.

— Venha — Genya sussurrou, segurando meu braço e me puxando para a direção oposta.

— Para onde levam aquelas portas? — perguntei.

— Para as salas de anatomia.

Um arrepio me percorreu. Os Corporalki. Curandeiros... e Sangradores. Eles precisavam praticar em algum lugar, mas eu odiava pensar no que essa prática poderia acarretar. Acelerei os passos para alcançar Genya. Não queria me pegar em nenhum lugar perto daquelas portas vermelhas.

No final do corredor, paramos em frente a um conjunto de portas feitas de madeira leve, entalhadas belamente com pássaros e flores desabrochadas. As flores tinham diamantes amarelos em seus centros, e os pássaros tinham o que parecia ser olhos de ametista. As maçanetas foram manufaturadas para parecerem duas mãos perfeitas. Genya segurou uma delas e empurrou a porta para abri-la. As oficinas dos Fabricadores tinham sido posicionadas para aproveitar ao máximo a luz clara do oriente, e as paredes eram feitas quase que inteiramente de janelas. Os quartos iluminados me lembraram um pouco uma Tenda de Documentos, mas, em vez de atlas, pilhas de papel e garrafas de tinta, as grandes mesas de trabalho estavam repletas de peças de tecido, pedaços de vidro, novelos finos de ouro e aço, pedaços estranhamente torcidos de rocha. Em um canto, terrários cheios de flores exóticas, insetos e, vi com um estremecimento, cobras.

Os Materialki em seu *kefta* roxo-escuro estavam debruçados sobre seus trabalhos, mas olharam para cima a fim de me ver quando passamos. Em uma mesa, duas Fabricadoras trabalhavam em um caroço fundido feito do que imaginei que poderia se tornar aço Grisha, a mesa repleta de pedaços de diamantes e frascos cheios de bichos da seda. Em outra mesa, um Fabricador com um pano amarrado sobre o nariz e a boca analisava um líquido negro espesso que parecia alcatrão. Genya me levou por entre todos eles até onde um Fabricador se inclinava sobre um conjunto de pequenos discos de vidro.

Ele era pálido, magro como um caniço, e precisava terrivelmente de um corte de cabelo.

— Oi, David — disse Genya.

David olhou para cima, piscou, deu um breve aceno de cabeça e voltou ao trabalho.

Genya suspirou.

— David, esta é Alina.

David grunhiu.

— A Conjuradora do Sol — Genya adicionou.

— Isso aqui é para você — ele disse sem me olhar.

Eu olhei para os discos.

— Ahn... obrigada?

Eu não sabia o que mais dizer, mas quando olhei para Genya ela deu de ombros e revirou os olhos.

— Tchau, David — disse ela, deliberadamente.

David grunhiu.

Genya pegou meu braço e me levou para fora, em uma galeria arqueada de madeira que dava para um gramado verde extenso.

— Não leve isso como algo pessoal — disse ela. — David é um grande metalúrgico. Ele pode forjar uma lâmina tão afiada que cortaria carne como se fosse água. Mas se você não é feita de metal ou vidro, ele não está interessado.

A voz de Genya soou leve, mas com um tom um pouco engraçado, e quando olhei para ela, vi que havia pontos coloridos brilhantes sobre as maçãs de seu rosto perfeito. Pelas janelas, olhei de volta para os ombros ossudos de David e seu cabelo castanho emaranhado. Eu sorri. Se uma criatura tão estupenda quanto Genya podia ter uma queda por um Fabricador estudioso e magrelo, então ainda havia esperanças para mim.

— O que foi? — disse ela, notando o meu sorriso.

— Nada não.

Genya olhou desconfiada para mim, mas mantive a boca fechada. Nós seguimos pela galeria que percorria a parede a leste do Pequeno Palácio, passamos por mais janelas que davam para as oficinas dos Fabricadores. Então, viramos numa esquina e as janelas sumiram. Genya acelerou o passo.

— Por que não há nenhuma janela aqui? — perguntei.

Genya olhou nervosa para as paredes sólidas. Eram as únicas partes que eu tinha visto do Pequeno Palácio que não eram esculpidas.

— Estamos do outro lado das salas de anatomia dos Corporalki.

— Eles não precisam de luz para... fazer o trabalho deles?

— Claraboias — disse ela. — No telhado, como a cúpula da biblioteca. Eles preferem desse modo. Isso os mantém protegidos, assim como a seus segredos.

— Mas o que eles fazem lá dentro? — perguntei, sem ter muita certeza de que queria ouvir a resposta.

— Somente os Corporalki sabem. Mas existem rumores de que eles vêm trabalhando com os Fabricadores em novos... experimentos.

Eu estremeci e fiquei aliviada quando viramos em outra esquina e as janelas recomeçaram a aparecer. Por elas, avistei camas como a minha e me dei conta de que via os dormitórios do piso inferior. Fiquei feliz de ter ganhado um quarto no terceiro andar. Eu teria ficado bem sem todos aqueles degraus para subir, mas agora que tinha meu próprio quarto pela primeira vez, achava ótimo que as pessoas não pudessem passear pela minha janela.

Genya apontou para o lago que eu tinha visto do meu quarto.

— É para lá que vamos — disse ela, mostrando as pequenas estruturas brancas pontilhando a costa. — Para o pavilhão dos Conjuradores.

— Lá longe?

— Ele é o lugar mais seguro para você praticar. Não precisamos de nenhum Infernal animadinho demais queimando o Palácio inteiro ao nosso redor.

— Ah — eu disse. — Não tinha pensado nisso.

— Sem problemas. Os Fabricadores têm outro lugar distante, fora da cidade, onde trabalham em pós explosivos. Também posso conseguir um passeio por lá para você — disse ela, com um sorriso perverso.

— Não obrigada, eu passo.

Nós descemos um lance de degraus até uma trilha de cascalhos e seguimos para o lago. Conforme nos aproximávamos, outro prédio se tornou visível na margem oposta. Para minha surpresa, vi grupos de crianças correndo e gritando. Crianças em vermelho, azul e roxo. Um sino tocou, então elas deixaram a brincadeira e correram para dentro.

— Uma escola? — perguntei.

Genya assentiu.

— Quando o talento de um Grisha é descoberto, a criança é trazida para cá para receber treinamento. É onde praticamente todos nós aprendemos a Pequena Ciência.

Novamente, pensei naquelas três pessoas pairando sobre mim na sala de estar em Keramzin. Por que os Examinadores Grishas não tinham descoberto minhas habilidades anos atrás? Era difícil imaginar como minha vida teria sido, então. Eu teria sido servida pelos criados em vez de trabalhar lado a lado com eles em suas tarefas. Nunca teria me tornado uma cartógrafa ou aprendido a desenhar um mapa.

E o que isso teria significado para Ravka? Se eu tivesse aprendido a usar o meu poder, a Dobra das Sombras já poderia ser algo do passado. Maly e eu nunca teríamos precisado lutar com o volcra.

Na verdade, seria provável que Maly e eu já tivéssemos esquecido um do outro havia muito tempo.

Olhei para a escola do outro lado da água.

— O que acontece quando eles terminam?

— Eles se tornam membros do Segundo Exército. Muitos são enviados para grandes casas a fim de servir as famílias nobres ou são enviados para servir com o Primeiro Exército nos fronts norte ou sul, ou próximo à Dobra. Os melhores são escolhidos para continuar no Pequeno Palácio, terminando seu treinamento para depois se juntarem ao exército do Darkling.

— E a família deles? — perguntei.

— É generosamente compensada. Uma família Grisha nunca passa necessidade.

— Não foi o que quis dizer. Eles nunca vão para casa visitá-los?

Genya deu de ombros.

— Não vejo meus pais desde os cinco anos. Aqui é a minha casa.

Olhando para Genya em seu *kefta* branco e dourado, não fiquei muito convencida. Eu tinha vivido em Keramzin a maior parte de minha vida, mas nunca senti que pertencia àquele lugar. E mesmo após um ano, acontecera exatamente isso com o Exército do Rei. O único lugar a que eu sentia pertencer era a companhia de Maly, e mesmo ela não tinha durado. Apesar de toda a sua beleza, talvez eu e Genya não fôssemos tão diferentes, no fim das contas.

Quando chegamos ao lago, caminhamos pelos pavilhões de pedra, mas Genya não parou até alcançarmos uma trilha que serpenteava da costa para dentro da floresta.

— Aqui estamos — disse ela.

Eu espiei a trilha. Escondida nas sombras, eu só conseguia ver uma pequena cabana de pedra, oculta pelas árvores.

— Aqui?

— Eu não posso ir com você. Não que eu quisesse.

Olhei para trás, para o caminho, e um arrepio sutil percorreu minha espinha.

Genya me olhou com pena.

— Baghra não é tão má depois que você se acostuma com ela. Mas você não vai querer se atrasar.

— Certo — falei apressada, e corri pelo caminho.

— Boa sorte! — Genya gritou atrás de mim.

A cabana de pedra era redonda e, notei apreensiva, não parecia ter nenhuma janela. Eu dei alguns passos até a porta e bati. Como ninguém respondeu, bati novamente e aguardei. Eu não estava certa do que fazer. Olhei para a trilha, mas Genya já havia partido. Bati mais uma vez, então reuni coragem e abri a porta.

O calor me acertou como uma rajada, e na mesma hora comecei a suar em minhas novas roupas. Enquanto meus olhos se adaptavam à escuridão, eu só podia ver uma cama estreita, uma pia e um forno com uma chaleira sobre ele. No centro da sala estavam duas cadeiras e um fogo queimando em um grande forno a lenha.

— Você está atrasada — disse uma voz áspera.

Olhei em volta, mas não vi ninguém na saleta.

Então, uma das sombras se moveu. Eu quase pulei para fora da minha pele.

— Feche a porta, menina. Você está deixando o calor escapar.

Eu fechei a porta.

— Bom, deixe-me dar uma olhada em você.

Eu quis me virar e correr na outra direção, mas disse a mim mesma para parar de ser estúpida. Eu me forcei a caminhar rumo ao fogo. A sombra emergiu detrás do forno para me olhar na luz das chamas.

Minha primeira impressão foi a de uma anciã com uma idade impossível, mas quando olhei mais de perto, não soube por que tinha pensado isso. A pele de Baghra era lisa e esticada sobre os ângulos agudos do rosto. Suas costas eram retas, seu corpo rijo como um acrobata suli, o cabelo negro como carvão intocado pelo cinza.

E a luz do fogo tornava seus traços assustadoramente cadavéricos, toda ossos salientes e buracos profundos. Ela vestia um velho *kefta* de cor indeterminada e, com uma mão esquelética, agarrou um bastão de cabeça chata que parecia ter sido cortado a partir de madeira prateada petrificada.

— Então — ela disse com uma voz baixa e gutural —, você é a Conjuradora do Sol. Que veio para nos salvar. Cadê o resto de você?

Eu me mexi desconfortável.

— Bem, menina, você é muda?

— Não — me forcei a falar.

— Já é alguma coisa, suponho. Por que você não foi testada quando criança?

— Eu fui.

— Hunf — disse ela. A expressão de Baghra mudou. Ela me mirou com olhos tão incomensuravelmente sombrios que um arrepio me percorreu, apesar do calor da sala. — Espero que seja mais forte do que aparenta, menina — acrescentou, severa.

Uma mão ossuda serpenteou da manga de suas vestes e prendeu meu pulso com dureza.

— Agora — disse ela —, vamos ver do que você é capaz.

Capítulo 9

FOI UM COMPLETO DESASTRE. Quando Baghra prendeu a mão esquelética no meu pulso, percebi no mesmo instante que ela era um amplificador como o Darkling. Senti o mesmo fluxo sacolejante de certeza passar por mim, e a luz solar irrompeu pela sala, brilhando sobre as paredes de pedra da cabana de Baghra. Mas quando ela me soltou e me pediu para evocar sozinha meu poder, não pude fazer nada. Ela me repreendeu, me persuadiu e até me bateu uma vez com seu cajado.

— O que esperam que eu faça com uma menina que nem consegue evocar seu poder? — ela resmungou para mim. — Até uma criança consegue fazer isso.

Ela deslizou a mão no meu pulso novamente e senti aquela coisa dentro de mim subindo, lutando para romper a superfície. Tentei alcançá-la, agarrá-la. Certamente podia senti-la. Então ela me soltou, e o poder se afastou de mim, afundando como uma pedra.

Por fim, ela me mandou embora com um aceno enojado de mão.

O dia não melhorou. Passei o restante da manhã na biblioteca, onde me foi passada uma pilha imensa de livros sobre teoria e história Grisha, e fui informada de que aquela era apenas uma parte da minha lista de leitura. No almoço, procurei Genya, mas ela não estava em lugar algum. Eu me sentei à mesa dos Conjuradores e fui rapidamente envolvida por Etherealki.

Escolhia o meu prato quando Marie e Nadia me encheram de perguntas sobre a minha primeira lição, onde era meu quarto, se eu queria ir com elas para o *banya* aquela noite. Quando perceberam que não conseguiriam muito de mim, elas se viraram para outros Conjuradores para conversar sobre suas aulas. Enquanto eu sofria com Baghra, os outros Grishas estavam estudando teoria avançada, idiomas, estratégia militar.

Pelo visto, isso tudo servia para prepará-los para o próximo verão, quando deixariam o Pequeno Palácio. A maioria deles viajaria até a Dobra ou para os fronts do norte ou do sul a fim de assumir posições de comando no Segundo Exército. Mas a maior honra era ser convidado a viajar com o Darkling, como Ivan tinha feito.

Eu fiz o meu melhor para prestar atenção, mas a minha mente continuava voltando para a desastrosa lição com Baghra. Em algum ponto, percebi que Marie tinha me perguntado algo, porque ela e Nadia estavam ambas me olhando.

— Desculpe, o que foi? — indaguei.

Elas se entreolharam.

— Você quer caminhar conosco até os estábulos? — Marie perguntou. — Para o treinamento de combate?

Treino de combate? Olhei para o pequeno cronograma que Genya tinha deixado comigo. A lista para depois do almoço dizia: "Treino de Combate, Botkin e Estábulos a Leste". Então, esse dia realmente iria piorar.

— Claro — falei de um jeito abobado e me levantei com elas. As criadas se aproximaram para puxar nossas cadeiras e limpar os pratos. Eu duvidei que um dia me acostumaria a ser servida desse jeito.

— *Ne brinite* — Marie disse com uma risadinha.

— O quê? — perguntei, perplexa.

— *To c'e biti zabavno.*

Nadia riu também.

— Ela disse: "Não se preocupe. Será divertido". É um dialeto suli. Marie e eu o estamos estudando para o caso de nos enviarem para o oeste.

— Ah — eu disse.

— *Shi si yuyan Suli* — disse Sergei enquanto passava por nós pelo salão abobadado. — Isso é Shu para: "Suli é uma língua morta".

Marie fez uma careta e Nadia mordeu o lábio.

— Sergei está estudando Shu — sussurrou Nadia.

— Percebi — respondi.

Marie passou metade do caminho até os estábulos reclamando de Sergei e de outros Corporalki, debatendo os méritos do Suli em comparação ao Shu. Suli era melhor para missões no noroeste. Shu significava que você ficaria presa traduzindo papelada diplomática. Sergei era um idiota e o melhor para ele seria aprender a comerciar em Kerch. Ela fez uma pausa para apontar o *banya*, um sistema elaborado de banhos a vapor e piscinas frias situado em um bosque de bétulas ao lado do Pequeno Palácio, então se lançou imediatamente em um discurso retórico sobre Corporalki egoístas invadindo os banhos a cada noite.

Talvez treino de combate não fosse assim tão ruim. Marie e Nadia definitivamente estavam me dando vontade de bater em algo.

Enquanto atravessávamos a clareira oeste, de repente tive a sensação de que alguém me observava. Olhei para cima e vi uma figura de pé na trilha, praticamente escondida pelas sombras de um grupo de árvores baixas. Não havia como confundir as túnicas compridas marrons ou a barba preta suja, e mesmo distante eu podia sentir a intensidade estranha do olhar do Apparat. Eu me apressei para alcançar Marie e Nadia, mas senti seu olhar me seguindo, e quando espiei por sobre o ombro, ele ainda estava lá.

As salas de treinamento ficavam próximas aos estábulos. Eram salas grandes e vazias, com vigas altas e piso de terra batida, e armas de todo tipo revestiam as paredes. Nosso instrutor, Botkin Yul-Erdene, não era um Grisha. Ele era um ex-mercenário shu han que tinha lutado em guerras em cada continente por qualquer exército que pudesse bancar seu dom particular para a violência. Ele tinha cabelo grisalho despenteado e uma cicatriz horrível no pescoço, onde alguém tinha tentado cortar sua garganta. Eu passei as duas horas seguintes amaldiçoando aquela pessoa por não ter feito um trabalho mais completo.

Botkin começou com exercícios de resistência, nos fazendo correr pelo palácio. Fiz o meu melhor para manter o ritmo, mas estava fraca e desajeitada como sempre e logo fiquei para trás.

— É isso que eles ensinam no Primeiro Exército? — ele zombou, com seu forte sotaque shu, enquanto eu tropeçava em uma colina.

Eu estava sem fôlego para responder.

Quando voltamos para as salas de treinamento, os outros Conjuradores arrumaram pares para exercícios de luta, e Botkin insistiu em ser meu par. A próxima hora foi um borrão de socos e golpes dolorosos.

— Bloqueie! — ele gritou, me golpeando para trás. — Mais rápido! Ou será que a garotinha gosta de apanhar?

O único consolo foi não sermos autorizados a usar nossas habilidades Grishas nas salas de treinamento. Então, pelo menos fui poupada da vergonha de revelar que não podia evocar meu poder.

Quando estava tão cansada e dolorida que só pensava se poderia me deitar e deixá-lo me chutar, Botkin nos dispensou da aula.

Mas antes que eu atravessasse a porta, ele falou:

— Amanhã, a garotinha chega mais cedo e treina com Botkin.

Eu me esforcei ao máximo para não protestar.

Quando cambaleei de volta para o meu quarto e me banhei, só queria me enfiar embaixo das cobertas e me esconder. Mas fui forçada a voltar para o salão abobadado para o jantar.

— Onde está Genya? — perguntei a Marie ao me sentar à mesa dos Conjuradores.

— Ela come no Grande Palácio.

— E dorme lá — Nadia acrescentou. — A Rainha gosta de ter certeza de que ela está sempre disponível.

— E também o Rei.

— Marie! — Nadia protestou, mas ela estava rindo em silêncio.

Eu olhei para elas boquiaberta.

— Vocês querem dizer que...

— É só um boato — disse Marie. Mas ela e Nadia se olharam como se soubessem.

Eu pensei nos lábios molhados do Rei, nos vasos sanguíneos estourados no seu nariz, e na bela Genya em suas cores de criada.

Empurrei meu prato. O pouco apetite que eu tinha desaparecera.

O jantar pareceu durar para sempre. Enchi um copo de chá e suportei outra rodada de conversa infinita de Conjuradores. Estava pronta para me desculpar e escapar de volta para o meu quarto quando as portas atrás da mesa do Darkling se abriram e o salão abobadado ficou em silêncio.

Ivan apareceu e passeou pela mesa dos Conjuradores, aparentemente alheio aos olhares dos outros Grishas.

Pouco a pouco, me dei conta de que ele andava direto na minha direção.

— Venha comigo, Starkov — disse ele, ao chegar até nós, então adicionou um "por favor" de zombaria.

Empurrei a cadeira para trás e fiquei de pé sobre pernas que pareceram fracas de repente. Será que Baghra tinha dito ao Darkling que eu era um caso perdido? Será que Botkin havia contado quanto eu tinha ido mal nas aulas?

Os Grishas me olhavam de olhos arregalados. A boca de Nadia estava até aberta.

Segui Ivan pelo salão silencioso e pelas enormes portas de ébano. Ele me levou por um corredor e por outra porta com um brasão com o símbolo do Darkling. Foi fácil saber que me encontrava na sala de guerra. Não havia janelas, e as paredes estavam cobertas com mapas enormes de Ravka. Os mapas eram confeccionados no estilo antigo, em couro animal, desenhados com tinta aquecida. Sob quaisquer outras circunstâncias, eu poderia ter passado horas estudando-os, correndo os dedos sobre as montanhas e rios sinuosos. Em vez disso, permaneci com as mãos apertadas, meu coração batendo forte no peito.

O Darkling estava sentado no final de uma mesa comprida, lendo uma pilha de papéis. Ele levantou a vista quando entramos, e seus olhos de quartzo brilharam na luz da lamparina.

— Alina — disse ele. — Sente-se, por favor. — E apontou para a cadeira ao lado dele.

Eu hesitei. Ele não parecia estar com raiva.

Ivan desapareceu pela porta e a fechou atrás dele. Engoli em seco e me obriguei a cruzar a sala e me acomodar no assento oferecido pelo Darkling.

— Como foi seu primeiro dia?

Eu engoli em seco de novo.

— Tudo bem — resmunguei.

— É mesmo? — ele perguntou, rindo de um jeito sutil. — Mesmo com Baghra? Ela pode ser um pouco desafiadora.

— Só um pouco — repliquei.

— Você está cansada?

Eu assenti.

— Saudades de casa?

Dei de ombros. Eu me senti estranha dizendo que estava com saudades dos alojamentos do Primeiro Exército.

— Um pouco, eu acho.

— Vai melhorar.

Mordi o lábio. Esperava que sim. Não tinha certeza de com quantos dias mais como esse eu conseguiria lidar.

— Ficará mais difícil para você — disse ele. — Um Etherealnik raramente trabalha sozinho. Infernais formam duplas. Aeros frequentemente fazem pares com Hidros. Mas você é a única do seu tipo.

— Certo — eu disse, cansada. Não estava no clima de ouvir quanto eu era especial.

Ele se levantou.

— Venha comigo — disse ele.

Meu coração acelerou de novo. Ele me tirou da sala de guerra e me levou por outro corredor.

Apontou para uma porta estreita situada discretamente na parede.

— Mantenha-se à direita e o caminho a levará de volta aos dormitórios. Acho que você vai preferir evitar o salão principal.

Eu olhei para ele.

— É só isso? — deixei escapulir. — Você só queria me perguntar sobre o meu dia?

Ele inclinou a cabeça para um lado.

— O que você estava esperando?

Eu fiquei tão aliviada que deixei escapar uma risadinha.

— Não faço ideia. Tortura? Interrogatório? Uma conversa dura?

Ele franziu ligeiramente a testa.

— Eu não sou um monstro, Alina. Independentemente do que você possa ter ouvido.

— Eu não quis dizer isso — falei, rapidamente. — Eu só não sabia o que esperar.

— Algo além do pior?

— É um velho hábito. — Eu sabia que podia ter parado ali, mas não consegui me aguentar. Talvez não estivesse sendo justa. Mas ele também não estava. — Por que não deveria ter medo de você? — falei. — Você é o Darkling. Não estou dizendo que me jogaria em uma vala ou me mandaria para Tsibeya, mas sem dúvida poderia. Você pode cortar pessoas ao meio. Acho que é normal ficar um pouco intimidada.

Ele me analisou por um longo momento e desejei ardentemente ter mantido a boca fechada. Mas então aquele sorrisinho cintilou em seu rosto.

— Você tem um bom argumento.

Parte do meu medo cedeu.

— Por que você faz isso? — ele perguntou de repente.

— Isso o quê?

Ele esticou a mão e segurou a minha. Eu senti aquela sensação maravilhosa de segurança passar por mim.

— Esfregar o polegar na palma da mão.

— Ah — eu ri, nervosa. Não tinha nem notado que estava fazendo isso. — É só outro velho hábito.

Ele virou minha mão para cima e a examinou na luz opaca do corredor. Passou seu polegar na cicatriz pálida que percorria minha palma. Um tremor me percorreu.

— Onde conseguiu isso? — ele perguntou.

— Eu... Em Keramzin.

— Foi onde você cresceu?

— Sim.

— O rastreador também é um órfão?

Eu puxei o ar com força. Ler a mente era outro de seus poderes? Mas então me lembrei do depoimento que Maly havia dado na tenda Grisha.

— Sim — confirmei.

— Ele é bom?

— Quê? — Eu estava achando difícil me concentrar. O dedão do Darkling continuava se movendo para a frente e para trás, percorrendo o comprimento da cicatriz na minha palma.

— Em rastrear. Ele é bom nisso?

— O melhor — eu disse, com honestidade. — Os servos em Keramzin diziam que ele podia tirar coelhos de rochas.

— Às vezes me pergunto quão realmente entendemos os nossos dons — ele refletiu.

Então soltou a minha mão e abriu a porta. Ele deu um passo para o lado e fez uma pequena mesura.

— Boa noite, Alina.

— Boa noite — respondi.

Eu passei pela porta e segui por um corredor estreito. Um momento depois, ouvi o som de uma porta se fechando atrás de mim.

Capítulo 10

NA MANHÃ SEGUINTE, meu corpo doía tanto que eu mal consegui me arrastar da cama. Mas levantei e fiz tudo de novo. E de novo. E de novo. Cada dia era pior e mais frustrante do que o anterior, mas não parei. Não podia. Eu não era mais uma cartógrafa e se não conseguisse dar um jeito de me tornar uma Grisha, aonde eu iria parar?

Pensei nas palavras do Darkling naquela noite sob as vigas quebradas do celeiro. *Você é o primeiro lampejo de esperança que tenho em muito tempo.* Ele acreditava que eu era a Conjuradora do Sol.

E ele havia acreditado que eu poderia ajudá-lo a destruir a Dobra. E, se eu pudesse, nenhum soldado, comerciante ou rastreador teria que atravessar o Não Mar novamente.

Mas conforme os dias avançaram, aquela ideia começou a parecer mais e mais absurda.

Eu passava longas horas na cabana de Baghra aprendendo exercícios de respiração e mantendo posturas dolorosas que supostamente ajudariam minha concentração. Ela me deu livros para ler, chás para beber, e repetidos golpes com seu cajado, mas nada ajudou.

— Será que devo cortar você, menina? — ela gritou, frustrada. — Mandar um Infernal queimá-la? Ou mandar que a joguem de volta na Dobra para virar comida daquelas abominações?

Minhas falhas diárias com Baghra só se comparavam à tortura infligida por Botkin. Ele me fez correr por todos os terrenos do palácio, pela floresta, subindo e descendo colinas até eu pensar que desmaiaria. Ele me colocou em exercícios de luta e queda até meu corpo estar coberto de cicatrizes e minhas orelhas doerem de seu resmungo constante:

— Muito lenta, muito fraca, muito magra.

— Botkin não pode construir uma casa com ramos tão pequenos! — ele gritava para mim, apertando meu braço. — Coma alguma coisa!

Mas eu não sentia fome. O apetite que tinha aparecido após meu combate com a morte na Dobra sumira, e a comida tinha perdido todo o sabor. Eu dormia mal, apesar da cama luxuosa, e sentia como se estivesse cambaleando pelos dias. O trabalho que Genya tinha feito em mim já havia desaparecido e minhas bochechas estavam pálidas novamente, os olhos sombreados, meu cabelo sem brilho e energia.

Baghra acreditava que minha falta de apetite e incapacidade de dormir tinham a ver com o fato de não conseguir evocar meu poder.

— Não é mais difícil caminhar com os pés amarrados? Ou falar com uma das mãos em vez da boca? — ela deu seu sermão. — Por que você gasta toda a sua força lutando contra a sua verdadeira natureza?

Eu não estava lutando contra nada. Ou não pensava que estava. Não tinha mais certeza de coisa alguma. Toda a minha vida eu havia sido frágil e fraca. Todos os dias pareciam uma luta. Se Baghra estava certa, tudo isso mudaria quando eu finalmente dominasse meu talento Grisha. Supondo que eu o tivera um dia. Até lá, estava presa.

Eu sabia que os outros Grishas estavam cochichando sobre mim.

Os Etherealki gostavam de praticar juntos no lago, experimentando novos modos de usar vento, água e fogo. Eu não podia me arriscar a deixá-los descobrir que nem conseguia evocar meu próprio poder, então dava desculpas para não me juntar a eles e, por fim, eles pararam de me convidar.

Nas noites, eles se sentavam em torno do salão abobadado, bebericando chá ou *kvas*, planejando excursões de fim de semana em Balakirev ou uma das outras vilas próximas a Os Alta. Mas como o Darkling continuava preocupado com tentativas de assassinato, eu tinha que permanecer atrás dos muros. Eu estava feliz por ter essa desculpa. Quanto mais tempo eu passasse com os Conjuradores, maior a chance de eles descobrirem.

Eu raramente via o Darkling e, quando o via, era de longe, indo ou vindo, absorto em conversas com Ivan ou os conselheiros militares do Rei. Aprendi com outros Grishas que ele nem sempre ficava no Pequeno Palácio, e passava a maior parte do tempo viajando entre a Dobra e as fronteiras norte ou sul onde os grupos invasores de Shu Han estavam atacando acampamentos antes de o inverno chegar. Centenas de Grishas achavam-se alocados em diversos pontos de Ravka, e ele era responsável por todos eles.

Ele nunca me dizia uma palavra, raramente olhava na minha direção.

Eu tinha certeza de que isso era porque ele sabia que eu não estava mostrando avanços, que sua Conjuradora do Sol podia se transformar em um erro completo, depois de tudo.

Quando não estava sofrendo nas mãos de Baghra ou Botkin, eu estava na biblioteca, vagando entre livros de teoria Grisha. Eu já havia entendido o básico do que os Grishas faziam (ou do que nós fazíamos, me corrigi). Tudo no mundo podia ser dividido nas mesmas pequenas partes. O que parecia mágica era, na verdade, os Grishas manipulando matéria em seus níveis mais fundamentais.

Marie não produzia fogo. Ela conjurava elementos combustíveis no ar ao nosso redor, e ainda precisava de uma pederneira para criar a faísca que queimaria o combustível. O aço Grisha não era moldado com magia, mas pela capacidade dos Fabricadores que não precisavam de calor ou ferramentas brutas para manipular metal.

Mas se entendi o que fazíamos, não estava tão certa sobre como fazíamos. O princípio básico da Pequena Ciência era "os similares se atraem", mas, depois disso, ficava complicado. *Odinakovost* era a "inespecificidade" de uma coisa que a fazia a mesma que todo o restante. *Etovost* era a "especificidade" de uma coisa que a tornava diferente de todo o resto. O *odinakovost* conectava o Grisha ao mundo, mas era o *etovost* que dava a ele uma afinidade com algo como o ar, o sangue ou, no meu caso, a luz. Foi então que a minha cabeça começou a girar.

Uma coisa se destacou para mim: a palavra que os filósofos usavam para descrever as pessoas nascidas sem dons Grishas era *otkazat'sya*, "o abandonado". Essa era outra palavra para órfão.

NO FIM DE UMA TARDE QUALQUER, eu me arrastava na leitura de uma passagem que descrevia a assistência Grisha às rotas comerciais quando senti a presença de alguém atrás de mim. Levantei o olhar e me encolhi na cadeira. O Apparat pairava sobre mim, suas pupilas negras e planas iluminadas com uma intensidade peculiar.

Olhei em volta na biblioteca. Ela estava deserta, exceto por nós dois, e apesar do sol se derramando pelo teto de vidro, senti um arrepio rastejar dentro de mim.

Ele se sentou na cadeira ao meu lado com uma rajada de roupas mofadas, e o cheiro úmido dos túmulos me envolveu. Tentei respirar pela boca.

— Está gostando dos seus estudos, Alina Starkov?

— Muito — eu menti.

— Estou tão feliz — disse ele. — Mas espero que você se lembre de alimentar a alma, bem como a mente. Eu sou o conselheiro espiritual de todos dentro dos muros do palácio. Se você se encontrar preocupada ou em perigo, espero que não hesite em vir até mim.

— Eu irei — eu disse. — Pode ter certeza.

— Bom, bom. — Ele sorriu, revelando uma boca lotada de dentes amarelando, suas gengivas pretas como as de um lobo. — Quero que sejamos amigos. É muito importante que sejamos amigos.

— É claro que sim.

— Eu adoraria se você aceitasse um presente meu — disse ele, enfiando a mão nas dobras de sua túnica marrom e removendo um pequeno livro encapado com couro vermelho.

Como alguém poderia oferecer a você um presente que parecia tão assustador?

Meio relutante, me inclinei para a frente e peguei o livro de sua mão comprida, cheia de veias azuis. O título era feito de ouro em relevo na capa: *Istorii Sankt'ya*.

— *A vida dos santos*?

Ele assentiu.

— Houve uma época em que todas as crianças Grishas recebiam esse livro quando iam para a escola no Pequeno Palácio.

— Obrigada — falei, perplexa.

— Camponeses adoram seus Santos. São sedentos pelo milagroso. E ainda assim eles não gostam dos Grishas. Por que você acha que isso acontece?

— Nunca tinha pensado sobre isso — falei. Eu abri o livro.

Alguém tinha escrito meu nome por dentro da capa. Eu folheei algumas páginas. *Sankt Petyr de Brevno. Sankt Ilya em Correntes. Sankta*

Lizabeta. Cada capítulo começava com uma ilustração de página cheia, belamente reproduzida em tintas coloridas e brilhantes.

— Acho que é porque os Grishas não sofrem como os Santos sofrem; o modo como as pessoas sofrem.

— Talvez — eu disse, distraidamente.

— Mas você sofreu, não foi, Alina Starkov? E eu acho que... sim, eu acho que você sofrerá mais.

Eu ergui a cabeça. Pensei que ele podia estar me ameaçando, mas seus olhos estavam repletos de uma simpatia estranha que era ainda mais aterrorizante.

Eu olhei de volta para o livro no meu colo. Meu dedo tinha parado em uma ilustração de como Sankta Lizabeta havia morrido, esticada e esquartejada em um campo de rosas. Seu sangue formava um rio entre as pétalas. Fechei o livro de supetão e fiquei de pé.

— Tenho que ir.

O Apparat se levantou e por um momento pensei que ele tentaria me impedir.

— Você não gostou do presente.

— Não, não. Ele é bem legal. Obrigada. Só não quero me atrasar — balbuciei.

Eu passei correndo por ele e pelas portas da biblioteca e só respirei tranquila ao voltar para o meu quarto. Joguei o livro dos Santos na gaveta da minha penteadeira e fechei numa batida.

O que o Apparat queria de mim? As suas palavras seriam uma ameaça? Ou algum tipo de aviso?

Respirei fundo, uma onda de fatiga e confusão passando por mim. Eu sentia falta do ritmo fácil da Tenda dos Documentos, da monotonia reconfortante da minha vida como cartógrafa, quando não esperavam nada de mim além de alguns desenhos e uma mesa de trabalho arrumada. Sentia falta do cheiro familiar de tintas e papel. Mais do que tudo, sentia falta de Maly.

Eu havia escrito para ele toda semana aos cuidados de nosso regimento, mas não obtivera resposta. Sabia que o serviço postal talvez não fosse confiável e que a unidade dele poderia ter saído da Dobra ou poderia estar em Ravka Oeste, mas ainda tinha esperanças de ouvir notícias sobre ele em breve. Havia desistido da ideia de ele me visitar no Pequeno

Palácio. Sentia falta dele, mas não podia aguentar o pensamento de que Maly descobriria que eu havia me adequado à minha nova vida tão bem quanto à antiga.

Toda noite, enquanto subia a escada para o meu quarto após outro dia doloroso e inútil, eu imaginava a carta que estaria esperando por mim na minha penteadeira e acelerava os passos. Mas os dias passaram e a carta não veio.

Nesse dia não foi diferente. Passei a mão pela superfície vazia da mesa.

— Onde você está, Maly? — sussurrei. Mas não havia ninguém para responder.

Capítulo 11

QUANDO PENSEI que as coisas não poderiam ficar piores, elas ficaram.

Estava sentada para o café da manhã no salão abobadado quando as portas principais foram abertas e um grupo Grisha desconhecido entrou. Eu não prestei muita atenção neles.

Grishas do exército do Darkling estavam sempre indo e vindo do Pequeno Palácio, às vezes para se recuperar de ferimentos obtidos nos fronts norte ou sul, às vezes partindo em outras missões.

Então Nadia engasgou.

— Oh, não — Marie gemeu.

Ergui a cabeça e meu estômago se contorceu quando eu reconheci a menina de cabelos negros e brilhantes que tinha achado Maly tão fascinante lá em Kribirsk.

— Quem é ela? — sussurrei, vendo a menina passar por entre outros Grishas, lançando cumprimentos, sua risada alta ecoando pela cúpula dourada.

— Zoya — murmurou Marie. — Ela está um ano na nossa frente na escola, e é horrível.

— Ela pensa que é melhor do que todo mundo — Nadia acrescentou.

Ergui a sobrancelha. Se o pecado de Zoya era ser esnobe, então Marie e Nadia não tinham o direito de julgá-la.

Marie suspirou.

— A pior parte é que ela meio que está certa. Ela é uma Aeros incrivelmente poderosa, uma grande lutadora, e olhe só para ela.

Eu assimilei o bordado de prata nos punhos de Zoya, a perfeição brilhante do seu cabelo preto, os grandes olhos azuis emoldurados por cílios inacreditavelmente escuros. Ela era quase tão bonita quanto Genya. Pensei em Maly e senti uma onda de puro ciúme passar por mim.

Mas então me dei conta de que Zoya tinha estado alocada na Dobra. Se ela e Maly tinham... Bem, ela saberia se ele se encontrava lá e se estava bem. Empurrei meu prato. A possibilidade de perguntar a Zoya sobre Maly me deixou um pouco enjoada.

Como se pudesse sentir meu olhar, Zoya se virou de onde conversava com alguns Corporalki intimidados e escapou para a mesa dos Conjuradores.

— Marie! Nadia! Como vocês estão?

Elas se levantaram para abraçá-la, seus rostos emplastrados com sorrisos enormes e falsos.

— Você está fantástica, Zoya! Como vai? — disse Marie.

— Nós sentimos tanto a sua falta! — falou Nadia.

— Eu também senti — disse Zoya. — É tão bom estar de volta ao Pequeno Palácio. Vocês não imaginam quanto o Darkling tem me mantido ocupada. Mas estou sendo rude. Acho que não fui apresentada à sua amiga.

— Oh! — Marie exclamou. — Desculpe. Esta é a Alina Starkov. A Conjuradora do Sol — disse ela, com certo orgulho.

Eu me levantei sem jeito.

Zoya me envolveu em um abraço.

— É uma honra finalmente conhecer a Conjuradora do Sol — disse ela, bem alto. Mas quando me abraçou, ela sussurrou: — Você fede a Keramzin.

Eu endureci. Ela me soltou, um sorriso brincando em seus lábios perfeitos.

— Eu vejo vocês mais tarde — disse ela, com um aceno sutil. — Estou louca por um banho. — E com isso ela foi embora do salão abobadado e passou pelas portas duplas, rumo aos dormitórios.

Eu fiquei lá de pé, atordoada, meu rosto em chamas. Sentia como se todos estivessem olhando para mim boquiabertos, mas ninguém parecia ter ouvido o que Zoya tinha dito.

As palavras dela reverberaram em mim pelo resto do dia, ao longo de outra lição grosseira com Baghra e um almoço interminável, durante o qual Zoya falou sobre a viagem de Kribirsk, o estado das cidades que fazem fronteira com a Dobra e as requintadas xilogravuras *luboks* que tinha visto em uma das aldeias camponesas. Pode ter sido a minha imaginação, mas parecia que toda vez que ela pronunciava a palavra "camponês", olhava diretamente para mim. Enquanto ela falava, a luz refletia na pesada pulseira de prata brilhando em seu pulso. Era cravejada com o que pareciam partes de ossos. Um amplificador, percebi.

As coisas foram de mal a pior quando Zoya apareceu para nossa aula de combate. Botkin a abraçou, beijou as duas bochechas e então começou a conversar com ela para lá e para cá em Shu. *Havia algo que essa garota não pudesse fazer?*

Ela tinha trazido a amiga de cabelos castanhos de quem eu me lembrava da tenda Grisha. Elas começaram a rir e sussurrar quando tropecei nos treinos com os quais Botkin começava cada aula. Quando nos separamos para treinar, não me surpreendi ao ver que Botkin me colocara para fazer par com Zoya.

— Minha melhor pupila — ele disse, sorrindo com orgulho. — Ajudará a menininha.

— Certamente a Conjuradora do Sol não precisa da minha ajuda — disse Zoya com um sorriso de satisfação.

Eu a observei com cautela. Não tinha certeza de por que essa menina me odiava tanto, mas já aguentara o suficiente por um dia.

Nós assumimos nossas posições de combate, e Botkin deu o sinal para começarmos.

Eu, de fato, consegui bloquear o primeiro soco de Zoya, mas não o segundo. Ele me pegou firme na mandíbula e minha cabeça se voltou para trás. Tentei superar aquilo.

Ela dançou na minha frente e mirou um soco nas minhas costelas. Mas eu havia absorvido uma parte do treinamento de Botkin nas últimas semanas. Esquivei-me para a direita, e o golpe passou raspando.

Ela flexionou os ombros e me circundou. Pelo canto do olho, vi que os outros Conjuradores tinham parado de treinar e estavam nos observando.

Eu não devia ter me distraído. O próximo soco de Zoya veio firme no meu intestino. Assim que engasguei buscando ar, ela seguiu com o cotovelo. Eu consegui evitá-lo mais por sorte do que por técnica.

Ela pressionou para aumentar a vantagem e avançou. Esse foi seu erro. Eu era fraca e lenta, mas Botkin tinha me ensinado a tirar vantagem da força do meu oponente.

Dei um passo para o lado e, quando ela se aproximou, enganchei minhas pernas em seu tornozelo. Zoya caiu feio.

Os outros Conjuradores começaram a aplaudir. Mas antes que eu tivesse chance de registrar minha vitória, Zoya se levantou, sua expressão furiosa, e seus braços cortaram o ar. Eu senti meus pés serem erguidos enquanto voava para trás pelo ar e bati contra a parede de madeira da sala de treinamento. Ouvi algo se quebrar e todo o meu ar foi embora do corpo quando colidi contra o chão.

— Zoya! — Botkin rugiu. — Não use seu poder. Não nestas salas. Nunca nestas salas!

Eu estava vagamente consciente de outros Conjuradores se reunindo ao meu redor, de Botkin chamando um Curandeiro.

— Estou bem — tentei dizer, mas não consegui reunir ar suficiente. Deitei na poeira, ofegando superficialmente. Cada vez que tentava respirar, a dor rasgava meu lado esquerdo. Um grupo de criados chegou, mas quando eles me ergueram sobre a maca, eu desmaiei.

Marie e Nadia me contaram o resto quando vieram me visitar na enfermaria. Um Curandeiro tinha desacelerado os meus batimentos cardíacos até eu cair em sono profundo, e então consertado minha costela quebrada e outros ferimentos que Zoya tinha deixado.

— Botkin ficou furioso! — Marie exclamou. — Eu nunca o tinha visto tão irritado. Ele jogou Zoya para fora das salas de treinamento. Achei que bateria nela.

— Ivo disse que viu Ivan levá-la pelo salão abobadado até as salas de reunião do Darkling e, quando ela saiu de lá, estava chorando.

Ótimo, pensei com satisfação. Mas quando pensei em mim mesma deitada em uma pilha de sujeira, senti uma onda ardente de constrangimento.

— Por que ela fez isso? — perguntei, enquanto tentava me sentar. Muita gente me ignorava ou me olhava de cima para baixo. Mas Zoya realmente parecia me odiar.

Marie e Nadia olharam para mim como se eu tivesse quebrado a cabeça e não as costelas.

— Porque ela tem ciúmes! — disse Nadia.

— De mim? — indaguei, incrédula.

Marie revirou os olhos.

— Ela não suporta a ideia de alguém ser a favorita do Darkling.

Eu ri e, logo depois, estremeci com uma pontada de dor na lateral.

— Acho difícil que eu seja a favorita dele.

— Claro que é. Zoya é poderosa, mas ela é apenas outra Aeros. Você é a Conjuradora do Sol.

As bochechas de Nadia enrubesceram quando ela disse isso, e eu sabia que não estava imaginando o toque de inveja em sua voz. Quão profunda seria aquela inveja? Marie e Nadia falavam como se odiassem Zoya, mas sorriam para ela. *O que será que elas diziam sobre mim quando eu não estava por perto?*, me perguntei.

— Talvez ele a rebaixe! — gritou Marie.

— Talvez a mande para Tsibeya! — Nadia cantou.

Um Curandeiro apareceu das sombras para pedir silêncio e as colocou para fora. Elas prometeram me visitar novamente no dia seguinte.

Eu devo ter pegado no sono de novo, porque quando acordei algumas horas mais tarde, a enfermaria estava escura. O quarto se encontrava estranhamente quieto, as outras camas desocupadas; o único som era o tique-taque suave de um relógio.

Eu me ergui. Ainda sentia um pouco de dor, mas era difícil acreditar que tinha uma costela quebrada apenas algumas horas antes.

Minha boca estava seca, e eu começara a sentir dor de cabeça.

Eu me arrastei para fora da cama e me servi um copo de água do jarro na minha cabeceira. Em seguida, abri a janela e respirei profundamente o ar noturno.

— Alina Starkov.

Eu pulei e me virei.

— Quem está aí? — perguntei.

O Apparat apareceu vindo das longas sombras da porta.

— Eu assustei você? — ele perguntou.

— Um pouco — admiti. *Havia quanto tempo ele estava ali de pé? Ele estava me observando dormir?*

Ele pareceu deslizar em silêncio pela sala em minha direção, com as vestes rasgadas flutuando sobre o chão da enfermaria. Eu dei um passo involuntário para trás.

— Fiquei muito triste ao saber de suas lesões — disse ele. — O Darkling deveria prestar mais atenção em seus protegidos.

— Eu estou bem.

— Está mesmo? — disse ele, prestando atenção em mim na luz da lua. — Você não parece bem, Alina Starkov. É essencial que você fique bem.

— Só estou um pouco cansada.

Ele se aproximou. Seu cheiro peculiar soprou sobre mim, aquela mistura estranha de incenso, bolor e cheiro de terra revirada. Pensei no cemitério de Keramzin, nas lápides tortas, nas camponesas se lamentando sobre sepulturas recentes. De repente, fiquei subitamente consciente de que a enfermaria estava vazia. *O Curandeiro Corporalki continuava por perto? Ou tinha ido para algum outro lugar em busca de um copo de kvas ou uma cama quente?*

— Você sabia que em alguns vilarejos nas fronteiras estão construindo altares para você? — murmurou o Apparat.

— Quê?

— Sim. As pessoas estão sedentas por esperança, e os pintores de ícones estão com os negócios prosperando graças a você.

— Mas eu não sou uma Santa!

— É uma bênção, Alina Starkov. Uma bênção. — Ele se aproximou ainda mais. Eu podia ver os pelos escuros e emaranhados de sua barba, a confusão manchada de seus dentes. — Você está se tornando perigosa, e irá se tornar ainda mais.

— Eu? — sussurrei. — Para quem?

— Existe algo mais poderoso do que qualquer exército. Algo forte o suficiente para derrubar reis e até mesmo darklings. Você sabe o que é esse algo?

Eu sacudi a cabeça, me afastando dele.

— A fé — ele sussurrou, seus olhos negros arregalados. — Fé.

Ele avançou na minha direção. Eu tateei às cegas até a mesinha lateral e derrubei o copo de água no chão. Ele se espatifou barulhento. Passos apressados vieram pelo corredor em nossa direção. O Apparat recuou, se mesclando às sombras.

A porta foi aberta e um Curandeiro entrou, seu *kefta* vermelho batendo atrás dele.

— Você está bem?

Eu abri a boca, incerta do que dizer. Mas o Apparat já tinha deslizado silenciosamente pela porta.

— Eu... Me desculpe. Eu quebrei um copo.

O Curandeiro chamou uma criada para limpar a bagunça. Ele me colocou de volta na cama e sugeriu que eu tentasse descansar. Mas assim que ele foi embora, eu me sentei e acendi a lamparina perto da cama.

Minhas mãos estavam tremendo. Eu queria considerar absurdas as divagações do Apparat, mas não conseguia. Não se as pessoas realmente estavam rezando para a Conjuradora do Sol, não se esperavam que eu as salvasse. Eu me lembrei das palavras terríveis do Darkling sob o teto quebrado do celeiro. *A era do poder Grisha está chegando ao fim.* Eu pensei no volcra, nas vidas sendo perdidas na Dobra das Sombras. *Uma Ravka dividida não sobreviverá à nova era.* Eu não estava falhando com o Darkling, Baghra ou comigo mesma. Eu estava falhando com toda a Ravka.

QUANDO GENYA CHEGOU na manhã seguinte, contei a ela sobre a visita do Apparat, mas ela não pareceu preocupada com o que ele dissera nem com seu comportamento estranho.

— Ele é assustador — ela admitiu. — Mas inofensivo.

— Ele não é inofensivo. Você precisava vê-lo. Ele parecia completamente louco.

— Ele é só um sacerdote.

— Mas por que ele esteve aqui?

Genya deu de ombros.

— Talvez o Rei tenha pedido a ele para rezar por você.

— Eu não vou ficar aqui outra noite. Quero dormir no meu quarto. Com uma porta que tranque.

Genya fungou e olhou ao redor a enfermaria vazia.

— Bem, pelo menos com isso eu concordo. Eu também não gostaria de ficar aqui. — Então, ela olhou para mim. — Sua aparência está horrível — disse ela, com seu tato habitual. — Por que não me deixa corrigi-la um pouquinho?

— Não.

— Só me deixe sumir com as olheiras.

— Não! — falei, teimosa. — Mas eu de fato preciso de um favor.

— Devo pegar meus kitapetrechos? — ela perguntou com avidez.

Eu a olhei de cara feia.

— Não esse tipo de favor. Um amigo meu foi ferido na Dobra. Eu escrevi para ele, mas não tenho certeza se minhas cartas estão chegando. — Eu senti minhas bochechas corarem e me apressei. — Você poderia descobrir se ele está bem e onde está alocado? Eu não sei a quem mais pedir isso, e como você está sempre no Grande Palácio, pensei que seria capaz de ajudar.

— É claro que sim, mas, bem, você tem checado a lista de mortos?

Eu assenti, um nó na garganta. Genya saiu para procurar papel e caneta, para que eu pudesse anotar o nome de Maly para ela.

Eu suspirei e esfreguei os olhos. Não sabia como reagir ao silêncio de Maly. Verificava a lista de mortos toda semana, coração acelerado, estômago revirando, com medo de ver o nome dele. E a cada semana agradecia a todos os Santos por Maly estar a salvo e vivo, mesmo que não se importasse de escrever.

Era essa a verdade? Meu coração deu uma torcida dolorosa.

Talvez Maly estivesse feliz de eu ter partido, feliz de estar livre de velhas amizades e obrigações. *Ou talvez estivesse deitado em uma cama de hospital em algum lugar e você esteja sendo uma pirralha mesquinha*, me repreendi.

Genya voltou e escrevi o nome, regimento e número da unidade de Maly. Ela dobrou o papel e guardou-o na manga de seu *kefta*.

— Obrigada — eu disse, rouca.

— Tenho certeza de que ele está bem — falou ela, e apertou gentilmente a minha mão. — Agora deite de volta para que eu possa corrigir suas olheiras.

— Genya!

— Deite-se ou pode esquecer o seu favorzinho.

Meu queixo caiu.

— Você é podre.

— Eu sou maravilhosa.

Olhei para ela, depois caí para trás em cima dos travesseiros.

Após a partida de Genya, fiz meus arranjos para voltar ao meu próprio quarto. O Curandeiro não ficou feliz com isso, mas insisti.

Eu quase já não estava machucada, e de jeito nenhum passaria outra noite naquela enfermaria vazia.

Quando voltei ao meu quarto, tomei um banho e tentei ler um dos meus livros de teoria. Mas não conseguia me concentrar. Temia voltar para minhas aulas no dia seguinte e ter outra lição inútil com Baghra.

Os olhares e fofocas a meu respeito tinham diminuído um pouco desde a minha chegada ao Pequeno Palácio. Mas não havia dúvida de que minha luta com Zoya faria aquilo tudo voltar. Quando me levantei e me alonguei, vislumbrei-me no espelho em cima da penteadeira. Cruzei o quarto e analisei meu rosto em detalhes.

As sombras embaixo dos olhos tinham sumido, mas eu sabia que voltariam em alguns dias. E isso fazia pouca diferença. Eu tinha a mesma aparência de sempre: cansada, magra, doente. Nem um pouco como uma verdadeira Grisha. O poder estava lá, em algum lugar dentro de mim, mas eu não conseguia alcançá-lo e não sabia a razão. Por que eu era diferente? Por que tinha demorado tanto tempo para o meu poder se revelar? E por que não conseguia acessá-lo sozinha?

Refletidas no espelho, eu podia ver as cortinas grossas e douradas das janelas, as paredes pintadas de forma brilhante, a luz do fogo reluzindo nos azulejos da lareira. Zoya era terrível, mas também estava certa. Eu não pertencia a este mundo bonito, e se não arrumasse um modo de usar o meu poder, nunca pertenceria.

Capítulo 12

A MANHÃ SEGUINTE não foi tão ruim quanto eu esperava. Zoya já estava no salão de teto abobadado quando entrei. Ela se sentou no final da mesa dos Conjuradores e tomou seu café da manhã em silêncio. Não olhou para cima quando Marie e Nadia me cumprimentaram e eu também fiz o meu melhor para ignorá-la.

Aproveitei cada passo da minha caminhada até o lago. O sol estava brilhando, o ar batia frio nas minhas bochechas, e eu não estava olhando para os confins sem janela e abafados da cabana de Baghra. Mas quando galguei os degraus até sua porta, ouvi vozes falando alto.

Hesitei e então bati suavemente. As vozes se aquietaram de repente e, um momento depois, empurrei a porta e espiei o lado de dentro. O Darkling se encontrava de pé, perto do forno a lenha de Baghra, com uma expressão furiosa.

— Desculpe — falei, e comecei a recuar pela porta.

Mas Baghra simplesmente disparou:

— Para dentro, menina. Não deixe o calor sair.

Quando entrei e fechei a porta, o Darkling fez uma mesura sutil.

— Como você está, Alina?

— Estou bem — respondi.

— Ela está bem! — Baghra piou. — Ela está bem! Ela não consegue iluminar um corredor, mas está bem.

Eu estremeci e desejei desaparecer em minhas botas.

Para minha surpresa, o Darkling disse:

— Deixe-a em paz. — Os olhos de Baghra se estreitaram. — Você gostaria disso, não gostaria?

O Darkling suspirou e passou as mãos pelo cabelo escuro, exasperado. Quando olhou para mim, havia um sorriso pesaroso em seus lábios e seu cabelo seguia em todas as direções.

— Baghra tem seu próprio jeito de fazer as coisas — disse ele.

— Não me subestime, garoto! — a voz dela estalou como um chicote. Inesperadamente, vi o Darkling se levantar ainda mais reto e a olhar zangado, como se estivesse se contendo.

— Não me censure, velha — disse ele, com uma voz baixa e perigosa.

Uma energia raivosa percorreu a sala. No que eu tinha me enfiado? Estava pensando em sumir pela porta e deixá-los terminar qualquer que fosse a discussão que eu havia interrompido, quando a voz de Baghra soou de novo.

— O garoto está pensando em dar um amplificador para você — disse ela. — O que acha disso, menina?

Foi tão estranho ouvir o Darkling ser chamado de "garoto" que levei um momento para entender o que ela queria dizer. Mas quando consegui, fui tomada de esperança e alívio. Um amplificador!

Por que eu não tinha pensado nisso antes? Por que eles não tinham pensado nisso antes? Baghra e o Darkling conseguiam me ajudar a evocar o meu poder por serem amplificadores vivos; então, por que não ter o meu próprio amplificador, como as garras de urso de Ivan ou o dente de foca que eu tinha visto no pescoço de Marie?

— Acho uma ideia brilhante! — exclamei mais alto do que pretendia.

Baghra fez um som de desgosto.

O Darkling lançou um olhar afiado, mas se voltou para mim em seguida.

— Alina, você já ouviu falar do rebanho de Morozova?

— Claro que já ouviu. Ela também já ouviu falar sobre os unicórnios e os dragões de Shu Han! — disse Baghra, ironicamente.

Um olhar de fúria passou pelo rosto do Darkling, mas ele pareceu se controlar.

— Posso trocar umas palavras com você, Alina? — ele pediu, educadamente.

— É claro — gaguejei.

Baghra bufou novamente, mas o Darkling a ignorou, pegou-me pelo cotovelo e me levou para fora da cabana, fechando a porta atrás de nós com firmeza. Quando tinha andado uma curta distância pelo caminho, ele soltou um grande suspiro e passou as mãos pelo cabelo novamente.

— Aquela mulher — ele murmurou.

Foi difícil não rir.

— O quê? — disse ele, cauteloso.

— Eu nunca vi você tão despenteado.

— Baghra tem esse efeito nas pessoas.

— Ela foi sua professora também?

Uma sombra cruzou seu rosto.

— Sim — disse ele. — Então, o que você sabe sobre o rebanho de Morozova?

Eu mordi o lábio.

— Eu só, bem, você sabe...

Ele suspirou.

— Apenas histórias infantis?

Eu dei de ombros, me desculpando.

— Tudo bem — disse ele. — O que você se lembra dessas histórias?

Eu pensei, relembrando a voz de Ana Kuya nos dormitórios tarde da noite.

— Eles eram cervos brancos, criaturas mágicas que apareciam somente no crepúsculo.

— Não são mais mágicos do que nós. Mas são antigos e muito poderosos.

— Eles são reais? — perguntei, incrédula. Não mencionei o fato de não estar me sentindo muito mágica ou poderosa ultimamente.

— Acho que sim.

— Mas Baghra discorda.

— Ela geralmente acha as minhas ideias ridículas. Do que mais você se lembra?

— Bem — eu disse com uma risada. — Nas histórias de Ana Kuya, eles podiam falar, e se um caçador os capturasse e poupasse sua vida, eles concediam desejos.

Ele riu. Foi a primeira vez que ouvi a risada dele, um som grave e agradável que percorreu o ar.

— Bem, essa parte definitivamente não é verdadeira.

— Mas o resto é?

— Reis e Darklings vêm procurando pelo rebanho de Morozova há séculos. Meus caçadores dizem ter visto sinais dele, embora nunca tenham visto as criaturas propriamente ditas.

— E você acredita neles?

Seu olhar cor de ardósia foi frio e firme.

— Meus homens não mentem para mim.

Senti um arrepio deslizar por minha espinha. Sabendo o que o Darkling podia fazer, eu tampouco teria interesse em mentir para ele.

— Certo — falei, desconfortável.

— Se for possível capturar um cervo de Morozova, seus chifres poderão ser transformados em um amplificador. — Ele esticou a mão e tocou a minha clavícula; mesmo aquele breve contato foi suficiente para me enviar um choque de certeza.

— Um colar? — perguntei, tentando imaginá-lo, ainda sentindo o toque de seus dedos na base da minha garganta.

Ele assentiu.

— O mais poderoso amplificador já conhecido.

Meu queixo caiu.

— E você quer dá-lo para mim?

Ele assentiu de novo.

— Não seria mais fácil eu ter uma garra ou uma presa ou, eu não sei, praticamente qualquer outra coisa?

Ele balançou a cabeça.

— Se temos qualquer esperança de destruir a Dobra, precisamos do poder do cervo.

— Mas talvez, se eu tivesse um para praticar...

— Você sabe que não funciona dessa maneira.

— Eu sei?

Ele franziu o cenho.

— Você não tem lido sua teoria?

Eu o olhei e resmunguei:

— Existe muita teoria.

Ele me surpreendeu com um sorriso.

— Esqueço que você é nova nisso.

— Bem, eu não — murmurei.

— É tão ruim assim?

Para minha vergonha, senti um nó bem na garganta.

Eu o engoli.

— Baghra deve ter contado que não consigo evocar nem um simples raio de sol sozinha.

— Isso acontecerá, Alina. Não estou preocupado.

— Não está?

— Não. E mesmo que estivesse, uma vez que tenhamos o cervo, isso não importará mais.

Senti uma onda de frustração. Se um amplificador podia me tornar uma Grisha de verdade, então eu não queria esperar por algum tipo de chifre mitológico. Eu queria um real. E agora.

— Se ninguém encontrou o cervo de Morozova todo esse tempo, o que o faz pensar que irá encontrá-lo? — perguntei.

— Porque é o destino. O cervo foi destinado a você, Alina. Eu posso sentir isso. — Ele olhou para mim. Seu cabelo continuava uma bagunça e, na luz do sol da manhã, ele parecia mais bonito e mais humano do que nunca. — Acho que estou pedindo para confiar em mim — disse ele.

O que eu deveria dizer? Eu não tinha uma escolha, de fato. Se o Darkling queria que eu fosse paciente, eu teria que ser paciente.

— Tudo bem — falei, finalmente. — Mas se apresse.

Ele riu novamente e senti um rubor prazeroso chegar às minhas bochechas. Então, a expressão dele ficou séria.

— Eu espero por você há muito tempo, Alina — disse ele. — Você e eu mudaremos o mundo.

Eu ri de nervoso.

— Eu não sou do tipo que muda o mundo.

— Apenas espere — disse ele suavemente, e quando olhou para mim com seus olhos de quartzo cinza, meu coração deu um pequeno pulo. Pensei que ia dizer mais alguma coisa, mas ele se afastou de maneira abrupta, um olhar preocupado em seu rosto. — Boa sorte com suas aulas — disse. Fez uma leve mesura e se virou para caminhar de volta pela trilha até o lago. Mas só deu alguns passos antes de se virar para mim de novo.

— Alina — disse ele. — Sobre o cervo.

— Sim?

— Por favor, mantenha segredo. A maioria das pessoas pensa que é apenas uma história infantil e eu odiaria me passar por idiota.

— Não direi nada — prometi.

Ele assentiu uma vez e, sem falar mais nada, se virou e foi embora. Eu olhei para ele. Sentia-me um pouco tonta, sem saber por quê.

Quando olhei para cima, Baghra estava na entrada de sua cabana, me observando. Sem qualquer razão, eu corei.

— Hunf — ela bufou, e também me deu as costas.

APÓS A MINHA CONVERSA com o Darkling, visitei a biblioteca na primeira oportunidade. Não havia qualquer menção ao cervo em nenhum dos meus livros de teoria, mas achei uma referência a Ilya Morozova, um dos primeiros e mais poderosos Grishas.

Também havia muito material sobre amplificadores. Os livros eram bastante claros sobre o fato de que um Grisha só poderia ter um amplificador em seu período de vida, e que uma vez que o amplificador pertencesse a um Grisha, ele não poderia ser usado por mais ninguém: *"O Grisha reivindica o amplificador, mas o amplificador também reivindica o Grisha. Uma vez feito, não pode haver outro. Os similares se atraem e o laço é formado"*.

A razão para isso não ficou totalmente clara para mim, mas parecia ter algo a ver com uma verificação do poder Grisha.

"O cavalo tem velocidade. O urso, força. O pássaro tem asas. Nenhuma criatura tem todos esses dons ao mesmo tempo, e assim o mundo é mantido em equilíbrio. Amplificadores são parte desse equilíbrio, não um meio de subvertê-lo, e cabe a cada Grisha se lembrar disso ou sofrer as consequências."

Outro filósofo escrevera: *"Por que um Grisha só pode possuir um amplificador? Eu responderei com esta pergunta: O que é infinito? O universo e a ambição do homem"*.

Sentada sob a cúpula de vidro da biblioteca, pensei no Herege Negro. O Darkling tinha dito que a Dobra das Sombras era o resultado da ambição de seu ancestral. Era isso que os filósofos queriam dizer com consequências? Pela primeira vez, ocorreu-me que a Dobra era o único lugar onde o Darkling era impotente, onde seus poderes não significavam nada.

Os descendentes do Herege Negro tinham sofrido por sua ambição.

Ainda assim, eu não podia deixar de pensar que Ravka é que tinha pagado com seu sangue.

O OUTONO SE TORNOU INVERNO, e os ventos frios desfolharam os galhos dos jardins do palácio. Nossa mesa ainda estava cheia de frutas frescas e flores vindas das estufas Grisha, onde eles criavam seu próprio clima. Mas mesmo ameixas suculentas e uvas roxas fizeram pouco para aumentar meu apetite.

De alguma maneira, pensei que a minha conversa com o Darkling poderia mudar algo em mim. Queria acreditar nas coisas que ele tinha dito e, parada perto do lago, quase tinha acreditado. Mas nada mudou. Eu ainda não podia fazer uma evocação sem a ajuda de Baghra. Ainda não era uma verdadeira Grisha.

Apesar disso, me sentia um pouco menos miserável a esse respeito. O Darkling tinha me pedido para confiar nele, e se ele acreditava que o cervo era a resposta, então tudo que eu podia fazer era ter esperança de que ele estava certo. Eu ainda evitava praticar com os outros Conjuradores, mas deixei Marie e Nadia me arrastarem para o *banya* algumas vezes, e para um dos balés no Grande Palácio. Deixei inclusive Genya colocar um pouco de cor nas minhas bochechas.

Minha nova atitude enfureceu Baghra.

— Você nem está mais tentando! — ela gritou. — Você está esperando que algum cervo mágico venha salvá-la? Esperando pelo seu colar bonito? Você também devia esperar que um unicórnio colocasse a cabeça no seu colo, sua coisa estúpida.

Quando ela começou a reclamar comigo, eu apenas dei de ombros. Ela estava certa. Eu estava cansada de tentar e falhar. Eu não era como os outros Grishas e era hora de aceitar isso. Além do mais, alguma parte rebelde dentro de mim gostava de deixá-la agitada.

Eu não sabia que punição Zoya tinha recebido, mas ela continuou a me ignorar. Tinha sido barrada nas salas de treinamento e, ouvi dizer, voltaria para Kribirsk após os festejos de inverno. Ocasionalmente, eu a flagrava olhando para mim ou rindo por trás da mão com seu pequeno grupo de amigas Conjuradoras, mas tentei não me abalar com isso.

Ainda assim, não conseguia me livrar da sensação de falha. Quando veio o primeiro floco de neve, acordei para encontrar um novo *kefta* esperando por mim na minha porta. Era feito de lã pesada, azul da cor da meia-noite, e tinha um capuz forrado de pele dourada e espessa. Eu o vesti, mas era difícil não me sentir uma fraude.

Depois de beliscar meu café da manhã, fiz a caminhada familiar para a cabana de Baghra. Os caminhos de cascalho, limpos da neve pelos

Infernais, brilhavam sob o sol fraco do inverno. Eu já tinha percorrido quase todo o caminho até o lago quando uma serviçal me alcançou.

Ela me entregou um pedaço de papel dobrado e fez uma reverência antes de correr de volta pelo caminho. Reconheci a letra de Genya.

> *A unidade de Malyen Oretsev ficou estacionada no posto avançado de Chernast, no norte de Tsibeya, por seis semanas. Ele é listado como saudável. Você pode escrever aos cuidados do regimento dele.*
>
> *Os embaixadores de Kerch estão enchendo a Rainha de presentes. Ostras e maçaricos-das-rochas empacotados em gelo seco (repulsivo) e doces de amêndoas! Tratei alguns de noite. — G.*

Maly estava em Tsibeya. Ele estava a salvo, vivo, longe do combate, provavelmente caçando nos jogos de inverno.

Eu deveria me sentir agradecida. Deveria estar feliz.

Você pode escrever aos cuidados do regimento dele. Eu vinha escrevendo para o regimento dele havia meses.

Pensei na última carta que tinha enviado.

> *Querido Maly, tenho escrito para você. Não ouço falar de você, então assumo que conheceu e se casou com uma volcra, e que está vivendo confortavelmente na Dobra das Sombras onde você não tem nem luz nem papel para me escrever de volta. Ou, possivelmente, sua nova noiva comeu suas duas mãos.*

Eu tinha preenchido a carta com descrições de Botkin, do cão fungador da Rainha, e do curioso fascínio dos Grishas pelos hábitos dos camponeses. Tinha contado a ele sobre a bela Genya e sobre os pavilhões perto do lago, além da maravilhosa cúpula de vidro da biblioteca. Contei a ele sobre a misteriosa Baghra e sobre as orquídeas na estufa, e também sobre os pássaros pintados acima da minha cama. Mas não tinha contado a ele sobre o cervo de Morozova, sobre o fato de ser um desastre como Grisha ou que ainda sentia a falta dele todo dia.

Ao terminar, havia hesitado e depois rabiscado às pressas um *post-scriptum*:

Não sei se você recebeu minhas outras cartas. Este lugar é mais bonito do que posso descrever, mas eu trocaria tudo isso por uma tarde com você pulando pedras na lagoa de Trivka. Por favor, me escreva.

Mas ele tinha recebido as minhas cartas. *O que tinha feito com todas elas? Ele ao menos tinha se importado em abri-las? Será que tinha suspirado constrangido quando chegaram a quinta, a sexta e a sétima cartas?*

Eu me encolhi. Por favor, escreva, Maly. Por favor, não me esqueça, Maly.

Patético, pensei, esfregando lágrimas de raiva.

Eu olhei para o lago. Ele começava a congelar. Pensei no riacho que corria pela propriedade do Duque Keramsov. A cada inverno, Maly e eu esperávamos o riacho congelar para andarmos de patins sobre ele.

Eu amassei o bilhete de Genya na minha mão. Não queria mais pensar em Maly. Gostaria de poder apagar cada lembrança de Keramzin. Mais do que tudo, desejava correr de volta para o meu quarto e dar uma bela chorada. Mas não podia. Tinha que gastar mais uma manhã miserável e sem sentido com Baghra.

Desci calmamente pela trilha do lago, então fui batendo os pés até a cabana de Baghra e abri a porta.

Como de costume, ela estava sentada perto da lareira, aquecendo seu corpo ossudo com o calor das chamas. Eu me joguei na cadeira em frente a ela e aguardei.

Baghra deixou escapar uma risada curta.

— Então hoje você está com raiva, garota? O que está deixando você assim? Cansou de esperar pelo seu cervo branco mágico?

Eu cruzei os braços e não disse nada.

— Fale algo, garota.

Em qualquer outro dia, eu teria mentido, dito que estava bem, apenas cansada. Mas acho que havia alcançado meu ponto de exaustão, porque disparei:

— Estou de saco cheio disso tudo — disse, raivosa. — Não aguento mais comer arroz com arenque no café da manhã. Não aguento mais vestir este *kefta* estúpido. Não aguento mais ser espancada pelo Botkin, e não aguento mais você.

Pensei que ela ficaria furiosa, mas, em vez disso, ela apenas me observou. Com a cabeça pendendo para um lado e seus olhos negros brilhando na luz do fogo, ela parecia um pardal maldoso.

— Não — ela disse devagar. — Não. Não é isso. Tem mais alguma coisa. O que é? A pobre garotinha está com saudade de casa?

Eu bufei.

— Saudade de quê?

— Diga-me você, garota. O que é tão ruim sobre a sua vida aqui? Novas roupas, uma cama macia, comida quente toda refeição, a chance de ser o bichinho de estimação do Darkling.

— Eu não sou o bichinho de estimação dele.

— Mas você quer ser — ela zombou. — Não tente mentir pra mim. Você é como todas as outras. Eu vi o modo como você olha para ele.

Minhas bochechas pegaram fogo e pensei em acertar Baghra na cabeça com seu próprio cajado.

— Milhares de meninas venderiam a própria mãe para estar no seu lugar e, ainda assim, você está aqui, infeliz e amuada como uma criança. Então me diga, garota. Pelo que seu coraçãozinho triste está ansiando?

Ela estava certa, é claro. Eu sabia muito bem que estava com saudade do meu melhor amigo. Mas não contaria isso para ela.

Eu me levantei, chutando minha cadeira para trás com um estrépito.

— Isso é uma perda de tempo.

— É? O que mais você tem para fazer nos seus dias? Mapas? Buscar tintas para algum cartógrafo velho?

— Não há nada de errado em ser uma cartógrafa.

— É claro que não. E também não há nada de errado em ser um lagarto. A menos que você tenha nascido para ser um falcão.

— Eu já aguentei o suficiente — resmunguei, e me virei de costas para ela. Estava prestes a chorar e me recusava a fazer isso na frente daquela velha rancorosa.

— Aonde você vai? — ela me chamou com sua voz irônica. — O que espera por você lá fora?

— Nada! — eu gritei para ela. — Ninguém!

Assim que eu disse isso, a verdade das palavras me acertou tão forte que fiquei sem ar. Agarrei a maçaneta, sentindo-me tonta de repente.

Naquele momento, a lembrança dos Examinadores Grishas voltou veloz para mim.

Estou na sala de estar em Keramzin. O fogo está aceso na lareira. O homem corpulento de azul tinha me agarrado e me puxado para longe de Maly.

Eu sinto os dedos de Maly deslizarem enquanto sua mão se solta da minha.

O jovem de roxo pega Maly e o arrasta para a biblioteca, batendo a porta atrás dele. Eu chuto e me debato. Posso ouvir Maly gritando meu nome.

O outro homem me segura. A mulher de vermelho desliza a mão dela em torno do meu pulso. Eu sinto um fluxo repentino de certeza pura me inundar.

Paro de lutar. Um chamado me invade. Algo em mim se ergue para responder.

Eu não posso respirar. É como se eu estivesse chutando no fundo de um lago, quase chegando à superfície, meus pulmões doendo em busca de ar.

A mulher de vermelho me observa de perto, seus olhos estreitos.

Eu ouço a voz de Maly pela porta da biblioteca. Alina, Alina.

Então percebo. Sei que somos diferentes um do outro. Terrivelmente, irrevogavelmente diferentes.

Alina. Alina!

Eu faço minha escolha. Agarro firme a coisa dentro de mim e a empurro de volta para baixo.

"Maly!", eu grito e começo a me debater outra vez.

A mulher de vermelho tenta manter meu pulso preso, mas eu me remexo e reclamo até ela me soltar.

Eu me inclinei sobre a porta da cabana de Baghra, tremendo. A mulher de vermelho era uma amplificadora. Por isso o chamado do Darkling tinha soado familiar. Mas eu tinha dado um jeito de resistir a ela.

Finalmente, eu entendia.

Antes de Maly, Keramzin tinha sido um lugar de horrores; longas noites chorando no escuro, crianças mais velhas me ignorando, quartos frios e vazios. Mas então Maly chegou e tudo aquilo mudou. Os corredores escuros se tornaram lugares para se esconder e brincar. Os bosques solitários se tornaram lugares a ser explorados. Keramzin se tornou nosso palácio, nosso reino, e eu não estava mais com medo.

Mas os Examinadores Grisha teriam me levado de Keramzin. Eles teriam me afastado de Maly, a única coisa boa em meu mundo. Então fiz a minha escolha. Eu pressionei meu poder para baixo e o segurei lá dia após dia, com toda a minha energia e força de vontade, sem nem mesmo perceber. Tinha usado cada parte de mim para manter esse segredo.

Eu me lembrei de ficar de pé na janela com Maly, vendo os Grishas partirem em seu trenó, e de quanto eu me sentia cansada. Na manhã seguinte, acordei e encontrei círculos escuros abaixo dos meus olhos. Eles permaneceram lá desde então.

E agora?, eu me perguntei, pressionando minha testa contra a madeira fria da porta, o corpo inteiro tremendo.

Agora Maly tinha me deixado para trás.

A única pessoa no mundo que me conhecia de verdade tinha decidido que eu não valia o esforço de umas poucas palavras. Mas eu ainda me reprimia. Apesar de todos os luxos do Pequeno Palácio, apesar dos meus poderes recém-descobertos, apesar do silêncio de Maly, eu ainda me reprimia.

Baghra estava certa. Pensei que estava fazendo um grande esforço, mas no fundo uma parte de mim só queria voltar para casa com Maly. Alguma parte de mim desejava que tudo isso tivesse sido um engano, que o Darkling percebesse seu erro e me enviasse de volta para o regimento, que Maly percebesse quanto tinha sentido a minha falta, que nós envelhecêssemos juntos em nosso prado.

Maly tinha seguido com a vida, mas eu continuava assustada diante daquelas três figuras misteriosas, segurando firmemente a mão dele.

Era hora de seguir em frente. Naquele dia na Dobra das Sombras, Maly tinha salvado a minha vida e eu a dele. Talvez aquele momento estivesse destinado a ser o nosso fim.

O pensamento me encheu de tristeza. Tristeza pelos sonhos que compartilhávamos, pelo amor que sentíamos, pela menina esperançosa que eu jamais seria novamente. Aquela dor me inundou, dissolvendo um nó que eu nem sabia que estava lá. Fechei os olhos, senti as lágrimas deslizarem pelas bochechas e alcancei a coisa dentro de mim que eu tinha mantido escondida por tanto tempo.

Desculpe-me, sussurrei para ela.

Desculpe-me por tê-la deixado tanto tempo no escuro.

Desculpe-me, mas agora estou pronta.

Eu chamei e a luz respondeu. Senti a luz fluindo de mim em todas as direções, deslizando sobre o lago, deslizando sobre as cúpulas douradas do Pequeno Palácio, por baixo da porta e através das paredes de cabana de Baghra. Eu a senti por toda parte. Abri minhas mãos e a luz floresceu direto de mim, preenchendo a sala, iluminando as paredes de pedra, o velho forno a lenha e cada ângulo do rosto estranho de Baghra.

Ela me envolveu, resplandecendo com calor, mais poderosa e mais pura do que nunca, porque era toda minha. Eu queria rir, cantar, gritar. Finalmente havia algo que pertencia total e completamente a mim.

— Ótimo — disse Baghra, olhando a luz do sol. — Agora podemos trabalhar.

Capítulo 13

NAQUELA TARDE, me juntei aos outros Etherealki no lago e evoquei o meu poder para eles pela primeira vez. Enviei uma folha de luz brilhando sobre a água, deixando-a rolar sobre as ondas que Ivo tinha evocado. Eu ainda não tinha controle como os outros, mas dei meu jeito. Na verdade, foi fácil.

De repente, várias coisas pareciam fáceis. Eu não ficava cansada o tempo inteiro ou resfolegava ao subir as escadas. Toda noite eu dormia profundamente, sem sonhos, e acordava renovada. A comida foi uma revelação: tigelas de mingau repletas de açúcar e creme, pratos de arraia frita na manteiga, ameixas gordas e pêssegos de estufa, o gosto amargo e limpo dos *kvas*. Era como se, naquele momento, na cabana de Baghra, eu tivesse respirado completamente pela primeira vez e despertado para uma nova vida.

Como nenhum dos outros Grishas sabia que eu tinha passado por tanto trabalho nas evocações, eles estavam todos meio perplexos com a minha mudança. Eu não dei qualquer explicação, e Genya me colocou a par de alguns rumores hilários.

— Marie e Ivo estavam especulando que fjerdanos tinham infectado você com alguma doença.

— Eu pensei que Grishas não ficassem doentes.

— Exatamente! — disse ela. — Por isso foi tão sinistro. Mas, aparentemente, o Darkling curou você ao alimentá-la com o próprio sangue e com um extrato de diamantes.

— Isso é nojento — eu disse, rindo.

— Ah, isso não é nada. Na verdade, Zoya tentou espalhar por aí que você estava possuída.

Eu ri ainda mais.

Minhas aulas com Baghra continuavam difíceis e eu, de fato, nunca cheguei a gostar delas. Mas aproveitava cada chance de usar meu poder e sentia que estava fazendo progresso. De início, ficava assustada cada vez que me preparava para evocar a luz, com medo de que ela não estivesse lá e eu voltasse para o ponto de partida.

— Ela não é algo separado de você — Baghra disparou. — Não é um animal que foge de você ou escolhe se virá ou não quando chamado. Você pede ao seu coração para bater ou aos pulmões para respirar? O seu poder responde a você porque é esse o propósito dele, porque *ele não pode evitar servi-la*.

Às vezes eu sentia como se houvesse uma sombra nas palavras de Baghra, uma entrelinha que ela queria que eu entendesse. Mas o trabalho que eu estava fazendo era difícil o suficiente sem adivinhar segredos de uma velha amargurada.

Ela exigia muito de mim, incentivando-me a expandir meu alcance e controle. Ela me ensinou a concentrar meu poder em explosões curtas e brilhantes, feixes perfurantes que queimavam com calor e longas cascatas sustentadas. Ela me forçou a evocar a luz uma vez, e outra, e mais outra, até que eu mal precisasse alcançá-la. Fez-me caminhar até sua cabana de noite para praticar quando era praticamente impossível encontrar alguma luz para evocar. Quando, enfim, produzi com orgulho um fio fraco de luz do sol, ela bateu seu cajado no solo e gritou:

— Não está bom o suficiente!

— Estou dando o meu melhor — murmurei, em desespero.

— Bah! — ela cuspiu. — Você acha que para o mundo importa se você está dando o seu melhor? Faça de novo e faça direito.

Minhas aulas com Botkin foram a verdadeira surpresa. Quando pequena, Maly e eu corríamos e brincávamos nos bosques e campos, mas eu nunca tinha sido capaz de acompanhar o ritmo dele. Sempre fui muito doente e frágil, cansava-me facilmente. Mas conforme eu comia e dormia regularmente pela primeira vez na vida, tudo começou a mudar. Botkin me colocou em exercícios brutais de combate e corridas que pareciam intermináveis pelos terrenos do palácio, mas eu me descobri curtindo alguns dos desafios. E gostava de aprender o que esse novo corpo mais forte poderia fazer.

Duvidava que fosse capaz de superar o velho mercenário, mas os Fabricadores ajudaram a equilibrar as coisas. Eles produziram um par de luvas de couro para mim forradas com pequenos espelhos, os misteriosos discos de vidro que David tinha me mostrado naquele primeiro dia nas oficinas. Com um movimento simples do pulso, eu podia deslizar um espelho entre meus dedos e, com a permissão de Botkin, pratiquei soltar flashes de luz a partir dele na direção dos olhos do meu oponente. Pratiquei com as luvas até que parecessem quase naturais em minhas mãos, como extensões de meus próprios dedos.

Botkin permanecia rude e crítico, e aproveitou cada oportunidade para me chamar de inútil, mas, de vez em quando, acho que via uma pitada de aprovação em seu rosto marcado.

Mais para o fim do inverno, ele me chamou de lado depois de uma longa aula em que eu realmente conseguira encaixar um soco em suas costelas (e recebera em agradecimento um punho rígido na minha mandíbula).

— Aqui — disse ele, dando-me uma faca pesada em uma bainha de couro e aço. — Leve-a sempre com você.

Com um sobressalto, vi que não era uma faca comum. Era metal Grisha.

— Obrigada — respondi.

— Não, eu que agradeço — disse ele. Ele tocou a cicatriz horrível em sua garganta. — O aço é conquistado.

O inverno pareceu diferente de tudo que tinha sido antes para mim. Eu passava tardes ensolaradas patinando no lago ou andando de trenó nos terrenos do palácio com outros Conjuradores. As noites de neve foram passadas no salão abobadado, com todos reunidos em torno dos fornos a lenha, bebendo *kvas* e se empanturrando de doces.

Nós comemoramos o festival de Sankt Nikolai com vasilhames enormes de sopa de almôndegas e *kutya* feito com sementes de papoula e mel. Alguns dos outros Grishas saíram do palácio para correr de trenó e participar de excursões com trenós puxados por cães na paisagem coberta pela neve nas cercanias de Os Alta, mas, por razões de segurança, eu seguia confinada nos terrenos do palácio.

Eu não me importava. Eu me sentia mais confortável com os Conjuradores agora, mas duvido que tivesse realmente gostado de estar na companhia de Marie e Nadia. Eu ficava muito mais feliz sentada no meu quarto com Genya, bebendo chá e fofocando perto do fogo. Eu adorava ouvir todas as fofocas da corte, e as histórias sobre as festas opulentas do Grande Palácio eram ainda melhores. Minha favorita era a de uma torta enorme com a qual um conde tinha presenteado o Rei, saindo de dentro dela um anão para brindar a tsarina com um buquê de flores.

No fim da estação, o Rei e a Rainha sediariam um festival de fim de inverno ao qual todos os Grishas deveriam comparecer. Genya disse que seria a festa mais luxuosa de todas. Cada família nobre e oficial da alta corte estaria presente, junto com heróis militares, dignitários estrangeiros e o *tsarevitch*, o filho mais velho do Rei e herdeiro do trono. Eu tinha visto uma vez o Príncipe cavalgando nos terrenos do palácio em um cavalo branco que era praticamente do tamanho de uma casa. Ele era quase bonito, mas tinha o queixo fraco do Rei e olhos de pálpebras tão pesadas que era difícil dizer se ele estava cansado ou só completamente entediado.

— Provavelmente bêbado — disse Genya, mexendo seu chá. — Ele dedica todo o seu tempo a caçadas, cavalos e bebidas. Deixa a Rainha louca.

— Bem, Ravka está em guerra. Ele provavelmente deveria estar mais preocupado com os assuntos de Estado.

— Ah, ela não se importa com isso. Só quer que ele encontre uma noiva em vez de se divertir ao redor do mundo gastando montes de ouro comprando pôneis.

— E o outro filho? — perguntei. Eu sabia que o Rei e a Rainha tinham um filho mais novo, mas nunca o vira de fato.

— *Sobachka?*

— Você não pode chamar um príncipe real de "filhote" — eu ri.

— É como todos o chamam. — Ela baixou seu tom de voz. — E há rumores de que ele não é estritamente real.

Eu quase engasguei com meu chá.

— Mentira!

— Somente a Rainha sabe ao certo. Ele é meio que uma ovelha negra, de qualquer modo. Insistiu em fazer seu serviço militar na infantaria, depois foi aprendiz de um armeiro.

— E ele nunca está na corte?

— Faz anos que não. Acho que ele está fora estudando construção naval ou algo igualmente idiota. Provavelmente se daria bem com David — ela adicionou com amargura.

— O que vocês dois tanto conversam, aliás? — perguntei curiosa. Ainda não entendia muito bem o fascínio de Genya pelo Fabricador.

Ela suspirou.

— O de sempre. Sobre a vida. O amor. O ponto de fusão do minério de ferro. — Ela enrolou no dedo uma onda de cabelo ruivo brilhante, e suas bochechas se enrubesceram com um rosa bonito. — Ele é realmente muito engraçado quando se permite ser.

— Sério?

Genya deu de ombros.

— Acho que sim.

Eu toquei na mão dela de modo tranquilizador.

— Ele aparecerá. Ele só é tímido.

— Talvez eu devesse me deitar embaixo de uma mesa da oficina e esperar para ver se ele solda alguma coisa em mim.

— É assim que começa a maioria das grandes histórias de amor.

Ela riu, e senti uma pontada súbita de culpa. Genya falava tão facilmente sobre David, mas eu nunca tinha contado a ela sobre Maly.

É porque não há nada a ser contado, eu me recordei duramente e adicionei mais açúcar ao chá.

EM UMA TARDE TRANQUILA, quando todos os demais Grishas tinham se aventurado fora de Os Alta, Genya me convenceu a me esgueirar pelo Grande Palácio e passamos horas olhando as roupas e sapatos no closet da Rainha. Genya insistiu que eu experimentasse um vestido de seda rosa-claro cravejado de pérolas do rio, e quando me apertou dentro dele e me colocou diante de um dos espelhos de ouro gigantes, precisei dar uma segunda olhada.

Eu tinha aprendido a evitar espelhos. Eles nunca pareciam mostrar o que eu queria ver. Mas a garota no espelho, de pé ao lado de Genya, era uma estranha. Ela tinha bochechas coradas, cabelo brilhante e... uma forma. Eu poderia ter olhado para ela por horas. De repente, desejei que o bom e velho Mikhael pudesse me ver.

"Graveto", de fato, pensei com presunção.

Genya cruzou o meu olhar com o dela no espelho e sorriu.

— Foi por isso que me arrastou até aqui? — perguntei desconfiada.

— O que quer dizer?

— Você sabe o que quero dizer.

— Eu só pensei que você talvez quisesse dar uma boa espiada em si mesma, só isso.

Engoli o nó de embaraço na minha garganta e a abracei por impulso.

— Obrigada — sussurrei. Depois, a empurrei de leve. — Agora saia do meu caminho. É impossível me sentir bonita com você perto de mim.

Nós passamos o resto da tarde experimentando os vestidos e arregalando os olhos para nós mesmas no espelho, duas atividades que nunca imaginei que aproveitaria. Perdemos a noção do tempo, e Genya precisou me ajudar a tirar um vestido de baile de tom água-marinha e voltar ao meu *kefta*, a fim de que pudéssemos correr até o lago para a minha aula noturna com Baghra. Eu corri por todo o caminho, mas ainda assim me atrasei e ela ficou furiosa.

As sessões noturnas com Baghra eram sempre as mais difíceis, mas ela estava particularmente exigente comigo naquela noite.

— Controle! — ela disparou quando a fraca onda de luz do sol que eu evoquei cintilou na margem do rio. — Onde está a sua concentração?

No jantar, pensei, mas não falei. Genya e eu tínhamos ficado tão atentas às distrações do guarda-roupa da Rainha que nos esquecemos de comer, e meu estômago estava roncando.

Eu me concentrei e a luz nasceu mais brilhante, estendendo-se sobre o lago congelado.

— Melhor — disse ela. — Deixe a luz fazer o trabalho por você. Os semelhantes se atraem.

Tentei relaxar e deixei a luz chamar a si mesma. Para minha surpresa, ela surgiu ao longo do gelo, iluminando a pequena ilha no meio do lago.

— Mais! — Baghra exigiu. — O que está impedindo você?

Eu busquei mais fundo e o círculo de luz se expandiu além da ilha, banhando o lago inteiro e a escola na margem oposta com luz do sol brilhante. Embora não houvesse neve no solo, o ar ao nosso redor brilhou luminoso e pesado com o calor do verão.

Meu corpo tamborilava intensamente. Aquilo foi arrebatador, mas eu podia sentir que estava cansando e desafiando os limites do meu poder.

— Mais! — Baghra gritou.

— Não posso! — protestei.

— Mais! — disse ela de novo, e havia uma urgência em sua voz que soou um alarme dentro de mim e me fez perder a concentração. A luz oscilou e deslizou das minhas mãos.

Eu a persegui, mas ela correu para longe de mim, mergulhando a escola na escuridão, e então a ilha e, em seguida, a margem posterior do lago.

— Não é suficiente. — A voz dele me fez saltar. O Darkling saiu das sombras para um caminho iluminado por lamparinas.

— Talvez seja — disse Baghra. — Você está vendo quanto ela é forte. Eu nem a estava ajudando. Dê-lhe um amplificador e veja do que ela é capaz.

O Darkling balançou a cabeça.

— Ela terá o cervo.

Baghra fechou a cara.

— Você é um tolo.

— Já me chamaram de coisa pior. Geralmente você.

— Isso é tolice. Você deveria reconsiderar.

O rosto do Darkling ficou impassível.

— Deveria? Você não me dá mais ordens, velha. Eu sei o que deve ser feito.

— Talvez eu surpreenda vocês — comecei a falar. O Darkling e Baghra se viraram para me olhar. Foi quase como se tivessem se esquecido de que eu estava lá. — Baghra tem razão. Sei que posso fazer melhor. Posso trabalhar com mais afinco.

— Você esteve na Dobra das Sombras, Alina. Sabe o que estamos enfrentando.

Eu me senti repentinamente teimosa.

— Sei que estou ficando mais forte a cada dia. Se você me der uma chance...

Mais uma vez, o Darkling balançou a cabeça.

— Não posso assumir esse tipo de risco. Não com o futuro de Ravka em jogo.

— Eu entendo — falei humildemente.

— Entende mesmo?

— Sim — eu disse. — Sem o cervo de Morozova, sou praticamente inútil.

— Ah, então ela não é tão estúpida quanto parece — Baghra cacarejou.

— Deixe-nos — disse o Darkling, com uma ferocidade surpreendente.

— Todos nós sofreremos com o seu orgulho, garoto.

— Eu não vou pedir de novo.

Baghra o olhou fixamente com nojo, então se virou e marchou de volta pelo caminho até sua cabana.

Quando a porta dela se fechou, o Darkling olhou para mim na luz da lamparina.

— Você parece bem — disse ele.

— Obrigada — murmurei, meus olhos desviando. Talvez Genya pudesse me ensinar a receber um elogio.

— Se estiver voltando para o Pequeno Palácio, caminharei com você — disse ele.

Por um tempo, demos uma volta em silêncio ao longo da margem do lago, passando pelos pavilhões de pedra desertos. Através do gelo, pude ver as luzes da escola.

Por fim, tive que perguntar:

— Houve algum sinal? Do cervo?

Ele pressionou os lábios.

— Não — respondeu. — Meus homens acham que o rebanho pode ter cruzado para Fjerda.

— Oh — eu disse, tentando esconder meu desapontamento.

Ele parou de maneira abrupta.

— Não acho que você seja inútil, Alina.

— Eu sei — falei, mirando a ponta das minhas botas. — Não inútil. Apenas não exatamente útil.

— Nenhum Grisha é forte o suficiente para enfrentar a Dobra. Nem mesmo eu.

— Eu entendi.

— Mas você não gosta disso.

— Deveria? Se não posso ajudá-lo a destruir a Dobra, então em que exatamente eu serei boa? Piqueniques à meia-noite? Manter seus pés aquecidos no inverno?

Sua boca se curvou em um meio sorriso.

— Piqueniques à meia-noite?

Eu não consegui rir de volta.

— Botkin me disse que o aço Grisha é conquistado. Não é que eu não me sinta grata por tudo isso. Eu me sinto, de verdade. Mas não sinto que conquistei nada disso.

Ele suspirou.

— Desculpe, Alina. Pedi a você para confiar em mim e não atendi às expectativas.

Ele parecia tão cansado que me arrependi na mesma hora.

— Não é isso...

— É verdade. — Ele deu outro suspiro profundo e passou a mão pelo pescoço. — Talvez Baghra esteja certa, por mais que eu odeie admitir.

Eu pendi a cabeça para um lado.

— Você não parece se abalar com nada. Por que deixa que ela o incomode tanto?

— Eu não sei.

— Bem, eu acho que ela faz bem a você.

Ele estremeceu, surpreso.

— Por quê?

— Porque ela é a única por perto que não tem medo de você nem está o tempo inteiro tentando impressioná-lo.

— Você está tentando me impressionar?

— É claro — eu ri.

— Você sempre diz exatamente o que está pensando?

— Nem a metade do tempo.

Ele riu também e eu me lembrei do quanto gostava daquele som.

— Então acho que deveria me considerar um sortudo — disse ele.

— Aliás, qual é o poder da Baghra? — perguntei, o pensamento me ocorrendo pela primeira vez. Ela era um amplificador como o Darkling, mas ele também tinha seu próprio poder.

— Não tenho certeza — disse ele. — Acho que ela é uma Hidro. Ninguém por aqui é velho o suficiente para se lembrar. — Ele olhou para mim. O ar frio colocara um rubor nas bochechas dele, e a luz da lamparina brilhava em seus olhos cinza. — Alina, se eu contar a você que ainda acredito que podemos encontrar o cervo, você acharia que estou louco?

— Por que você se importaria com o que eu penso?

Ele pareceu genuinamente perplexo.

— Eu não sei — disse ele. — Mas me importo.

E então ele me beijou.

O beijo aconteceu tão de repente que eu mal tive tempo de reagir.

Em um momento, eu estava mirando seus olhos cor de ardósia, e no outro seus lábios pressionavam os meus. Eu tive aquela sensação familiar de certeza se dissolvendo em mim enquanto meu corpo cantava com o calor repentino e meu coração pulava em uma dança ágil. Então, também de repente, ele se afastou. Parecia tão surpreso quanto eu.

— Eu não tive a intenção... — ele começou.

Naquele instante, nós ouvimos passos e Ivan contornou na esquina. Ele fez uma mesura para o Darkling e depois para mim, mas captei um sorriso sutil brincando em seus lábios.

— O Apparat está ficando impaciente — disse o Sangrador.

— Uma de suas características menos atraentes — o Darkling respondeu suavemente. O olhar de surpresa desaparecera de seu rosto.

Ele me cumprimentou com uma mesura, completamente recomposto e, sem outro olhar, ele e Ivan me deixaram na neve.

Permaneci lá por um longo momento e então voltei para o Pequeno Palácio atordoada. *O que tinha acontecido?* Eu toquei os lábios com os dedos. O Darkling tinha mesmo me beijado? Evitei o salão abobadado e fui direto para o meu quarto. Mas uma vez lá, não sabia o que fazer comigo. Pedi uma bandeja de jantar e então me sentei para beliscar a comida. Estava desesperada para falar com Genya, mas ela dormia no Grande Palácio todas as noites e não tive coragem de tentar encontrá-la. Finalmente, desisti e decidi ir para o salão abobadado no fim das contas.

Marie e Nadia tinham voltado de sua excursão de trenó e estavam sentadas próximas à lareira, bebendo chá. Fiquei chocada ao ver Sergei sentado perto de Marie, os braços dele entrelaçados nos dela. *Talvez haja algo no ar*, pensei espantada.

Sentei para beber chá com eles, perguntando sobre o dia e a viagem para o campo, mas tive dificuldade em manter a mente na conversa. Meus pensamentos continuavam voltando para a sensação dos lábios do Darkling nos meus, e para a aparência dele sob a luz da lamparina, sua respiração uma nuvem branca no ar frio da noite, aquela expressão assustada no rosto.

Eu sabia que não conseguiria dormir, então Marie sugeriu ir ao *banya*, e eu decidi me juntar a eles. Ana Kuya sempre nos dissera que o *banya* era bárbaro, uma desculpa dos camponeses para beber *kvas* e se envolver em comportamento lascivo.

Mas eu estava começando a perceber que a velha Ana tinha sido um pouco esnobe.

Eu sentei no vapor enquanto consegui aguentar o calor e então mergulhei na neve com os outros, gritando sem parar, antes de correr de volta para dentro, para fazer tudo de novo. Fiquei até bem depois da meia-noite, rindo e ofegando, tentando limpar minha mente.

Quando cambaleei de volta para o meu quarto, caí na cama, minha pele úmida e rosa, meu cabelo um emaranhado molhado. Eu me sentia corada e sem ossos, mas minha mente continuava girando. Eu me concentrei e evoquei um banho quente de luz do sol, fazendo-o dançar em fibras pelo teto pintado, deixando a fluxo certo de poder acalmar meus nervos. Então, a lembrança do beijo do Darkling soprou através de mim e sacudiu a minha concentração, dispersando meus pensamentos e fazendo meu coração cair e mergulhar como um pássaro sustentado por correntes incertas.

A luz se dissipou, deixando-me na escuridão.

Capítulo 14

CONFORME O INVERNO SE APROXIMAVA do fim, o assunto passou a ser o festival do Rei e da Rainha no Grande Palácio. Esperava-se que os Conjuradores Grishas fizessem uma demonstração de seus poderes para entreter os nobres, e muito tempo foi gasto discutindo quem se apresentaria e o que seria mais impressionante de mostrar.

— Só não chame de "apresentação" — Genya me alertou. — O Darkling não suporta. Ele acha que o festival de inverno é um imenso desperdício de tempo Grisha.

Pensei que talvez ele tivesse razão. As oficinas dos Materialki zumbiam noite e dia com pedidos de roupas, joias e fogos de artifício vindos do Palácio. Os Conjuradores passavam horas nos pavilhões de pedra aprimorando suas "demonstrações".

Considerando que Ravka permanecia em guerra já havia mais de cem anos, tudo parecia um pouco fútil. Ainda assim, eu não tinha participado de muitas festas e era difícil não me deixar envolver por toda a conversa sobre sedas, danças e flores.

Baghra não tinha paciência comigo. Se eu perdesse a concentração por um instante sequer, ela me acertava com seu cajado e dizia:

— Sonhando em dançar com o seu príncipe?

Eu a ignorava, mas ela estava certa com bastante frequência. Apesar dos meus melhores esforços, pensava no Darkling o tempo todo. Ele tinha desaparecido de novo e Genya me contou que partira para o norte. Os outros Grishas especulavam se ele teria de comparecer ao festival de inverno, mas ninguém tinha certeza. Mais de uma vez, encontrei-me a ponto de contar a Genya sobre o beijo, mas sempre parava quando as palavras me vinham aos lábios.

Você está sendo ridícula, disse a mim mesma, duramente. *Aquilo não significou nada. Ele provavelmente beija um monte de meninas Grishas. E por* que o Darkling teria algum interesse em você quando há pessoas como Genya e Zoya por perto?

Mas se todas essas coisas eram verdade, eu não queria saber. Enquanto mantivesse a boca fechada, o beijo seria um segredo que eu e o Darkling compartilhávamos, e eu queria que continuasse assim. Ao mesmo tempo, em alguns dias, precisava dar tudo de mim para não me levantar no meio do café da manhã e gritar: "O Darkling me beijou!".

Se Baghra estava desapontada comigo, isso não era nada comparado ao meu próprio desapontamento. Por mais que me esforçasse, minhas limitações estavam se tornando óbvias. No final de cada aula, continuava a ouvir o Darkling dizendo: "Não é suficiente", e sabia que ele estava certo. Ele queria destruir o próprio tecido da Dobra, reverter a maré negra do Não Mar, e eu simplesmente não era forte o suficiente para conseguir isso. Eu tinha lido bastante para entender que era assim que as coisas funcionavam. Todos os Grishas tinham limites quanto aos seus poderes, mesmo o Darkling. Mas ele dissera que meu destino era mudar o mundo, e era difícil aceitar que talvez eu não estivesse à altura da tarefa.

O Darkling tinha sumido, mas o Apparat parecia estar em todos os cantos. Ele espreitava nos corredores e na trilha para o lago. Achei que ele tentaria me encurralar sozinha novamente, mas não queria ouvi-lo discorrer sobre fé e sofrimento.

Tomei cuidado para que ele nunca me pegasse sozinha.

No dia do festival de inverno, fui liberada de minhas aulas, mas fui ver Botkin mesmo assim. Estava nervosa demais com a minha parte da demonstração e com a perspectiva de ver o Darkling outra vez. Não ia conseguir simplesmente ficar sentada no meu quarto. Estar perto de outros Grishas não ajudava. Marie e Nadia falavam constantemente sobre seus novos *keftas* de seda e que joias pretendiam usar, e David e os outros Fabricadores continuavam a me abordar para falar sobre os detalhes da demonstração.

Então evitei o salão abobadado e fui direto para as salas de treinamento próximas aos estábulos.

Botkin me orientou e me fez praticar usando meus espelhos. Sem eles, eu ainda era bastante impotente contra o ex-mercenário. Mas vestindo minhas luvas, quase podia resistir sozinha. Ou assim eu pensava. Quando a aula terminou, Botkin admitiu que tinha evitado dar alguns de seus socos.

— Não iria acertar a garota no rosto quando ela está indo para a festa — disse ele, dando de ombros. — Botkin será mais justo amanhã.

Eu suspirei com a perspectiva.

Mais tarde, tive um rápido jantar no salão abobadado e então, antes que alguém pudesse me encurralar, corri para o meu quarto, já pensando no meu banho de beleza na banheira. O *banya* fora divertido, mas eu já havia tido minha parcela de banho comunitário no exército, e privacidade continuava sendo uma novidade para mim.

Depois de um longo e luxuoso banho, sentei perto das janelas para secar o cabelo e ver a noite cair sobre o lago.

Em breve as lâmpadas que revestiam a longa via até o palácio seriam acesas, enquanto nobres chegavam em carruagens luxuosas, cada uma mais ornamentada do que a anterior. Senti uma pontada de emoção. Alguns meses antes, eu teria temido uma noite como aquela: uma apresentação, brincar de me vestir de adulta com centenas de pessoas bonitas em suas roupas elegantes. Ainda estava nervosa, mas pensei que, na verdade, isso tudo poderia ser divertido. Olhei para o pequeno relógio sobre o manto e franzi o cenho. Uma serviçal deveria trazer meu novo *kefta* de seda, mas se ela não chegasse logo, eu teria que vestir o meu velho de lã ou pedir algo emprestado para Marie.

Quase no mesmo instante em que pensei isso, uma batida soou na porta. Mas era Genya, o corpo alto envolto em seda cor de creme pesadamente bordada em ouro, o cabelo vermelho preso no alto da cabeça para mostrar melhor os diamantes enormes pendurados em suas orelhas e a volta graciosa do pescoço.

— E aí? — disse ela, virando-se para um lado e para o outro.

— Eu detesto você — retruquei com um sorriso.

— Estou mesmo notável — disse ela, admirando-se no espelho sobre a pia.

— Você ficaria ainda melhor com um pouco de humildade.

— Eu duvido muito. Por que você não está vestida? — ela perguntou, parando de admirar o próprio reflexo para notar que eu ainda vestia meu roupão.

— Meu *kefta* não chegou.

— Ah, bem, os Fabricadores têm estado um pouco sobrecarregados com os pedidos da Rainha. Tenho certeza de que ele chegará. Agora, sente-se em frente ao espelho para eu arrumar o seu cabelo.

Eu praticamente gritei de emoção, mas consegui me conter. Esperava que Genya se oferecesse para pentear o meu cabelo, mas não queria pedir.

— Pensei que você estaria ajudando a Rainha — comentei, enquanto Genya colocava as mãos espertas para trabalhar.

Ela revirou os olhos cor de âmbar.

— Eu tenho os meus limites. Sua Majestade decidiu que não está se sentindo bem para comparecer ao baile hoje à noite. Ela está com dor de cabeça. Ha! Fui eu que passei uma hora disfarçando suas rugas.

— Ela não irá?

— Claro que irá! Só quer que as damas fiquem zumbindo em volta dela para se sentir ainda mais importante. Este é o maior evento da estação. Ela não o perderia por nada no mundo.

O maior evento da estação. Deixei escapar um suspiro trêmulo.

— Nervosa? — perguntou Genya.

— Um pouco. Não sei por quê.

— Talvez porque uma centena de nobres esteja esperando para vê-la pela primeira vez.

— Obrigada. Isso realmente ajudou.

— De nada — disse ela, dando um puxão forte no meu cabelo. — Você já deveria estar acostumada a olharem pra você.

— E, ainda assim, não estou.

— Bem, se a coisa ficar muito ruim, faça um sinal para mim e subirei na mesa do banquete, colocarei minha saia na cabeça e farei uma dancinha. Assim ninguém ficará olhando para você.

Eu ri e me senti relaxar um pouco. Após um momento, tentando manter minha voz casual, perguntei:

— O Darkling chegou?

— Sim. Ele chegou ontem. Eu vi a carruagem dele.

Meu coração afundou um pouco. Ele estivera no palácio um dia inteiro e não tinha vindo me ver nem me chamado.

— Imagino que esteja muito ocupado — disse Genya.

— É claro que sim.

Após um momento, ela disse com calma:

— Todos nós sentimos isso, sabia?

— Isso o quê?

— A atração. Pelo Darkling. Mas ele não é como a gente, Alina.

Fiquei tensa. Genya manteve seu olhar cuidadosamente concentrado nos cachos do meu cabelo.

— O que você quer dizer? — perguntei. Minha voz soou forçosamente alta até para os meus ouvidos.

— Seu tipo de poder, a aparência dele. Você teria que ser louca ou cega para não o notar.

Eu não queria perguntar, mas não pude evitar.

— Ele já?... Quer dizer, você e ele?...

— Não, nunca! — Um sorriso travesso se contorceu em seus lábios. — Mas eu aceitaria.

— Sério?

— Quem não aceitaria? — Os olhos dela encontraram os meus no espelho. — Mas eu nunca deixaria o meu coração se envolver.

Eu fiz um gesto que, espero, tenha sido uma sacudida de ombros de indiferença.

— É claro que não. — Genya ergueu as sobrancelhas perfeitas e puxou meu cabelo com força. — Ai! — eu gani. — David estará lá esta noite?

Genya suspirou.

— Não, ele não gosta de festas. Mas eu dei um jeito de passar pelas oficinas, para que ele pudesse dar uma espiada no que estava perdendo. Ele mal olhou pra mim.

— Duvido — falei, reconfortando-a.

Genya torceu um chumaço final do meu cabelo no lugar e o prendeu com um grampo dourado de cabelo.

— Aí está! — disse ela, triunfante. Ela me passou meu pequeno espelho e me virou de modo que eu pudesse ver seu trabalho.

Genya tinha empilhado metade do meu cabelo em um nó elaborado. O resto cascateava sobre meus ombros em ondas brilhantes.

Eu sorri e lhe dei um abraço rápido.

— Obrigada — eu disse. — Você é espetacular.

— Isso não me ajuda em nada — ela resmungou.

Como Genya tinha se apaixonado tanto por alguém tão sério e quieto e que aparentemente ignorava seu esplendor? Ou era exatamente por isso que ela estava caída por David?

Uma batida na porta me tirou de meus pensamentos. Eu praticamente corri para abri-la. Senti uma onda de alívio quando vi duas serviçais de pé na soleira, cada uma carregando várias caixas. Até aquele momento, não tinha me dado conta de quão preocupada estava com a chegada do meu *kefta*. Repousei a caixa maior na cama e tirei a tampa.

Genya gritou e eu fiquei lá parada, olhando para o conteúdo. Quando não me movi, ela alcançou o interior da caixa e puxou metros de seda preta ondulada para fora. As mangas e o decote estavam delicadamente bordados em ouro e brilhavam com pequenas contas de azeviche.

— Preto — Genya sussurrou.

As cores dele. O que isso significava?

— Veja! — ela arfou.

O decote do vestido fora atado com uma fita de veludo preto, e dela pendia um pequeno amuleto de ouro: o sol em eclipse, o símbolo do Darkling.

Eu mordi o lábio. Dessa vez, o Darkling tinha escolhido me destacar, e não havia nada que eu pudesse fazer a respeito. Senti um golpe de ressentimento, mas foi abafado pela excitação. Ele tinha escolhido essas cores para mim antes ou depois da noite no lago? Será que ele se arrependeria ao me ver nelas logo à noite?

Eu não podia pensar sobre isso naquele momento. A menos que quisesse ir para o baile nua, não tinha muitas opções. Fui para trás do biombo e deslizei para dentro do novo *kefta*. Senti a seda fria na minha pele enquanto me atrapalhava com os botões minúsculos.

Quando surgi, Genya abriu um sorriso enorme.

— Oh! Eu sabia que você ficaria bem de preto. — Ela agarrou meu braço. — Venha!

— Eu nem calcei os sapatos!

— Apenas venha!

Ela me puxou pelo corredor e, em seguida, abriu com força uma porta sem bater.

Zoya gritou. Ela estava de pé no meio do seu quarto em um *kefta* de seda azul-escuro, uma escova nas mãos.

— Com licença! — anunciou Genya. — Mas precisamos deste aposento. Ordens do Darkling!

Os belos olhos azuis de Zoya se estreitaram perigosamente.

— Se você acha que... — ela começou a dizer, e então me viu. Ficou boquiaberta e o sangue sumiu de seu rosto.

— Fora! — Genya ordenou.

Zoya fechou a boca, mas, para meu espanto, deixou o quarto sem dizer mais nada. Genya bateu a porta atrás dela.

— O que você está fazendo? — perguntei hesitante.

— Pensei que seria importante você se ver em um espelho adequado, não naquela lasca inútil de vidro da sua penteadeira — disse ela. — Mas, principalmente, queria ver o olhar na cara daquela vadia quando ela visse você com as cores do Darkling.

Não pude conter meu sorriso.

— Aquilo foi maravilhoso.

— E não foi? — disse Genya, sonhadora.

Eu me virei para o espelho, mas Genya me segurou e me fez sentar à penteadeira de Zoya. Ela começou a fuçar as gavetas.

— Genya!

— Só um instante... rá! Eu sabia que ela escurecia os cílios!

Genya puxou um pequeno pote de antimônio negro da gaveta de Zoya.

— Você poderia evocar uma pequena luz para eu trabalhar?

Evoquei um brilho morno e agradável para ajudar Genya a ver melhor e tentei ser paciente enquanto ela me fazia olhar para cima, para baixo, esquerda e direita.

— Perfeito! — disse ela ao terminar. — Alina, você está bastante tentadora.

— Certo — falei, e arranquei o espelho dela. Então, tive que sorrir. A menina triste e doente com bochechas chupadas e ombros ossudos tinha ido embora. No lugar dela estava uma Grisha com olhos cintilantes e ondas brilhantes de cabelo castanho. A seda preta se agarrava à minha nova forma, mudando e deslizando como sombras costuradas juntas. E Genya tinha feito algo maravilhoso com os meus olhos, de modo que eles parecessem escuros e quase felinos.

— Joias! — gritou Genya, e corremos de volta para o meu quarto, passando por Zoya fervendo de raiva no corredor.

— Terminaram? — ela disparou.

— Por enquanto — respondi alegremente, e Genya deu uma bufada muito grosseira.

Nas outras caixas sobre a minha cama, encontramos sandálias de seda douradas, azeviches brilhantes e brincos de ouro, e um regalo de pele grossa.

Depois de pronta, eu me examinei no pequeno espelho em cima da pia. Eu me sentia exótica e misteriosa, como se estivesse vestindo algo mais além das roupas deslumbrantes de menina.

Olhei para cima e vi Genya me observando com uma expressão preocupada.

— O que há de errado? — perguntei, de repente ficando autoconsciente de novo.

— Nada — ela respondeu com um sorriso. — Você está linda. De verdade. Mas... — Seu sorriso desapareceu. Ela esticou a mão e ergueu o pequeno amuleto dourado no meu decote.

— Alina, o Darkling não nota a maioria de nós. Somos apenas momentos que ele esquecerá ao longo da vida. E não tenho certeza de que isso seja algo ruim. Apenas tenha cuidado.

Olhei para ela, perplexa.

— Com o quê?

— Homens poderosos.

— Genya — perguntei antes de perder a coragem —, o que aconteceu entre você e o Rei?

Ela examinou a ponta de suas sandálias de cetim.

— O Rei tem casos com várias serviçais — disse ela. Então deu de ombros. — Pelo menos eu ganhei algumas joias por isso.

— Você não quis dizer isso.

— Não. Não quis. — Ela remexeu em um de seus brincos. — A pior parte é que todo mundo sabe.

Coloquei o braço ao redor dela.

— Eles não têm importância. Você vale mais do que todos eles juntos.

Ela deu uma imitação frágil de seu sorriso confiante.

— Ah, eu sei disso.

— O Darkling deveria ter feito algo — eu disse. — Deveria ter protegido você.

— Ele fez, Alina. Mais do que você imagina. Além disso, ele é um escravo dos caprichos do Rei, assim como o restante de nós. Pelo menos por enquanto.

— Por enquanto?

Ela me deu um rápido apertão.

— Não vamos nos deter em assuntos depressivos esta noite. Venha — disse ela, seu rosto maravilhoso se abrindo em um sorriso deslumbrante. — Estou desesperada por um champanhe!

E, com isso, ela saiu serenamente do quarto. Eu queria dizer mais a ela. Desejava perguntar o que ela quisera dizer sobre o Darkling. Queria dar uma martelada na cabeça do Rei. Mas ela estava certa. Haveria muito tempo para falar de problemas no outro dia. Dei uma última olhada no espelho e me apressei pelo corredor, deixando minhas preocupações e as de Genya para trás.

MEU *KEFTA* PRETO causou uma grande agitação no salão abobadado quando Marie e Nadia e um grupo de outros Etherealki vestidos de veludo e sedas azuis se juntaram ao meu redor e de Genya.

Genya tentou escapar como geralmente fazia, mas eu a segurei pelo braço rapidamente. Se eu estava vestindo as cores do Darkling, então tiraria vantagem total delas e manteria minha amiga ao meu lado.

— Você sabe que não posso ir ao salão do baile com você. A Rainha teria um treco — ela sussurrou ao meu ouvido.

— Certo, mas você ainda pode caminhar comigo.

Genya sorriu radiante.

Conforme caminhávamos pela trilha de cascalho e pelo túnel arborizado, notei que Sergei e vários outros Sangradores estavam nos acompanhando, e percebi num estalo que eles estavam nos protegendo, ou provavelmente a mim. Supus que fazia sentido, com todos aqueles estranhos nos terrenos do palácio para o festival, mas ainda assim foi desconcertante, um lembrete de que havia um monte de pessoas no mundo me querendo morta.

A área do entorno do Grande Palácio tinha sido iluminada para exibir quadros vivos de atores e pequenas tropas de acrobatas se apresentando para convidados errantes. Músicos mascarados vagueavam pelas trilhas. Um homem com um macaco no ombro passou lentamente, e dois homens cobertos da cabeça aos pés em folhas de ouro seguiram montados em zebras, arremessando flores de joias para todos que passavam. Cantores de coral fantasiados cantavam nas árvores. Um trio de dançarinas ruivas espalhava água ao redor da fonte da águia dupla, vestindo pouco mais do que conchas e coral, e segurando bandejas cheias de ostras para os convidados.

Nós tínhamos acabado de começar a subir os degraus de mármore quando uma criada apareceu com uma mensagem para Genya. Ela leu o bilhete e suspirou.

— A dor de cabeça da Rainha desapareceu milagrosamente e ela decidiu comparecer ao baile, no fim das contas. — Ela me deu um abraço, prometeu me encontrar antes da demonstração e então foi embora.

A primavera mal tinha começado, mas era impossível dizer isso no Grande Palácio. A música flutuava pelos corredores de mármore. O ar estava curiosamente morno e perfumado com o aroma de milhares de flores brancas, cultivadas nas estufas dos Grishas. Elas cobriam mesas e escorriam para baixo de balaustradas em moitas espessas.

Marie, Nadia e eu passamos por grupos de nobres que fingiam nos ignorar, mas que sussurravam enquanto passávamos por eles com nossa guarda Corporalki. Mantive a cabeça erguida e até sorri para um jovem nobre parado na entrada do salão do baile. Fiquei surpresa ao vê-lo corar e olhar para os próprios pés. Olhei para Marie e Nadia para ver se haviam notado, mas elas estavam tagarelando sobre alguns dos pratos servidos aos nobres no jantar: lince assado, pêssegos salgados e cisne tostado com açafrão. Fiquei feliz de termos comido mais cedo.

O salão do baile era mais amplo e mais largo do que até mesmo a sala do trono, iluminado por fileira após fileira de candelabros cintilantes e cheio de grupos de pessoas bebendo e dançando ao som de uma orquestra mascarada sentada ao longo da parede dos fundos. Os vestidos, as joias, os cristais pendurados nos lustres, inclusive o chão sob nossos pés parecia brilhar, e eu me perguntava quanto daquilo se devia ao trabalho dos Fabricadores.

Os próprios Grishas se misturavam e dançavam, mas era fácil identificá-los em suas cores fortes: roxo, vermelho e azul-escuro, brilhando sob os candelabros como flores exóticas que haviam surgido em algum jardim pálido.

A hora seguinte passou voando. Fui apresentada a incontáveis nobres e suas esposas, oficiais do exército de alta patente, cortesãs, e até a alguns Grishas de famílias nobres que tinham vindo como convidados para o baile. Desisti rapidamente de tentar me lembrar dos nomes e simplesmente sorri, acenei e assenti. E tentei evitar procurar a roupa negra do Darkling na escuridão. Também provei champanhe pela primeira vez e descobri que gostava dele muito mais do que de *kvas*.

Em um certo momento, encontrei-me cara a cara com um nobre de aparência cansada, inclinado em um cajado.

— Duque Keramsov! — exclamei. Ele estava vestindo seu velho uniforme de oficial, suas muitas medalhas presas no peito largo.

O velho me olhou com um lampejo de interesse, claramente surpreso de eu saber o nome dele.

— Sou eu — falei. — Alina Starkov!

— Sim, sim, é claro! — disse ele, com um sorriso frouxo.

Eu olhei nos olhos dele. Ele não se lembrava nem um pouco de mim. E por que deveria? Eu era apenas outra órfã, e uma muito esquecível, ainda por cima. Mesmo assim, fiquei surpresa com o quanto isso me magoou.

Mantive conversas educadas enquanto precisei; então, aproveitei a primeira oportunidade de escapar.

Inclinei-me sobre uma pilastra e agarrei outra taça de champanhe de um serviçal de passagem. A sala pareceu quente de um jeito incômodo. Ao olhar ao redor, me senti muito sozinha de repente. Pensei em Maly pela primeira vez em semanas, e meu coração deu aquela velha e familiar contorcida. Desejei que ele pudesse estar ali para ver aquele lugar. Desejei que pudesse me ver no meu *kefta* de seda e com ouro no cabelo. Acima de tudo, só queria que ele estivesse ao meu lado. Afastei o pensamento e dei um belo gole de champanhe. Que diferença fazia se algum velho bêbado não me conhecia? Eu estava feliz por ele não ter reconhecido a menininha miserável e magricela que eu fora um dia.

Avistei Genya deslizando por entre a multidão, vindo em minha direção.

Condes, duques e comerciantes ricos se viraram para olhá-la conforme ela passava, mas Genya ignorou a todos. *Não percam seu tempo*, eu quis dizer a eles. *O coração dela pertence a um Fabricador desengonçado que não gosta de festas.*

— É hora do show, quer dizer, da demonstração — disse ela ao me alcançar. — Por que você está sozinha?

— Eu só precisava de uma pequena pausa.

— Champanhe demais?

— Talvez.

— Tolinha — disse ela, entrelaçando o braço no meu. — Não existe isso de champanhe demais. Embora sua cabeça vá tentar lhe dizer o contrário amanhã.

Ela me guiou pela multidão, esquivando-se graciosamente das pessoas que queriam me conhecer ou a olhavam com malícia, até que chegamos à parte de trás do palco montado ao longo da parede do fundo do salão do baile. Permanecemos perto da orquestra e assistimos enquanto um homem vestido com um conjunto elaborado de prata subiu ao palco para apresentar os Grishas.

A orquestra tocou um acorde dramático, e os convidados logo estavam ofegantes e aplaudindo enquanto Infernais enviavam arcos de chamas por cima da multidão e Aeros disparavam espirais de purpurina girando sobre o salão. Eles se juntaram a um grupo numeroso de Hidros que, com a ajuda dos Aeros, fez uma onda enorme cair sobre a varanda para pairar centímetros acima das cabeças do público. Eu vi mãos sendo erguidas para tocar os lençóis brilhantes de água. Então os Infernais ergueram seus braços e, com um assovio, a onda explodiu em uma massa giratória de névoa. Escondida ao lado do palco, tive uma súbita inspiração e enviei luz em cascata através da névoa, criando um arco-íris que brilhou rapidamente no ar.

— Alina.

Eu pulei. A luz hesitou e o arco-íris desapareceu.

O Darkling estava ao meu lado. Como de costume, ele vestia seu kefta preto, embora esse fosse feito de seda pura e veludo. A luz das velas refletia no seu cabelo negro. Engoli em seco e olhei em volta, mas Genya tinha desaparecido.

— Oi — falei.

— Está pronta?

Eu assenti, e ele me guiou até a base dos degraus que levavam à plataforma. Enquanto a multidão aplaudia e os Grishas deixavam o palco, Ivo me socou no braço.

— Ótima sacada, Alina! O arco-íris foi perfeito. — Agradeci a ele e voltei minha atenção para a multidão, me sentindo nervosa de repente. Vi rostos ansiosos, a Rainha cercada por suas damas, parecendo entediada.

Ao lado dela, o Rei balançava em seu trono, claramente bêbado, o Apparat ao seu lado. Se os príncipes reais tinham se importado em vir, não estavam em nenhum lugar que eu pudesse vê-los. De repente, percebi que o Apparat olhava diretamente para mim, e olhei bem rápido para longe.

Nós esperamos enquanto a orquestra começava a tocar os primeiros acordes ameaçadores e crescentes, e o homem de prata subiu novamente ao palco para nos apresentar.

De repente, Ivan estava ao nosso lado falando algo na orelha do Darkling. Eu ouvi o Darkling responder:

— Leve-os para a sala de guerra. Logo estarei lá.

Ivan correu para longe, me ignorando por completo. Quando o Darkling se virou para mim, ele estava sorrindo, seus olhos vivos de excitação. Seja lá qual fosse a notícia recebida, ela tinha sido boa.

Uma explosão de aplausos mostrou que era hora de subirmos ao palco. Ele pegou minha mão e disse:

— Vamos dar às pessoas o que elas querem.

Eu concordei, minha garganta seca enquanto ele me levava pela escada e para o centro do palco. Ouvi o zumbido ansioso da multidão, olhei para seus rostos ávidos. O Darkling fez uma breve mesura para mim. Com pouca introdução, ele bateu as mãos e um trovão soou pela sala enquanto uma onda de escuridão caía sobre a festa.

Ele esperou, deixando a expectativa da multidão aumentar. O Darkling podia não gostar da apresentação dos Grishas, mas certamente sabia como conduzir um show. Somente quando a sala estava praticamente vibrando com a tensão, ele se inclinou para mim e sussurrou tão suavemente que só eu conseguia ouvi-lo:

— Agora.

De coração acelerado, estiquei meu braço, palma para cima. Respirei profundamente e evoquei aquele sentimento de certeza, o sentimento de luz correndo para mim e através de mim, e me concentrei na minha mão. Uma coluna brilhante de luz disparou da minha palma para cima, cintilando na escuridão do salão do baile. A multidão ofegou e eu ouvi alguém gritar:

— É verdade!

Virei a mão levemente, inclinando-a na direção que eu esperava ser o ponto certo da varanda que David tinha descrito para mim mais cedo.

— Apenas se certifique de mirar alto o suficiente e nós encontraremos você — dissera ele.

Eu soube que tinha acertado quando o feixe saído da minha palma disparou da varanda e ziguezagueou pelo salão conforme a luz refletia de um grande espelho feito pelos Fabricadores para o espelho seguinte, até o salão escuro ser tomado por um padrão de feixes cruzados de luz do sol brilhante.

A multidão murmurou agitada.

Eu fechei minha mão e o feixe desapareceu. Então, bem rápido, deixei a luz explodir ao meu redor e do Darkling, envolvendo-nos em uma esfera brilhante como um halo dourado e fluido.

Ele olhou para mim e estendeu as próprias mãos, enviando fitas pretas de escuridão que escalaram pela esfera, virando e se contorcendo. Eu deixei a luz mais ampla e brilhante, sentindo o prazer do poder se movendo por mim, deixando-o brincar pelos meus dedos enquanto disparava gavinhas pintadas de escuridão pela luz, fazendo-as dançar.

A multidão aplaudiu e o Darkling murmurou suave:

— Agora mostre a eles.

Eu sorri e fiz o que tinha aprendido, esticando meus braços e sentindo todo o meu ser aberto. Em seguida, bati as mãos e um som alto como o de um trovão sacudiu o salão.

Uma luz branca e brilhante explodiu entre a multidão com um assobio, enquanto os convidados soltavam um "aaah!" coletivo e fechavam os olhos, jogando as mãos contra a luminosidade.

Mantive a luz por longos segundos e então afastei as mãos, deixando-a se dissipar. A multidão irrompeu em um aplauso selvagem, batendo palmas e os pés no chão furiosamente.

Nós fizemos nossas reverências enquanto a orquestra recomeçava a tocar, e o aplauso deu lugar a uma conversa animada. O Darkling me puxou para o lado do palco e sussurrou:

— Você pode ouvi-los? Pode vê-los dançando e se abraçando? Eles agora sabem que os rumores são verdadeiros, que tudo está prestes a mudar.

Meu entusiasmo diminuiu ligeiramente quando senti a dúvida se infiltrar.

— Mas não estamos dando falsas esperanças a essas pessoas? — perguntei.

— Não, Alina. Eu disse que você era a minha resposta. E você é.

— Mas depois do que aconteceu no lago... — Eu corei tremendamente e me apressei em esclarecer o pensamento. — Quer dizer, você disse que eu não era forte o suficiente.

A boca do Darkling se torceu sugerindo um meio sorriso, mas seus olhos estavam sérios.

— Você acha mesmo que terminei o que tinha para fazer com você?

Um tremor sutil passou por mim. Ele me observou, seu meio sorriso desaparecendo. Então, de maneira abrupta, ele me pegou pelo braço e me puxou do palco, passando pela multidão. As pessoas nos parabenizaram, esticaram as mãos para nos tocar, mas ele evocou uma piscina agitada de escuridão que serpenteou pela multidão e sumiu assim que passamos. Foi quase como estar invisível. Eu pude ouvir trechos de conversa enquanto deslizávamos entre os grupos de pessoas.

— Eu não acreditava...

— ... um milagre!

— ... nunca confiei nele, mas...

— Acabou! Acabou!

Eu ouvia as pessoas rindo e chorando. Aquele sentimento de desconforto se agitou em mim outra vez. Essas pessoas acreditavam que eu poderia salvá-las. O que elas pensariam quando descobrissem que eu só era boa para truques de salão? Mas esses pensamentos eram apenas centelhas tênues. Era difícil pensar em algo que não o fato de que, após semanas me ignorando, o Darkling tinha pegado minha mão e estava me puxando por uma porta estreita e por um corredor vazio.

Deixei escapar uma risada tonta enquanto entrávamos em um cômodo vazio, iluminado apenas pela luz da lua passando pelas janelas. Mal tive tempo de registrar que aquela era a sala de estar para onde tinham me trazido para conhecer a Rainha, porque assim que a porta se fechou, ele estava me beijando e não pude pensar em nada mais.

Eu já tinha sido beijada antes, equívocos da embriaguez, atrapalhadas inábeis. Nada comparado a isso. Esse beijo era seguro e poderoso e, assim como todo o meu corpo, tinha acabado de despertar. Eu podia sentir meu coração batendo, a pressão da seda contra a minha pele, a força dos braços dele ao meu redor, uma das mãos enterrada profundamente nos meus cabelos me puxando para mais perto.

No momento em que os lábios dele encontraram os meus, a conexão entre nós se abriu e senti o poder dele me inundar. Eu podia sentir quanto ele me queria, mas por trás daquele desejo, pude sentir algo mais, algo que parecia raiva.

Eu me afastei, surpresa.

— Você não quer fazer isso.

— Esta é a única coisa que eu quero fazer — ele rosnou, e pude ouvir a amargura e o desejo misturados em sua voz.

— E você odeia isso — eu disse em um súbito momento de compreensão.

Ele suspirou e se inclinou sobre mim, escovando meu cabelo para trás do pescoço.

— Talvez odeie — murmurou, seus lábios passeando em minha orelha, garganta e clavícula.

Tremi, deixando minha cabeça pender para trás, mas precisava perguntar.

— Por quê?

— Por quê? — ele repetiu, ainda esfregando os lábios em minha pele, seus dedos deslizando sobre as fitas do meu decote. — Alina, você sabe o que Ivan me contou antes de subirmos ao palco? Hoje à noite, recebemos informações de que meus homens encontraram o rebanho de Morozova. Finalmente a chave para a Dobra das Sombras está ao nosso alcance, e neste instante eu deveria estar na sala de guerra, ouvindo o relatório deles. Eu deveria estar planejando a nossa viagem para o norte. Mas não estou, não é?

Minha mente havia desligado, tinha se entregado ao prazer correndo por mim e à expectativa de onde seu próximo beijo aterrissaria.

— Estou? — ele repetiu e beliscou o meu pescoço. Eu ofeguei e sacudi a cabeça, incapaz de pensar. Ele agora me mantinha pressionada contra a porta, seu quadril firme contra o meu. — O problema em querer — ele sussurrou, sua boca rastejando ao longo de minha mandíbula até pairar sobre meus lábios — é que isso nos deixa fracos. — E então, finalmente, quando pensei que não poderia mais aguentar, ele juntou sua boca à minha. Seu beijo foi mais forte dessa vez, atado à raiva que eu podia sentir persistindo dentro dele. Eu não me importava. Não me importava com ele ter me ignorado, me confundido, ou com qualquer um dos alertas vagos de Genya. Ele tinha encontrado o cervo. Estava certo sobre mim. Certo sobre tudo.

A mão dele deslizou para o meu quadril. Senti um pequeno arrepio de pânico quando minha saia correu mais para cima e os dedos dele se fecharam em minha coxa firme, mas, em vez de empurrá-lo, eu o puxei para mais perto.

Eu não sei o que poderia ter acontecido em seguida, porque, naquele momento, ouvimos um clamor alto de vozes vindo do corredor.

Um grupo de pessoas muito bêbadas e barulhentas estava cambaleando pelo corredor e alguém bateu com força na porta, sacudindo a maçaneta. Nós congelamos. O Darkling pressionou o ombro contra a porta, de modo que ela não abrisse, e o grupo seguiu adiante, gritando e rindo.

No silêncio que se seguiu, olhamos um para o outro.

Ele suspirou e baixou a mão, deixando a seda da minha saia cair de volta ao lugar.

— Tenho que ir — ele murmurou. — Ivan e os outros estão esperando por mim.

Eu assenti, sem confiar em mim para falar.

Ele se afastou. Eu me movi para o lado e ele abriu uma fresta da porta, espiando o corredor para se certificar de que estava vazio.

— Eu não voltarei para a festa — disse ele. — Mas você deveria, pelo menos um pouco.

Eu concordei de novo. De repente, fiquei severamente consciente do fato de estar em um quarto escuro com um quase estranho e de que, apenas alguns momentos atrás, minhas saias haviam estado quase que em volta da cintura. O rosto austero de Ana Kuya apareceu em minha mente, me ensinando sobre os erros tolos das meninas camponesas, e eu corei de vergonha.

O Darkling passou pela porta, mas então se virou para mim.

— Alina — disse ele, e eu pude ver que lutava contra si mesmo —, posso ir vê-la hoje à noite?

Eu hesitei. Eu sabia que se dissesse sim, não haveria volta. Minha pele ainda queimava onde ele havia me tocado, mas a excitação do momento estava passando e um pouco de bom senso, retornando. Eu não tinha certeza do que queria.

Eu não tinha certeza de mais nada.

Eu esperei demais. Nós ouvimos mais vozes vindo pelo corredor. O Darkling fechou a porta, avançando a passos largos para o corredor, enquanto eu retornava para as sombras. Esperei nervosa, tentando pensar em uma desculpa de por que estaria me escondendo em um aposento vazio.

As vozes passaram e deixei escapar um suspiro longo e trêmulo.

Eu não tivera a chance de dizer sim ou não para o Darkling.

Ele viria mesmo assim? Eu queria que ele viesse? Minha mente rodopiava. Eu precisava me recompor e voltar para a festa. O Darkling podia simplesmente desaparecer, mas eu não podia me dar a esse luxo.

Espiei pelo corredor e então corri para o salão do baile, parando para verificar minha aparência em um dos espelhos dourados. Eu não estava tão mal quanto temia. Meu rosto estava corado e meus lábios pareciam um pouco machucados, mas não havia nada que eu pudesse fazer a respeito. Ajeitei o cabelo e estiquei meu *kefta*. Quando estava prestes a entrar no salão, ouvi uma porta abrir na outra ponta do corredor. O Apparat vinha apressado na minha direção, sua túnica marrom sacudindo atrás dele. *Oh, por favor, não agora.*

— Alina! — ele chamou.

— Tenho que voltar ao salão — eu disse alegremente e virei na outra direção.

— Preciso falar com você! As coisas estão avançando mais rápido do que...

Eu voltei para a festa com o que eu esperava ser uma expressão serena. Quase instantaneamente, fui cercada por nobres desejando me conhecer e me parabenizar pela demonstração. Sergei correu para mim com meus outros guardas Sangradores, murmurando desculpas por me perder na multidão. Olhando por sobre o ombro, fiquei aliviada ao ver a forma esfarrapada do Apparat ser engolida por uma maré de foliões.

Fiz o meu melhor para conversar educadamente e responder às perguntas dos convidados. Uma mulher tinha lágrimas nos olhos e me pediu para abençoá-la. Eu não tinha ideia do que fazer, então a segurei na mão de uma forma que eu esperava ser tranquilizadora. Tudo que queria era ficar sozinha para pensar, para organizar a bagunça confusa de emoções na minha cabeça. O champanhe não estava ajudando.

Quando um grupo de convidados saiu para ser substituído por outro, reconheci o rosto comprido e melancólico do Corporalnik que tinha viajado comigo e com Ivan na carruagem do Darkling, e ajudado na luta contra os assassinos fjerdanos.

Eu me esforcei para lembrar o nome dele.

Ele acabou me ajudando, inclinando-se profundamente e dizendo:

— Fedyor Kaminsky.

— Perdoe-me — eu disse. — Está sendo uma longa noite.

— Posso imaginar.

Espero que não, pensei com uma pontada de vergonha.

— Parece que o Darkling estava certo no fim das contas — disse ele com um sorriso.

— Como assim? — indaguei.

— Você tinha tanta certeza de que não havia possibilidade de ser uma Grisha.

Eu retribuí o sorriso.

— Eu tento fazer disso um hábito, entender tudo errado.

Fedyor mal teve tempo de me contar sobre sua nova missão perto da fronteira sul antes de ser arrastado por outra onda impaciente de convidados esperando para ter seu momento com a Conjuradora do Sol. Eu nem mesmo lhe agradeci por proteger minha vida naquele dia no vale.

Eu continuei a falar e a sorrir por cerca de uma hora, mas logo que tive um momento de liberdade, disse para meus guardas que queria ir embora e fui direto para as portas.

Assim que saí, me senti melhor. O ar noturno estava abençoadamente frio, as estrelas brilhavam no céu. Respirei profundamente. Sentia-me tonta e exausta, e meus pensamentos pareciam continuar indo e vindo em saltos da excitação para a ansiedade.

Se o Darkling viesse ao meu quarto nesta noite, o que isso significaria? A ideia de ser dele me deixava um pouco em choque. Eu não achava que ele estava apaixonado por mim e não tinha ideia do que sentia por ele, mas ele me queria e talvez isso fosse suficiente.

Balancei a cabeça, tentando extrair sentido de tudo. Os homens do Darkling tinham encontrado o cervo. Eu deveria estar pensando nisso, no meu destino, no fato de que teria que matar uma criatura anciã, no poder que isso me daria e na responsabilidade que cairia sobre mim, mas tudo que eu conseguia pensar era nas mãos dele no meu quadril, nos lábios dele no meu pescoço, no corpo esguio e rígido dele no escuro. Eu inspirei mais do ar noturno. A coisa sensata a fazer seria trancar a minha porta e ir dormir. Mas não tinha certeza de que queria ser sensata.

Quando chegamos ao Pequeno Palácio, Sergei e os outros me deixaram para retornar ao baile. O salão abobadado estava silencioso, o fogo nos fornos a lenha abafado, suas lamparinas brilhando fracas e douradas. Quando estava prestes a ir para a escadaria principal, as portas esculpidas atrás da mesa do Darkling se abriram. Apressadamente, fui para as sombras.

Não queria que o Darkling soubesse que eu tinha saído cedo da festa e, de qualquer modo, ainda não estava pronta para vê-lo. Mas era apenas um grupo de soldados passando pelo hall de entrada em seu caminho para sair do Pequeno Palácio. Eu me perguntei se aqueles eram os homens que tinham vindo relatar a localização do cervo.

Assim que a luz de uma das lamparinas caiu sobre o último soldado do grupo, meu coração quase parou.

— Maly!

Quando ele se virou, achei que dissolveria de felicidade ao ver seu rosto familiar. Em algum lugar no fundo da minha mente, registrei sua expressão sombria, mas isso se perdeu na alegria absoluta que senti. Disparei pelo corredor e joguei meus braços ao redor dele, quase o derrubando no chão. Ele se firmou e então tirou meus braços do seu pescoço enquanto olhava para os outros soldados que haviam parado para nos observar. Eu sabia que provavelmente o tinha envergonhado, mas não me importei. Estava saltando na ponta dos pés, praticamente dançando de felicidade.

— Vão em frente — Maly falou para eles. — Eu alcanço vocês depois.

Algumas sobrancelhas foram erguidas, mas os soldados desapareceram pela entrada principal, deixando-nos a sós.

Abri a boca para falar, mas não sabia por onde começar, então decidi perguntar a primeira coisa que me veio à mente.

— O que você está fazendo aqui?

— Queria eu saber — disse Maly, com um cansaço que me surpreendeu. — Tive que me reportar ao seu mestre.

— Meu o quê? — Em seguida, entendi o significado daquilo e abri um largo sorriso. — Foi você quem encontrou o rebanho de Morozova! Eu já devia saber.

Ele não retribuiu o sorriso. Nem mesmo olhou nos meus olhos. Simplesmente desviou o olhar e disse:

— Eu tenho que ir.

Olhei incrédula para ele, minha alegria murchando. Então eu estava certa. Maly não queria mais nada comigo. Toda a raiva e vergonha que eu tinha sentido nos últimos meses voltaram.

— Desculpe — disse friamente. — Não percebi que estava tomando o seu tempo.

— Eu não disse isso.

— Não, não. Eu entendo. Você não se importou em responder minhas cartas. Por que iria querer parar aqui para conversar comigo enquanto seus verdadeiros amigos estão esperando?

Ele franziu o cenho.

— Não recebi carta alguma.

— Certo — eu disse, com raiva.

Ele suspirou e passou a mão no rosto.

— Temos que nos mover constantemente para rastrear o rebanho. Minha unidade mantém pouco contato com o regimento.

Havia tanto cansaço na voz dele. Pela primeira vez eu o olhei, realmente olhei para ele, e vi quanto tinha mudado. Havia olheiras sob seus olhos azuis.

Uma cicatriz irregular percorria a linha de sua mandíbula por barbear. Ele continuava a ser Maly, mas havia algo mais áspero sobre ele, algo frio e desconhecido.

— Você não recebeu nenhuma das minhas cartas?

Ele balançou a cabeça, a mesma expressão distante no rosto.

Eu não sabia o que pensar. Maly nunca tinha mentido para mim antes e, apesar de toda a minha raiva, não achava que estivesse mentindo então. Hesitei.

— Maly, eu... Você pode ficar mais um pouquinho? — Eu ouvi a súplica em minha voz. Odiei isso, mas odiei ainda mais o pensamento de ele ir embora. — Você não pode imaginar como tem sido por aqui.

Ele deu uma risada áspera e aguda.

— Eu não preciso imaginar. Vi sua pequena demonstração no salão do baile. Muito impressionante.

— Você me viu?

— Isso mesmo — disse ele, rispidamente. — Você faz ideia do quanto eu estava preocupado com você? Ninguém sabia o que tinha acontecido com você, o que eles tinham feito com você. Não havia maneira de chegar a você. Havia rumores de que você estava sendo torturada. Quando o capitão precisou de homens para se reportar ao Darkling, como um idiota eu vim até aqui só para ter uma chance de encontrá-la.

— Sério? — Foi difícil acreditar naquilo. Eu tinha ficado tão acostumada com a ideia da indiferença de Maly.

— Sim — ele falou. — E aqui está você, sã e salva, dançando e flertando como uma princesinha mimada.

— Não soe tão desapontado — eu rebati. — Tenho certeza de que o Darkling pode arrumar uma roda de tortura ou alguns carvões em brasa se isso o fizer se sentir melhor.

Maly fechou a cara e se afastou de mim. Lágrimas de frustração pinicaram meus olhos. Por que estávamos brigando?

Em desespero, estiquei a mão para tocar o braço dele. Seus músculos se retesaram, mas ele não se afastou.

— Maly, eu não tenho poder sobre como as coisas são aqui. Eu não pedi por nada disso.

Ele olhou para mim e então desviou o olhar. Senti parte da tensão dele ir embora. Por fim, ele disse:

— Eu sei que não.

Mais uma vez, ouvi um cansaço terrível na voz dele.

— O que aconteceu com você, Maly? — sussurrei.

Ele não disse nada, apenas encarou a escuridão do corredor.

Estiquei a mão e toquei sua bochecha de barba cerrada, virando gentilmente o rosto dele para o meu.

— Me conte.

Ele fechou os olhos.

— Não posso.

Deixei meus dedos percorrerem a pele elevada da cicatriz em sua mandíbula.

— Genya, poderia consertar isso. Ela pode...

Na mesma hora soube que tinha dito a frase errada. Os olhos dele se abriram de repente.

— Eu não preciso ser consertado — ele disparou.

— Eu não quis dizer...

Ele arrancou minha mão do rosto dele, segurando-a com força, seus olhos azuis investigando os meus.

— Você é feliz aqui, Alina?

A pergunta me pegou de surpresa.

— Eu não sei. Às vezes.

— Você é feliz aqui com ele?

Eu não precisei perguntar a Maly o que ele queria dizer. Abri a boca para responder, mas não tive ideia do que falar.

— Você está usando o símbolo dele — ele observou, seus olhos passando para o pequeno amuleto de ouro pendurado no meu decote. — O símbolo e as cores dele.

— São apenas roupas.

Os lábios de Maly se torceram em um sorriso cínico, um sorriso tão diferente daquele que eu conhecia e amava que quase estremeci.

— Você não acredita nisso de fato.

— Que diferença faz o que eu visto?

— As roupas, as joias, até mesmo sua aparência. *Ele está em você inteira*.

As palavras dele me acertaram como um tapa. No escuro do corredor, senti um rubor feio subindo para o meu rosto. Tirei a minha mão da dele e cruzei os braços sobre o peito.

— Não é bem assim — sussurrei, mas não o olhei nos olhos.

Foi como se Maly pudesse ver através de mim, como se ele pudesse arrancar direto da minha cabeça cada pensamento cálido que eu tivera pelo Darkling. Mas na esteira da vergonha veio a raiva. E daí se ele soubesse? Que direito ele tinha de me julgar? Quantas meninas Maly tinha pegado no escuro?

— Eu vi o modo como ele olhou para você — disse ele.

— Eu gosto de como ele me olha! — praticamente gritei.

Ele balançou a cabeça, aquele sorriso amargo ainda brincando nos lábios. Eu queria arrancá-lo do rosto dele.

— Apenas admita — ele zombou. — Você pertence a ele.

— Você também pertence a ele, Maly — rebati. — Todos nós pertencemos.

Aquilo acabou com seu sorriso.

— Eu não pertenço — disse Maly, ferozmente. — Não eu. Jamais.

— Ah, é mesmo? Você não tem que ir para algum lugar, Maly? Não tem ordens a seguir?

Maly se endireitou, seu rosto frio.

— Sim — disse ele. — Sim, eu tenho.

Ele se virou bruscamente e saiu pela porta.

Por um momento, fiquei lá, tremendo de raiva, e então corri para a porta. Cheguei até o pé da escada antes de parar. As lágrimas que vinham ameaçando transbordar finalmente desceram, percorrendo minhas bochechas. Eu quis correr atrás dele, retirar o que tinha dito, implorar-lhe para ficar, mas eu tinha passado a vida correndo atrás de Maly. Em vez disso, permaneci em silêncio e o deixei ir.

Capítulo 15

SÓ QUANDO ESTAVA no meu quarto, a porta fechada com segurança atrás de mim, deixei os soluços me engolirem. Escorreguei para o chão, costas pressionadas contra a cama, braços em torno dos joelhos, tentando me manter inteira.

Naquele instante, Maly devia estar deixando o palácio, viajando de volta para Tsibeya a fim de se juntar a outros rastreadores na caçada ao rebanho de Morozova. A distância se ampliando entre nós dois parecia palpável. Eu me senti mais distante dele do que em todos os meses solitários que já tinham transcorrido.

Esfreguei o polegar na cicatriz em minha palma.

— Volte — sussurrei, meu corpo tremendo com novos soluços. — Volte. — Mas ele não voltaria. Eu o tinha praticamente mandado embora. Sabia que provavelmente jamais o veria de novo e isso me doía.

Não sei quanto tempo fiquei ali sentada na escuridão. Em algum momento, percebi uma batida suave na porta. Eu me endireitei, tentei abafar minha fungação. E se fosse o Darkling? Eu não aguentaria vê-lo agora, explicar minhas lágrimas para ele, mas eu tinha que fazer algo. Eu me obriguei a ficar de pé e abri a porta.

Dedos ossudos serpentearam em torno do meu pulso e me agarraram com uma mão de ferro.

— Baghra? — perguntei, espiando a mulher à minha porta.

— Venha — disse ela, puxando meu braço e olhando por sobre o ombro.

— Deixe-me em paz, Baghra. — Tentei me afastar, mas ela era surpreendentemente forte.

— Você vem comigo agora, menina — ela disparou. — Agora!

Talvez tenha sido a intensidade de seu olhar ou o choque por ver medo em seus olhos, ou talvez eu só estivesse acostumada a fazer o que Baghra dizia, mas a segui para fora.

Ela fechou a porta atrás de nós, ainda segurando firme o meu pulso.

— O que é isso? Para onde estamos indo?

— Silêncio.

Em vez de virar à direita e seguir para a escadaria principal, ela me arrastou na direção oposta, para a outra ponta do corredor. Pressionou um painel na parede e uma porta oculta se abriu. Ela me deu um empurrão. Eu não tinha força de vontade para combatê-la, então desci tropegamente pela estreita escada em espiral. Cada vez que olhava para ela atrás de mim, ela me dava outro pequeno empurrão. Quando chegamos ao pé da escada, Baghra passou à minha frente e me levou por um corredor apertado com pisos de pedra crua e paredes simples de madeira. O lugar parecia quase nu se comparado ao restante do Pequeno Palácio, e eu me perguntei se estávamos na área dos aposentos dos criados.

Baghra agarrou meu pulso novamente e me puxou para uma câmara escura e vazia. Ela acendeu uma única vela, trancou e passou o ferrolho na porta, então cruzou o aposento e ficou na ponta dos pés para cerrar a cortina na pequena janela do porão. O lugar era esparsamente mobiliado com uma cama estreita, uma cadeira simples e uma bacia de banho.

— Aqui — disse ela, empurrando uma pilha de roupas para mim. — Vista isso.

— Estou muito cansada para lições, Baghra.

— Chega de lições. Você precisa deixar este lugar. Esta noite.

Eu pisquei.

— Do que você está falando?

— Estou tentando evitar que você passe o resto da vida como uma escrava. Agora mude de roupa.

— Baghra, o que está acontecendo? Por que me trouxe aqui embaixo?

— Não temos muito tempo. O Darkling está a um passo de encontrar o rebanho de Morozova. Em breve ele terá o cervo.

— Eu sei — falei, pensando em Maly. Meu coração doeu, mas também não pude resistir a me sentir um pouco convencida. — Pensei que você não acreditasse no cervo de Morozova.

Ela sacudiu a mão como se estivesse apagando minhas palavras.

— Foi o que eu disse a ele. Eu tinha esperança de que ele desistisse de procurar o cervo se pensasse que não passava de um conto camponês. Mas uma vez que o consiga, nada será capaz de impedi-lo.

Eu joguei minhas mãos em desespero.

— Impedi-lo de fazer o quê?

— De usar a Dobra como uma arma.

— Entendi — disse eu. — Ele também planeja construir uma casa de veraneio por lá?

Baghra agarrou meu braço.

— Isso não é uma piada!

Havia um tom desesperado e estranho em sua voz, e a força de sua mão era quase dolorosa. O que havia de errado com ela?

— Baghra, talvez devêssemos ir à enfermaria...

— Não estou doente nem louca — ela rebateu. — Você precisa me ouvir.

— Então fale de um jeito que faça sentido — retruquei. — Como alguém poderia usar a Dobra das Sombras como uma arma?

Ela se inclinou na minha direção, seus dedos afundando na minha carne.

— Expandindo-a.

— Certo — falei devagar, tentando me desvencilhar de seus dedos.

— A terra que o Não Mar cobre já foi verde e boa, fértil e rica. Agora ela é morta e estéril, cheia de abominações. O Darkling empurrará suas fronteiras ao norte para dentro de Fjerda, e ao sul para Shu Han. Todos aqueles que não se curvarem diante dele verão seus reinos transformados em uma terra devastada, e seus cidadãos devorados por volcras vorazes.

Fiquei boquiaberta, horrorizada, chocada com as imagens que ela evocava. A anciã tinha claramente ficado louca.

— Baghra — disse eu, gentilmente —, acho que você está com algum tipo de febre. — *Ou ficou completamente senil.* — Encontrar o cervo é uma coisa boa. Isso significa que poderei ajudar o Darkling a destruir a Dobra.

— Não! — ela gritou, e foi quase como um uivo. — Ele nunca teve a intenção de destruí-la. Foi ele quem a criou.

Eu suspirei. Por que Baghra tinha escolhido justo esta noite para perder o senso de realidade?

— A Dobra foi criada centenas de anos atrás pelo Herege Negro. O Darkling...

— Ele é o Herege Negro — ela disse furiosamente, seu rosto a menos centímetros do meu.

— Claro que é. — Com algum esforço, ergui os dedos frouxos da anciã e passei por ela rumo à porta. — Vou encontrar um Curandeiro para você e então vou para a cama.

— Olhe para mim, garota.

Eu respirei profundamente e me virei, minha paciência no fim. Sentia pena dela, mas isso já era demais.

— Baghra...

As palavras morreram nos meus lábios.

Escuridão se acumulava nas palmas de Baghra, os novelos de breu flutuando no ar.

— Você não o conhece como eu, Alina. — Foi a primeira vez que ela me chamou pelo meu nome. — Mas eu sim.

Eu fiquei lá parada, vendo espirais negras se desenrolarem ao redor dela, tentando entender o que via. Observando os traços estranhos de Baghra, percebi claramente a explicação.

Vi o fantasma do que devia ter sido uma bela mulher, uma bela mulher que deu vida a um belo filho.

— Você é a mãe dele — sussurrei abobada.

Ela assentiu.

— Não estou louca. Sou a única pessoa que sabe a verdade, o que ele realmente pretende fazer. E estou dizendo que você precisa fugir.

O Darkling tinha me dito que não sabia qual era o poder de Baghra. Ele havia mentido para mim?

Eu sacudi a cabeça tentando clarear meus pensamentos, tentando entender o que Baghra tinha me contado.

— Não é possível — falei. — O Herege Negro viveu há centenas de anos.

— Ele serviu a inúmeros reis, fingiu incontáveis mortes, esperou a hora dele, esperou por você. Uma vez que ele assuma o controle da Dobra, ninguém será capaz de se opor a ele.

Um arrepio me percorreu.

— Não — disse eu. — Ele me disse que a Dobra foi um erro. Ele disse que o Herege Negro era mau.

— A Dobra não foi um erro. — Baghra soltou suas mãos e a escuridão em espiral ao redor dela se desfez. — O único erro foram os volcras. Ele não os previu, não conseguiu imaginar o que um poder daquela magnitude faria com meros homens.

Meu estômago revirou.

— Os volcras eram homens?

— Sim. Gerações atrás. Fazendeiros e suas esposas, seus filhos. Eu o alertei de que haveria um preço, mas ele não me ouviu. Ele estava cego por sua sede de poder. Assim como está cego agora.

— Você está errada — eu disse, esfregando meus braços, tentando sacudir o frio profundo que se instalava em mim. — Você está mentindo.

— Somente os volcras impedem o Darkling de usar a Dobra contra seus inimigos. Eles são a sua punição, um testemunho vivo de sua arrogância. Mas você mudará tudo isso. Os monstros não toleram a luz do sol. Uma vez que o Darkling use o seu poder para subjugar os volcras, ele será capaz de entrar na Dobra em segurança. Ele finalmente terá o que deseja. Não haverá limite para o seu poder.

Eu balancei a cabeça.

— Ele não faria isso. Nunca faria isso.

Eu me lembrei da noite em que ele falara comigo perto da fogueira, no celeiro em ruínas, a vergonha e tristeza em sua voz. *Eu passei a vida procurando um modo de corrigir as coisas. Você é o primeiro lampejo de esperança que tenho em muito tempo.*

— Ele disse que queria unir toda a Ravka novamente. Ele disse que...

— Pare de me dizer o que ele disse! — ela rosnou. — Ele é antigo. Teve muito tempo para dominar a arte de mentir para uma menininha sozinha e inocente. — Ela avançou sobre mim, os olhos negros queimando. — Pense, Alina. Se Ravka for reunida, o Segundo Exército não será mais vital para a sua sobrevivência. O Darkling não será nada além de outro servo do Rei. É isso o que ele sonha para o futuro?

Eu estava começando a tremer.

— Por favor, pare.

— Mas com a Dobra sob seu poder, ele espalhará a destruição diante dele. Ele lançará a devastação pelo mundo, e nunca mais terá que se ajoelhar para outro Rei.

— Não.

— Tudo graças a você.

— Não! — eu gritei para ela. — Eu não faria isso! Mesmo que você esteja dizendo a verdade, eu nunca o ajudaria a fazer isso.

— Você não terá escolha. O poder do cervo pertence a quem matá-lo.

— Mas ele não pode usar um amplificador — eu protestei, fraca.

— Ele pode usar você — Baghra disse calmamente. — O cervo de Morozova não é um amplificador comum. Ele irá caçá-lo. Ele irá matá-lo. Ele pegará os chifres dele e, uma vez que os coloque em torno do seu pescoço, você pertencerá a ele completamente. Você será a Grisha mais poderosa que já viveu, e todo esse poder recém-descoberto estará sob comando dele. Você estará conectada a ele para sempre, e não terá forças para resistir.

Foi a pena na voz dela que me desarmou. Aquela mulher que nunca tinha me permitido um momento de fraqueza, um momento de descanso, tinha pena de mim.

Minhas pernas fraquejaram, eu tombei sobre a porta. Cobri a cabeça com as mãos, tentando bloquear a voz de Baghra. Mas não podia impedir que as palavras do Darkling ecoassem na minha mente.

Todos nós servimos alguém.

O Rei é uma criança.

Você e eu mudaremos o mundo.

Ele tinha mentido para mim sobre Baghra. Ele tinha mentido sobre o Herege Negro. Teria mentido sobre o cervo, também?

Estou pedindo para confiar em mim.

Baghra tinha implorado a ele que me desse outro amplificador, mas ele havia insistido para que fossem os chifres do cervo. Um colar, não, uma gargantilha de ossos. E então eu o pressionei, ele me beijou e eu esqueci tudo sobre o cervo, os amplificadores e o restante. Eu me lembrei de seu rosto perfeito na luz da lamparina, sua expressão atordoada, o cabelo despenteado.

Tudo aquilo havia sido intencional? O beijo no lago, o lampejo de dor que tinha passado pelo rosto dele naquela noite no celeiro, cada gesto humano, cada confidência sussurrada, mesmo o que tinha acontecido entre nós dois nesta mesma noite?

Eu me encolhi com o pensamento. Podia sentir seu hálito morno em meu pescoço, ouvir seu sussurro na minha orelha. *O problema em querer algo é que isso nos deixa fracos.*

Ele tinha toda a razão. Eu queria tão desesperadamente pertencer a algum lugar, a qualquer lugar. Estava tão ansiosa para agradá-lo, tão orgulhosa de guardar seus segredos. Mas nunca me preocupei em questionar o que ele realmente queria, qual seria sua verdadeira motivação. Tinha ficado ocupada demais me imaginando ao seu lado, a salvadora de Ravka, a mais estimada, a mais desejada, como uma espécie de rainha.

Eu tornei tão fácil para ele.

Você e eu mudaremos o mundo. Apenas espere.

Vista suas roupas bonitas e espere pelo próximo beijo, pela próxima palavra gentil. Espere pelo cervo. Pela gargantilha. Espere até ser transformada em uma assassina e uma escrava.

Ele tinha me alertado de que a era do poder Grisha estava chegando ao fim. Eu deveria saber que ele jamais deixaria isso acontecer.

Respirei profundamente e tentei acalmar meu tremor. Pensei no pobre Alexei e em todos os outros deixados para morrer na extensão negra da Dobra das Sombras. Pensei nas areias cinzentas que um dia tinham sido terra marrom e macia. Pensei nos volcras, as primeiras vítimas da ambição do Herege Negro.

Você acha mesmo que terminei o que tinha para fazer com você?

O Darkling queria me usar. Queria levar de mim a única coisa que realmente tinha me pertencido, o único poder que eu possuía.

Fiquei de pé. Não iria mais tornar as coisas fáceis para ele.

— Tudo bem — falei, alcançando a pilha de roupas que Baghra tinha me trazido. — O que eu faço?

Capítulo 16

O ALÍVIO DE BAGHRA foi evidente, mas ela não perdeu tempo.

— Você pode escapar com os artistas hoje à noite. Vá para oeste. Quando chegar a Os Kervo, encontre o *Verloren*. Ele é um navio mercante kerch. Sua passagem já foi paga.

Meus dedos congelaram nos botões do meu *kefta*.

— Você quer que eu vá para Ravka Oeste? Que cruze a Dobra sozinha?

— Quero que você desapareça, garota. Você é forte o suficiente para cruzar a Dobra sozinha agora. Seria um trabalho fácil. Por que acha que eu gastei tanto tempo treinando você?

Outra coisa sobre a qual eu não tinha me preocupado em pensar. O Darkling dissera a Baghra para me deixar quieta. Pensei que ele estivesse me defendendo, mas talvez ele só quisesse me deixar fraca.

Despi o *kefta* e coloquei uma túnica de lã grossa sobre a cabeça.

— Todo o tempo você sabia o que ele pretendia. Por que me contar agora? — perguntei a ela. — Por que hoje à noite?

— Nosso tempo se esgotou. Nunca acreditei de fato que ele fosse encontrar o rebanho de Morozova. Eles são criaturas ardilosas, parte da ciência mais antiga, a criação no coração do mundo. Mas eu subestimei os homens dele.

Não, eu pensei enquanto puxava calças de couro e botas. *Você subestimou Maly*. Maly, que podia caçar e rastrear como nenhum outro. Maly, que podia tirar coelhos de rochas. Maly, que podia encontrar o cervo e me entregar, entregar-nos todos ao poder do Darkling sem nem mesmo saber disso.

Baghra me passou um casaco de viagem marrom e espesso forrado de pele, um chapéu de pele pesado e um cinto largo. Assim que o enrolei ao redor da cintura, encontrei uma bolsa de dinheiro presa a ele, junto com minha faca e uma algibeira com minhas luvas de couro, os espelhos enfiados dentro dela em segurança.

Ela me levou por uma pequena porta e me passou uma mochila de viagem de couro que pendurei nos ombros. Ela apontou para os terrenos onde as luzes do Grande Palácio cintilavam a distância. Eu podia ouvir a música tocando.

De repente, percebi que a festa seguia com ritmo total. Parecia que anos tinham se passado desde que eu havia deixado o salão do baile, mas não poderia ter sido mais de uma hora.

— Vá para o labirinto de cerca viva e vire à esquerda. Fique fora das trilhas iluminadas. Alguns artistas já estão indo embora. Encontre uma das carroças de partida. Elas só são verificadas ao entrar no palácio, então você provavelmente estará segura.

— Provavelmente?

Baghra me ignorou.

— Quando sair de Os Alta, tente evitar as ruas principais. — Ela me passou um envelope selado.— Você é uma serva marceneira a caminho de Ravka Oeste para conhecer seu novo mestre. Entendeu?

— Sim — assenti, meu coração já começando a disparar no peito. — Por que você está me ajudando? — perguntei, de repente. — Por que trairia o seu próprio filho?

Por um momento, ela permaneceu de costas, ereta e em silêncio na sombra do Pequeno Palácio. Então se virou para mim, e dei um passo assustado para trás, porque o vi, tão claro quanto se eu estivesse parada em sua borda: o abismo. Incessante, negro e fastidioso, o vazio interminável de uma vida vivida por tempo demais.

— Todos esses anos... — ela disse tranquilamente. — Antes de ele ter sonhado com um Segundo Exército, antes de renunciar ao seu nome e se tornar o Darkling, ele era apenas um menino brilhante e talentoso. Eu dei a ele sua ambição. Dei a ele seu orgulho. Quando chegou a época, eu o deveria ter impedido. — Ela então sorriu, um sorriso miúdo de uma tristeza tão dolorosa que era difícil de olhar. — Você acha que não amo meu filho — disse ela. — Mas eu o amo. É por isso que não deixarei que ele se coloque além da redenção.

Ela olhou de volta para o Pequeno Palácio.

— Vou mandar um criado permanecer na sua porta amanhã para dizer que você está doente. Tentarei ganhar tanto tempo quanto possível.

Eu mordi o lábio.

— Hoje à noite. Você terá que colocar o criado hoje à noite. O Darkling pode... pode vir ao meu quarto.

Imaginei que Baghra fosse rir de mim novamente, mas, em vez disso, ela balançou a cabeça e disse suavemente:

— Menina tola.

Teria sido mais fácil suportar o seu desprezo.

Olhando para os terrenos, pensei no que havia à minha frente. Eu realmente faria aquilo? Tive que controlar o pânico.

— Obrigada, Baghra. — Engoli em seco. — Por tudo.

— Hunf — fez ela. — Agora vá, menina. Seja rápida e tome cuidado.

Dei-lhe as costas e saí correndo.

Graças aos dias intermináveis de treinamento com Botkin, eu conhecia bem os terrenos. Fiquei grata por cada hora suada enquanto corria pelo gramado e por entre as árvores. Baghra enviou finas espirais de breu para as minhas laterais, me ocultando na escuridão enquanto eu me aproximava dos fundos do Grande Palácio. Será que Marie e Nadia ainda estavam dançando lá dentro? Será que Genya estava se perguntando aonde eu teria ido? Limpei esses pensamentos da minha mente.

Estava com medo de pensar demais sobre o que fazia, sobre tudo que estava deixando para trás.

Uma trupe teatral estava carregando uma carroça com adereços e prateleiras de figurinos, seu condutor já sentado às rédeas e gritando para eles apressarem as coisas. Um deles subiu ao lado do condutor e os outros se aglomeraram em um carrinho de pônei que partiu com um soar de sinos. Corri para a traseira da carroça e me enfiei entre peças de cenário, cobrindo-me com um pano de estopa.

Enquanto o carro passava pelo longo caminho de cascalho e pelos portões do palácio, prendi a respiração. Tinha certeza de que, a qualquer momento, alguém faria soar o alarme e nós seríamos parados. Eu seria arrancada de trás da carroça em desgraça. Mas então as rodas avançaram num solavanco e nós começamos a chacoalhar sobre as ruas de paralelepípedos de Os Alta.

Tentei me lembrar da rota que tinha pegado com o Darkling quando ele me trouxera à cidade muitos meses atrás, mas estava tão cansada e sobrecarregada que minha memória era um borrão inútil de mansões e ruas nebulosas. Eu não conseguia ver muito do meu esconderijo e não me arrisquei a espiar. Com minha sorte, alguém poderia estar passando exatamente naquele momento e me veria.

Minha única esperança era colocar tanta distância quanto possível entre mim e o palácio antes que a minha ausência fosse notada. Eu não sabia quanto tempo Baghra seria capaz de retardá-los, e desejei que o cocheiro da carroça andasse mais rápido. Quando cruzamos a ponte e passamos pela cidade mercante, permiti-me um pequeno suspiro de alívio.

O ar frio penetrou pelas ripas de madeira da carroça e fiquei agradecida pelo casaco grosso que Baghra tinha me dado. Eu estava cansada e desconfortável, mas principalmente assustada.

Estava fugindo do homem mais poderoso de Ravka. Os Grishas, o Primeiro Exército e talvez até Maly e seus rastreadores seriam lançados ao meu encalço. Que chance eu tinha de conseguir chegar à Dobra sozinha? E se chegasse à Ravka Oeste e ao *Verloren*, o que viria depois? Estaria sozinha em uma terra estranha onde não conhecia ninguém nem falava o idioma local. Lágrimas brotaram nos meus olhos e eu as esfreguei furiosamente. Se começasse a chorar, não seria capaz de parar.

Nós viajamos pelas primeiras horas da manhã, passamos pelas ruas de pedra de Os Alta e pela ampla faixa de terra do Vy. A manhã veio e se foi. De vez em quando, eu cochilava, mas o meu medo e desconforto me mantiveram acordada durante a maior parte da jornada.

Quando o sol estava alto no céu e comecei a suar no meu casaco grosso, a carroça fez uma parada.

Eu me arrisquei a dar uma olhada sobre o topo da caçamba. Estávamos atrás do que parecia ser uma taverna ou uma pousada. Estiquei minhas pernas. Meus dois pés estavam dormentes, e fiz uma cara de dor enquanto o sangue fluía dolorosamente de volta para os artelhos.

Esperei até que o cocheiro e os outros membros da trupe tivessem entrado antes de escapar do meu esconderijo.

Imaginei que atrairia mais atenção se parecesse estar me esgueirando, então fiquei de pé e caminhei em um bom ritmo pela construção, juntando-me ao alvoroço de carroças e pessoas na rua principal da vila.

Precisei espionar um pouco, mas logo percebi que estava em Balakirev. Era uma cidade pequena quase diretamente a oeste de Os Alta. Eu tinha dado sorte e seguido na direção correta.

Durante a viagem, contei o dinheiro que Baghra tinha me dado e tentei traçar um plano. Sabia que o modo mais rápido de viajar seria no dorso de um cavalo, mas também sabia que uma garota sozinha com dinheiro suficiente para comprar uma montaria chamaria atenção. O que eu realmente precisava fazer era roubar um cavalo, mas não tinha ideia de como, então decidi apenas continuar andando.

Saindo da cidade, parei em uma barraca de comércio para comprar suprimentos de queijo duro, pão e carne-seca.

— Está com fome, hein? — perguntou o velho vendedor banguela, olhando para mim um pouco perto demais enquanto eu enfiava a comida na minha mochila.

— Meu irmão está. Ele come como um porco — falei, fingindo acenar para alguém na multidão. — Estou indo! — gritei e me mandei. Só podia torcer para que ele se lembrasse de uma menina viajando com sua família ou, melhor ainda, que não se lembrasse de nada.

Passei aquela noite dormindo no feneiro arrumado de uma fazenda leiteira nas imediações do Vy. Não era nada parecido com minha bela cama no Pequeno Palácio, mas eu estava agradecida pelo abrigo e pelos sons dos animais ao meu redor. O suave mugido e o ruído das vacas fizeram eu me sentir menos sozinha enquanto me encurvava de lado, usando minha mochila e chapéu de pele como um travesseiro improvisado.

E se Baghra estivesse errada?, me perguntei, preocupada. E se ela tivesse mentido? Ou se tivesse apenas se enganado? Eu poderia voltar para o Pequeno Palácio. Poderia dormir em minha própria cama, ter aulas com Botkin e conversar com Genya. Este foi um pensamento bastante tentador. Se eu voltasse, será que o Darkling me perdoaria?

Perdoar-me? O que havia de errado comigo? Era ele quem queria colocar uma coleira em torno do meu pescoço e me tornar uma escrava, e eu estava pensando em seu perdão? Rolei para o outro lado, furiosa comigo mesma.

No fundo do coração, eu sabia que Baghra estava certa. Eu me lembrei de minhas próprias palavras para Maly: *Todos nós pertencemos a ele.* Eu dissera aquilo com raiva, sem pensar, porque queria ferir o orgulho de Maly. Mas tinha falado a verdade tanto quanto Baghra. Eu sabia que o Darkling era cruel e perigoso, mas havia ignorado tudo isso, feliz por acreditar no meu suposto destino grandioso, vibrando ao pensar que era a mim que ele queria.

Por que você simplesmente não admite que queria pertencer a ele?, disse uma voz na minha cabeça. *Por que não admite que uma parte de você ainda quer?*

Afastei o pensamento. Tentei pensar no que o dia seguinte me traria, em qual seria a rota mais segura para o oeste. Tentei pensar em tudo, exceto na cor de nuvens de tempestade dos olhos dele.

EU ME PERMITI passar o dia seguinte e a noite viajando pelo Vy, misturando-me ao tráfego que ia e vinha no caminho para Os Alta. Mas sabia que Baghra não conseguiria enrolar por muito tempo, e as ruas principais eram muito arriscadas. Então, dali em diante, me mantive nas florestas e campos, usando trilhas de caçadores e fazendeiros. Ir a pé era uma caminhada lenta. Minhas pernas doíam e eu tinha bolhas nos dedos dos pés, mas me obriguei a continuar rumo a oeste, seguindo a trajetória do sol no céu.

À noite, baixei meu chapéu de pele para cobrir as orelhas e me encolhi, tremendo no meu casaco, ouvindo a barriga resmungar e fazendo mapas mentais, os mapas com os quais eu tinha trabalhado tanto tempo atrás no conforto da Tenda dos Documentos. Visualizei meu próprio progresso lento de Os Alta para Balakirev, contornando as pequenas aldeias de Chernitsyn, Kerskii e Polvost, e tentei não perder a esperança. Eu tinha um longo caminho até a Dobra, mas tudo que podia fazer era continuar andando e desejar que minha sorte perdurasse.

— Você ainda está viva — sussurrei para mim mesma no escuro. — Você ainda é livre.

De vez em quando, encontrava fazendeiros e outros viajantes. Eu vestia minhas luvas e colocava a mão na faca, para o caso de ter problemas, mas eles pouco me notavam. Eu estava constantemente com fome. Sempre tinha sido uma caçadora de araque, então sobrevivi dos suprimentos escassos que havia comprado em Balakirev, da água de córregos e de ovos ou maçãs ocasionais roubados de uma fazenda isolada.

Eu não tinha ideia do que o futuro me reservava ou do que esperava por mim no final dessa jornada fatigante; ainda assim, não me sentia infeliz. Eu tinha sido solitária a vida inteira, mas nunca estivera realmente sozinha, e isso não era tão assustador quanto eu imaginara.

No entanto, ao me deparar com uma pequena igreja caiada certa manhã, não resisti a entrar para ouvir o padre barbudo rezar a missa. Quando terminou, ele ofereceu orações para a congregação: pelo filho de uma mulher que tinha sido ferido em batalha, por uma criança que estava febril e pela saúde de Alina Starkov. Eu recuei.

— Que os Santos projetam a Conjuradora do Sol — entoou o padre —, ela que foi enviada para nos livrar dos males da Dobra das Sombras e reunificar esta nação.

Engoli em seco e saí rapidamente da igreja.

Eles rezam para você agora, pensei desolada. *Mas se o Darkling conseguir o que quer, eles amaldiçoarão o seu nome.* E talvez estejam certos.

Eu não estava abandonando Ravka e todas as pessoas que acreditavam em mim? Só o meu poder poderia destruir a Dobra e eu estava fugindo.

Balancei a cabeça. Eu não podia me dar ao luxo de pensar sobre isso agora. Era uma traidora e fugitiva. Só quando estivesse livre do Darkling eu poderia me preocupar com o futuro de Ravka.

Acelerei o ritmo na trilha para dentro dos bosques, perseguida colina acima pelo soar dos sinos da igreja.

Enquanto visualizava o mapa em minha mente, percebi que logo estaria em Ryevost, e isso significava tomar uma decisão sobre a melhor maneira de chegar à Dobra das Sombras. Eu poderia seguir a rota do rio ou ir direto para Petrazoi, as montanhas pedregosas que surgiam a noroeste. O rio seria mais fácil, mas isso significaria passar por áreas densamente povoadas. As montanhas eram uma rota mais direta, mas seria muito mais difícil atravessá-las.

Debati comigo mesma até chegar aos cruzamentos de Shura, então escolhi a rota montanhosa. Eu teria que parar em Ryevost antes de seguir para o sopé das montanhas. Ela era a maior das cidades ribeirinhas, e eu sabia que estava assumindo um risco, mas também sabia que não conseguiria sobreviver a Petrazoi sem conseguir mais comida e algum tipo de tenda ou saco de dormir.

Após tantos dias sozinha, o barulho e alvoroço das ruas e canais lotados de Ryevost me soaram estranhos. Mantive a cabeça abaixada e meu chapéu afundado, certa de que encontraria cartazes do meu rosto em cada poste e janela de loja.

Mas quanto mais eu adentrava a cidade, mais eu ia relaxando.

Talvez a notícia do meu sumiço não tivesse se espalhado tão longe ou tão rápido quanto eu imaginava.

Minha boca aguou com os cheiros de pão fresco e carneiro tostado, e eu me deliciei com uma maçã enquanto abastecia meus suprimentos de queijo duro e carne-seca.

Estava atando meu novo saco de dormir à mochila de viagem e me perguntando como lidaria com todo o peso extra ao subir a montanha, quando dobrei uma esquina e quase colidi com um grupo de soldados.

Meu coração bateu em um galope ao ver seus longos casacos cor de oliva e os rifles em suas costas. Quis me virar e correr na direção contrária, mas mantive a cabeça abaixada e me forcei a continuar andando no ritmo normal.

Depois de passar por eles, me arrisquei a olhar para trás. Eles não estavam olhando para mim de modo suspeito. Na verdade, não pareciam estar fazendo absolutamente nada. Conversavam e riam, um deles importunando uma garota que pendurava roupas.

Fui para uma rua lateral e esperei meus batimentos cardíacos voltarem ao normal. O que estava acontecendo? Eu tinha escapado do Pequeno Palácio havia bem mais de uma semana. O alarme já deveria ter soado. Eu tinha certeza de que o Darkling enviaria cavaleiros para cada regimento em cada cidade. Cada membro do Primeiro e do Segundo Exércitos deveria estar me procurando.

Quando saí de Ryevost, vi outros soldados. Alguns estavam de folga, outros de serviço, mas nenhum deles parecia procurar por mim. Eu não sabia o que isso significava. Perguntei-me se tinha que agradecer a Baghra. Talvez ela tivesse dado um jeito de convencer o Darkling de que eu tinha sido sequestrada ou morta por fjerdanos. Ou talvez ele só pensasse que eu já estava mais adiante a oeste. Decidi não abusar da sorte e me apressei em encontrar meu caminho para fora da cidade.

Isso levou mais tempo do que o esperado e só cheguei aos arredores da parte oeste de Ryevost bem depois do anoitecer. As ruas estavam escuras e vazias, exceto por algumas poucas tavernas de má reputação e um velho bêbado encostado em uma construção, cantando baixinho para si mesmo. Enquanto me apressava a passar por uma taverna barulhenta, uma porta foi aberta e um homem corpulento despencou na rua em uma explosão de luz e música.

Ele agarrou o meu casaco e me puxou para perto.

— E aí, gostosa? Você veio me manter aquecido?

Eu tentei me afastar.

— Você é forte para uma coisinha tão miúda. — Eu podia sentir o fedor de cerveja em seu hálito quente.

— Me solte — falei com a voz baixa.

— Não faça assim, *lapushka* — ele cantarolou. — Você e eu podemos nos divertir.

— Eu disse para me soltar! — E empurrei o peito dele.

— Nem pense nisso — ele cacarejou, me puxando para as sombras do beco ao lado da taverna. — Eu quero mostrar uma coisa pra você.

Sacudi meu pulso e senti o peso reconfortante do espelho deslizar entre meus dedos. Estiquei a mão e uma luz brilhou nos olhos dele em um único flash rápido.

Ele resmungou enquanto a luz o cegava, jogando as mãos para cima e me soltando. Fiz como Botkin tinha me instruído. Pisei com força no arco de seu pé e então enrosquei minha perna atrás do seu tornozelo. Suas pernas voaram debaixo dele, e ele acertou o chão com um estrondo.

Naquele momento, a porta lateral da taverna foi aberta.

Um soldado uniformizado surgiu, com uma garrafa de *kvas* em uma das mãos e uma mulher seminua segurada na outra. Com uma onda de medo, vi que ele vestia o uniforme cor de carvão da guarda do Darkling. Seu olhar embaçado registrou a cena: o homem no chão e eu de pé sobre ele.

— O que está acontecendo aqui? — ele nos repreendeu. A menina em seu braço deu uma risada abafada.

— Estou cego! — o homem no chão se lamentou. — Ela me cegou!

O oprichnik olhou para ele e então olhou para mim. Nossos olhares se encontraram, e em seu rosto transpareceu que ele havia me reconhecido. Minha sorte tinha acabado. Mesmo que ninguém mais estivesse procurando por mim, os guardas do Darkling estavam.

— Você... — ele sussurrou.

Eu corri.

Fugi por um beco e por um labirinto de ruas estreitas, o coração batendo forte no peito. Assim que deixei para trás as últimas construções desbotadas de Ryevost, arremessei-me para fora da estrada e entrei no mato. Galhos espetaram meu rosto e testa enquanto eu me enfiava mais fundo na floresta.

Atrás de mim, os sons da busca aumentaram: homens gritando uns com os outros, passos pesados pela mata. Eu queria correr cegamente, mas me obriguei a parar e ouvir.

Eles estavam a leste, procurando perto da estrada.

Eu não podia dizer quantos deles havia.

Acalmei minha respiração e percebi que podia ouvir água corrente. Devia haver um córrego por perto, um afluente do rio. Se conseguisse chegar à água, poderia esconder meus rastros e seria difícil para eles me encontrar na escuridão.

Segui na direção dos sons do córrego, parando de vez em quando para corrigir o rumo. Subi com dificuldade uma colina tão íngreme que eu precisei ir me puxando para cima usando os galhos e as raízes expostas das árvores.

— Aqui! — uma voz gritou abaixo de mim. Olhando por sobre meu ombro, vi luzes se movendo pela floresta em direção à base da colina. Eu subi mais alto me agarrando à terra que deslizava sob minhas mãos, cada respiração queimando meus pulmões. Quando cheguei ao topo, me arrastei sobre a borda e olhei para baixo. Senti uma onda de esperança quando vi a luz da lua brilhando sobre a superfície do córrego.

Deslizei para baixo pela colina íngreme, inclinando-me para trás para tentar manter o equilíbrio, me movendo tão rápido quanto me atrevia. Ouvi gritos e, quando olhei para trás, vi as silhuetas de meus perseguidores contra o céu noturno. Eles tinham alcançado o topo da colina.

O pânico me dominou e comecei a correr encosta abaixo, lançando uma barulhenta chuva de seixos pela colina rumo ao córrego. O ângulo era muito íngreme. Perdi o equilíbrio e caí para a frente, arranhando ambas as mãos quando acertei com força o solo. Incapaz de diminuir o impulso, fui arremessada colina abaixo e mergulhei na água congelante.

Por um momento, pensei que meu coração tinha parado. A água fria era como uma mão agarrando meu corpo com uma pegada gelada e impiedosa enquanto eu tombava na água. Então minha cabeça alcançou a superfície e ofeguei, inspirando o ar precioso antes que a corrente me puxasse de novo para baixo. Não sei quão longe a água me levou. Eu só conseguia pensar na minha próxima respiração e na dormência crescente dos meus membros.

Finalmente, quando pensei que não poderia mais lutar para voltar à superfície, a corrente me levou para uma piscina lenta e silenciosa.

Eu me agarrei a uma rocha e me impulsionei para a parte rasa, arrastando-me até ficar de pé, minhas botas escorregando nas pedras lisas do rio enquanto eu tropeçava sob o peso do meu casaco encharcado.

Não sei como consegui, mas entrei mais fundo na floresta e me enterrei sob uma moita densa de arbustos antes de desabar, tremendo de frio e ainda tossindo água do rio.

Esta era facilmente a pior noite da minha vida. Meu casaco estava totalmente encharcado. Meus pés estavam dormentes dentro das botas. Eu pulava por qualquer barulho, certa de que fora encontrada. Meu chapéu de pele, minha mochila cheia de comida e meu saco de dormir novo foram perdidos em algum lugar rio acima, então minha excursão desastrosa por Ryevost não servira para nada. Minha bolsa de dinheiro tinha sumido. Pelo menos minha faca continuava embainhada em segurança no meu quadril.

Em algum momento perto do amanhecer, permiti-me evocar uma pequena luz do sol para secar minhas botas e aquecer minhas mãos úmidas. Cochilei e sonhei com Baghra segurando minha própria faca contra a minha garganta, sua risada como um ruído seco no meu ouvido.

Acordei com o barulho do meu coração e os sons de movimento na mata ao meu redor. Tinha adormecido caída no pé de uma árvore, escondida (assim eu esperava) atrás da moita de arbustos. De onde estava sentada, não via ninguém, mas podia ouvir as vozes distantes. Eu hesitei, congelada no lugar, na dúvida do que fazer. Se me movesse, arriscava denunciar minha posição, mas se continuasse em silêncio, seria apenas uma questão de tempo antes de eles me encontrarem.

Meu coração começou a acelerar conforme os sons se aproximavam. Entre as folhas, vi um soldado barbudo e atarracado. Ele tinha um rifle nas mãos, mas eu sabia que não havia possibilidade de me matarem. Eu era valiosa demais. Isso me dava uma vantagem, se eu estivesse disposta a morrer.

Eles não irão me capturar. O pensamento me veio com uma certeza e clareza repentinas. *Eu não voltarei*.

Sacudi o pulso e um espelho deslizou na minha mão esquerda. Com a outra mão, puxei minha faca, sentindo o peso do metal Grisha na minha palma. Em silêncio, me agachei e aguardei, ouvindo. Estava assustada, mas surpresa em descobrir que uma parte de mim se sentia ansiosa.

Eu observava o soldado barbudo por entre as folhas, circulando perto até estar a apenas centímetros de mim. Eu podia ver uma gota de suor escorrendo de seu pescoço, a luz da manhã brilhando no cano de seu rifle e, por um momento, pensei que ele pudesse estar olhando diretamente para mim. Um chamado soou de dentro da floresta. O soldado gritou de volta. — *Nichyevoff!* — Nada. E então, para minha surpresa, ele se virou e se afastou.

Ouvi enquanto os sons diminuíam, as vozes ficando mais distantes, as pisadas mais fracas. Eu poderia ser tão sortuda?

Será que eles tinham, de alguma maneira, confundido a trilha de um animal ou de outro viajante com a minha? Ou era algum tipo de arapuca? Esperei, meu corpo tremendo até que tudo que pudesse ouvir fosse a calma relativa da floresta, o canto dos insetos e pássaros, o sussurro do vento nas árvores.

Por fim, deslizei o espelho de volta para dentro da luva e dei um profundo e trêmulo suspiro. Devolvi a faca à bainha e me ergui lentamente, saindo da minha posição agachada. Peguei meu casaco ainda úmido solto em um amontoado amassado no chão e congelei ao som inconfundível de um passo suave atrás de mim.

Eu girei sobre os calcanhares, o coração na boca, e vi uma figura parcialmente escondida por galhos, a poucos metros de mim. Tinha me concentrado tanto no soldado barbudo que não percebera que havia alguém atrás de mim. Em um instante, a faca estava de volta à minha mão, o espelho sendo erguido enquanto a silhueta emergia silenciosamente das árvores. Eu a encarei, certa de que só podia estar alucinando.

Maly.

Abri a boca para falar, mas ele colocou o dedo nos lábios em um alerta, seu olhar fixo no meu. Ele esperou um momento, ouvindo, então gesticulou para que eu o seguisse e se misturou de novo à floresta. Peguei meu casaco e corri atrás dele, fazendo o meu melhor para acompanhá-lo. Não era uma tarefa fácil. Ele se movia silenciosamente, deslizando como uma sombra pelos galhos, como se pudesse ver trilhas invisíveis aos olhos dos demais.

Ele me levou de volta ao córrego, até uma curva rasa por onde fomos capazes de cruzá-lo aos trancos. Eu me encolhi quando a água gelada invadiu novamente as minhas botas. Quando emergimos do outro lado, ele voltou para cobrir nossos rastros.

Eu estava cheia de perguntas, e minha mente continuava pulando de um pensamento para o outro. Como Maly tinha me encontrado?

Ele estava me rastreando junto com os outros soldados? O que significava ele estar me ajudando? Eu queria tocá-lo para ter certeza de que ele era real. Queria lançar meus braços ao redor dele em gratidão. Queria socá-lo no olho pelas coisas que tinha dito para mim naquela noite no Pequeno Palácio.

Nós caminhamos por horas em completo silêncio. De tempos em tempos, ele gesticulava para que parássemos e eu tinha que esperar ele desaparecer no mato para esconder os nossos rastros. Em algum ponto da tarde, começamos a escalar uma trilha rochosa. Eu não tinha certeza de para onde a correnteza me levara, mas tinha razoável noção de que ele estava me conduzindo a Petrazoi.

Cada passo era uma agonia. Minhas botas continuavam molhadas e novas bolhas se formavam nos meus calcanhares e dedos. Minha noite miserável na floresta tinha me deixado com uma dor de cabeça lancinante e eu estava tonta por falta de comida, mas não ia reclamar. Eu me mantive em silêncio enquanto ele me conduzia para o alto da montanha e, depois, para fora da trilha, escalando as rochas até minhas pernas tremerem de fadiga e minha garganta queimar de sede. Quando Maly finalmente parou, estávamos no alto da montanha, ocultos pelo afloramento maciço de rocha e alguns pinheiros esparsos.

— Aqui — disse ele, largando sua mochila. Ele desceu a passos firmes pela montanha e percebi que tentaria cobrir os vestígios do meu progresso desajeitado pelas pedras.

Grata, caí no chão e fechei os olhos. Meus pés latejavam, mas eu temia tirar as botas e nunca mais conseguir colocá-las de volta. Minha cabeça pendeu, mas eu não podia me deixar dormir. Não ainda. Tinha milhares de perguntas, mas apenas uma não poderia esperar até a manhã.

Estava começando a anoitecer quando Maly voltou, movendo-se silenciosamente pelo terreno. Ele se sentou na minha frente e puxou um cantil de sua mochila. Após dar um gole, deslizou a mão pela boca e passou a água para mim.

Eu dei um gole profundo.

— Com calma — disse ele. — Tem que durar para amanhã.

— Desculpe. — Eu devolvi o cantil para ele.

— Não podemos arriscar uma fogueira esta noite — disse ele, olhando para a escuridão crescente. — Talvez amanhã.

Eu assenti. Meu casaco tinha secado durante nossa caminhada pela montanha, embora as mangas ainda estivessem um pouco ensopadas. Eu me sentia desarrumada, suja e gelada. Acima de tudo, estava estupefata com o milagre sentado na minha frente. Mas isso teria que esperar. Estava com medo da resposta, mas tinha que perguntar.

— Maly. — Eu esperei que ele olhasse para mim. — Você encontrou o rebanho? Capturou o cervo de Morozova?

Ele bateu a mão no joelho.

— Por que isso é tão importante?

— É uma longa história. Eu preciso saber, ele conseguiu o cervo?

— Não.

— Mas eles estão perto?

Ele assentiu.

— Mas...

— Mas... o quê?

Maly hesitou. Nos restos da luz da tarde, eu vi brincando em seus lábios o fantasma do sorriso arrogante que eu conhecia tão bem.

— Não acho que eles irão encontrá-lo sem mim.

Ergui a sobrancelha.

— Porque você é o bonzão nisso?

— Não — disse ele, sério novamente. — Talvez. Não me leve a mal. Eles são bons rastreadores, os melhores do Primeiro Exército, mas... Você tem que ter um instinto para rastrear o rebanho. Eles não são animais comuns.

E você não é um rastreador comum, pensei sem dizer. Eu o observei, pensando no que o Darkling tinha dito uma vez sobre não entendermos os nossos dons. Será que havia algo no talento de Maly além de mera sorte ou prática? Ele certamente nunca tinha sofrido de falta de confiança, mas não acho que se tratasse de vaidade.

— Espero que você esteja certo — murmurei.

— Agora você responde uma pergunta minha — disse ele, e havia um tom áspero em sua voz. — Por que você fugiu?

Pela primeira vez, percebi que Maly não tinha ideia de por que eu havia fugido do Pequeno Palácio, por que o Darkling estava me procurando. Da última vez que o vira, basicamente tinha mandado que sumisse da minha frente, mas ainda assim ele tinha deixado tudo para trás e vindo atrás de mim. Ele merecia uma explicação, mas eu não fazia ideia de por onde começar.

Suspirei e esfreguei uma das mãos no rosto. No que eu tinha nos enfiado?

— Se eu dissesse que estou tentando salvar o mundo, você acreditaria em mim?

Ele me encarou, seus olhos fixos.

— Então isso não é algum tipo de briga de amantes na qual você se vira e volta correndo para ele?

— Não! — gritei em choque. — Não é isso, e nós não somos... — Fiquei sem palavras e tive que rir. — Quem dera fosse algo assim.

Maly ficou calado por um longo momento. Então, como se tivesse tomado algum tipo de decisão, ele disse:

— Tudo bem. — Ficou de pé, se alongou e pendurou seu rifle sobre o ombro. Então puxou uma coberta grossa de lã de sua mochila e a jogou para mim.

— Descanse um pouco — disse ele. — Eu cobrirei o primeiro turno. — Ele se virou de costas para mim, olhando a lua alta sobre o vale que tínhamos deixado para trás.

Eu me curvei sobre o chão duro, puxando a coberta apertada ao meu redor para me aquecer. Apesar do desconforto, minhas pálpebras estavam pesadas e eu podia sentir a exaustão me puxando para baixo.

— Maly — sussurrei no escuro.

— Quê?

— Obrigada por me encontrar.

Eu não sabia ao certo se estava sonhando, mas em algum lugar no escuro pensei tê-lo ouvido sussurrar:

— Sempre.

Então deixei o sono me levar.

Capítulo 17

MALY COBRIU OS DOIS TURNOS e me deixou dormir a noite inteira. De manhã, ele me passou uma tira de carne-seca e simplesmente disse:
— Fale.
Eu não sabia por onde começar, então comecei pela pior parte.
— O Darkling planeja usar a Dobra das Sombras como uma arma.
Maly nem mesmo piscou.
— De que maneira?
— Ele irá expandi-la, espalhá-la por Ravka e Fjerda e por qualquer lugar onde encontre resistência. Mas ele não pode fazer isso sem que eu mantenha os volcras afastados. Quanto você sabe sobre o cervo de Morozova?
— Não muito. Apenas que ele é valioso. — Ele olhou para o vale. — E que o destino dele é ser seu. Nós deveríamos localizar o rebanho e encurralar ou capturar o cervo, mas não o machucar.
Eu assenti e tentei explicar um pouco do que sabia sobre o modo como amplificadores funcionavam, como Ivan precisara matar o urso de Sherborn e Marie tivera que matar a foca do norte.
— Um Grisha tem que merecer um amplificador — concluí. — A mesma coisa vale para o cervo, mas o destino dele nunca foi ser meu.
— Vamos caminhar — disse Maly, abruptamente. — Você pode me contar o restante enquanto andamos. Eu quero nos levar mais para dentro das montanhas.
Ele enfiou a coberta em sua mochila e fez o seu melhor para esconder qualquer sinal de que tínhamos acampado ali. Em seguida, nos conduziu para uma trilha íngreme e rochosa. Seu arco estava preso à mochila, mas ele mantinha o rifle preparado.
Meus pés protestavam a cada passo, mas prossegui e me esforcei para contar o restante da história. Disse a ele tudo o que Baghra tinha

me contado, sobre a origem da Dobra, sobre a gargantilha que o Darkling pretendia confeccionar para que ele pudesse usar o meu poder, e finalmente sobre a embarcação me esperando em Os Kervo.

Quando terminei, Maly disse:

— Você não deveria ter dado ouvidos a Baghra.

— Como você pode dizer isso? — reclamei.

Ele se virou de repente e quase dei um encontrão nele.

— O que você acha que acontecerá se você chegar à Dobra? Se chegar àquela embarcação? Você acha que o poder dele acaba no litoral do Mar Real?

— Não, mas...

— É só uma questão de tempo antes de ele encontrar você e colocar o colar em volta do seu pescoço.

Ele se virou e marchou pela trilha, me deixando com cara de tacho atrás dele. Eu fiz minhas pernas se moverem e corri para alcançá-lo.

Talvez o plano de Baghra fosse ruim, mas que chance qualquer um de nós tinha? Eu me lembrei de como ela apertou meu pulso, feroz, do medo em seus olhos febris. Ela nunca imaginara que o Darkling pudesse realmente localizar o rebanho de Morozova. Na noite do festival de inverno, ela sentia um pânico genuíno, mas tentara me ajudar. Se fosse tão implacável quanto seu filho, poderia ter eliminado o risco e cortado a minha garganta em vez disso. *E talvez todos nós estivéssemos melhores*, pensei funestamente.

Caminhamos em silêncio por um longo tempo, nos movendo pelas montanhas em um lento zigue-zague. Em alguns lugares, as trilhas eram tão estreitas que eu não podia fazer muito além de me agarrar à montanha, dar pequenos passos vacilantes e esperar que os Santos fossem generosos. Perto do meio-dia, descemos a primeira encosta e começamos a segunda que, para meu desespero, era ainda mais íngreme e alta do que a anterior.

Encarei a trilha à minha frente, colocando um pé diante do outro, tentando espantar meu sentimento de desespero.

Quanto mais pensava sobre isso, mais eu me preocupava com que Maly estivesse certo. Eu não conseguia me livrar do sentimento de que tinha condenado a nós dois. O Darkling precisava de mim viva, mas o que ele poderia fazer com Maly? Eu estivera tão concentrada no meu próprio medo e futuro que não tinha pensado muito sobre o que Maly havia feito ou do que ele tinha decidido abrir mão. Ele nunca poderia voltar para o exército e seus amigos, nem voltar a ser um rastreador condecorado.

Pior ainda, ele era culpado de deserção, talvez traição, e a pena para isso era a morte.

Ao anoitecer, subimos tão alto que as poucas árvores dispersas tinham quase desaparecido, e a geada do inverno ainda estava no solo em alguns lugares. Comemos um jantar minguado de queijo duro e carne-seca fibrosa. Maly ainda não achava seguro armar uma fogueira, então nós nos amontoamos debaixo do cobertor em silêncio, tremendo com o vento uivante, nossos ombros mal se tocando.

Eu tinha quase cochilado quando Maly disse de repente:

— Vou levar a gente para o norte amanhã.

Meus olhos se abriram.

— Norte?

— Para Tsibeya.

— Você quer ir atrás do cervo? — indaguei, incrédula.

— Eu sei que consigo achá-lo.

— Se o Darkling já não o achou!

— Não — disse ele, e eu o senti sacudir a cabeça. — Ele ainda está lá fora. Eu posso sentir isso.

As palavras dele me lembraram vagamente do que o Darkling tinha dito no caminho para a cabana de Baghra. *O cervo foi destinado a você, Alina. Eu posso sentir isso.*

— E se o Darkling nos encontrar primeiro? — perguntei.

— Você não pode passar o resto da sua vida fugindo, Alina. Você disse que o cervo pode torná-la poderosa. Poderosa o suficiente para combatê-lo?

— Talvez.

— Então temos que fazer isso.

— Se ele nos capturar, ele matará você.

— Eu sei.

— Pelos Santos, Maly. Por que você veio atrás de mim? O que estava pensando?

Ele suspirou e passou uma das mãos por seu cabelo curto.

— Não pensei. Estávamos na metade do caminho para Tsibeya quando recebemos ordens de dar meia-volta e caçar você. Então foi o que eu fiz. A parte difícil foi levar os outros para longe de você, especialmente depois que você basicamente se apresentou em Ryevost.

— E agora você é um desertor!

— Sim.

— Por minha causa.

— Sim.

Minha garganta doeu com lágrimas não derramadas, mas evitei que minha voz tremesse.

— Eu não desejei que nada disso acontecesse.

— Não tenho medo de morrer, Alina — ele disse naquela voz fria e firme que parecia tão estranha para mim. — Mas eu gostaria de nos dar uma chance de lutar. Temos que ir atrás do cervo.

Eu pensei no que ele tinha dito por um longo tempo. Por fim, sussurrei:

— Certo.

Tudo que recebi de volta foi um ronco. Maly já havia adormecido.

NÓS MANTIVEMOS UM RITMO BRUTAL nos dias seguintes, mas meu orgulho, e talvez meu medo, não me permitiram pedir a ele que desacelerasse. Vimos uma cabra aqui e ali perambulando pelas encostas acima de nós e passamos uma noite acampados perto de um lago de montanha azul brilhante, mas esses eram raros intervalos na monotonia de rocha plúmbea e céu sombrio.

Os silêncios sombrios de Maly não ajudavam. Eu queria saber como ele tinha ido rastrear o cervo para o Darkling e como sua vida tinha sido nos últimos cinco meses, mas minhas perguntas foram rebatidas por respostas lacônicas e, às vezes, ele apenas me ignorava completamente. Quando estava me sentindo particularmente cansada ou faminta, olhava ressentida para as costas dele e pensava em lhe dar uma bela pancada na cabeça para atrair sua atenção. Na maior parte do tempo, eu só me preocupava. Eu me preocupava com que Maly se arrependesse da decisão de ter vindo atrás de mim. E com a impossibilidade de encontrar o cervo na vastidão de Tsibeya. Mas, acima de tudo, eu me preocupava com o que o Darkling poderia fazer a Maly se fôssemos capturados.

Quando finalmente começamos a descida a noroeste para sair de Petrazoi, eu estava animada em deixar para trás as montanhas estéreis e seus ventos frios. Meu coração comemorou quando descemos abaixo da linha das árvores e entramos em uma floresta acolhedora. Após dias me arrastando no chão duro, foi um prazer andar sobre camas macias de folhas de pinheiros, ouvir o farfalhar dos animais na vegetação rasteira e respirar o ar denso com o cheiro de seiva.

Acampamos perto de um riacho borbulhante e, quando Maly começou a recolher gravetos para o fogo, eu quase comecei a cantar. Evoquei um feixe de luz pequeno e concentrado para iniciar as chamas, mas Maly não pareceu particularmente impressionado. Ele desapareceu na floresta e trouxe de volta um coelho que limpamos e assamos para jantar. Ele me observou com uma expressão preocupada enquanto eu engolia minha parte e então suspirava, ainda com fome.

— Seria muito mais fácil alimentá-la se você não tivesse desenvolvido tanto apetite — ele resmungou, terminando a comida e alongando as costas, a cabeça repousada no braço.

Eu o ignorei. Estava aquecida pela primeira vez desde que deixara o Pequeno Palácio e nada poderia estragar aquela felicidade. Nem mesmo os roncos de Maly.

NÓS PRECISÁVAMOS REPOR nossos suprimentos antes de seguirmos mais ao norte em direção a Tsibeya, mas levamos mais um dia e meio para encontrar uma trilha de caça que nos levasse a uma das vilas que ficavam no lado noroeste de Petrazoi. Quanto mais nos aproximávamos da civilização, mais nervoso Maly ficava. Ele desaparecia por longos períodos, fazendo reconhecimento da área à frente, nos mantendo em um caminho paralelo à estrada principal da cidade. No início da tarde, apareceu vestindo um casaco marrom feioso e um chapéu marrom de pele de esquilo.

— Onde os encontrou? — perguntei.

— Eu os peguei em uma casa destrancada — disse ele, de um jeito culpado. — Mas deixei algumas moedas. Todavia, é estranho, as casas estão todas vazias. Eu também não vi ninguém na estrada.

— Talvez seja domingo — ponderei. Eu tinha perdido a noção dos dias desde que saíra do Pequeno Palácio. — Eles podem estar todos na igreja.

— Talvez — Maly admitiu. Mas ele pareceu inquieto enquanto enterrava seu velho casaco e chapéu do exército junto de uma árvore.

Estávamos a oitocentos metros da vila quando ouvimos os tambores. Eles ficaram mais altos conforme nos arrastamos para mais perto da estrada e logo ouvimos sinos e rabecas, aplausos e comemorações.

Maly subiu em uma árvore para ter uma visão melhor e, quando desceu, parte da preocupação tinha ido embora de seu rosto.

— Há pessoas por toda parte. Deve haver centenas caminhando pela estrada e eu posso ver o carrinho dos presentes.

— É Maslenitsa! — gritei.

Na semana antes da Quaresma, cada nobre devia passear a cavalo entre o povo em um carrinho de presentes, um carrinho carregado de doces, queijos e pães assados. O desfile devia percorrer todo o caminho da igreja da vila de volta à propriedade do nobre, onde os aposentos públicos seriam abertos para os camponeses e criados, que seriam alimentados com chá e *blini*.

As garotas locais vestiam sarafan vermelho e usavam flores no cabelo para celebrar a chegada da primavera.

A Maslenitsa tinha sido a melhor época no orfanato, quando as aulas eram encurtadas para que pudéssemos limpar a casa e ajudar a assar a comida. O Duque Keramsov sempre planejava seu retorno de Os Alta para coincidir com a festa. Todos nós andávamos no carrinho dos presentes, e ele parava em cada fazenda para beber *kvas* e distribuir bolos e doces. Sentados ao lado do Duque, acenávamos para os aldeões comemorando, e nos sentíamos quase como nobres.

— Podemos ir olhar, Maly? — perguntei ansiosa.

Ele franziu a testa, e eu sabia que sua cautela estava lutando com algumas de nossas lembranças mais felizes de Keramzin. Então um pequeno sorriso surgiu em seus lábios.

— Tudo bem. Certamente há pessoas o suficiente para nos misturarmos.

Nós nos juntamos à multidão que desfilava pela rua, andando com os rabequistas e percussionistas, as meninas segurando ramos amarrados com fitas brilhantes. Enquanto passávamos pela rua principal da vila, vimos lojistas de pé em suas portas tocando sinos e batendo palmas com os músicos.

Maly parou para comprar peles e estocar suprimentos, mas quando o vi enfiar uma cunha de queijo duro na mochila, coloquei a língua para fora, numa careta.

Eu não queria ver outro pedaço de queijo duro tão cedo.

Antes que Maly pudesse me proibir, corri para a multidão, serpenteando entre as pessoas que acompanhavam o carrinho de presentes. Nele, um homem de bochechas vermelhas sentado com uma garrafa de *kvas* em uma das mãos gorduchas balançava de um lado para outro, cantando e arremessando pães para os camponeses aglomerados ao redor do carrinho. Eu me estiquei e peguei uma rosquinha quente e dourada.

— Para você, menina bonita! — o homem gritou, praticamente caindo.

A rosquinha tinha um cheiro divino e eu agradeci, saltitando de volta para Maly e me sentindo muito satisfeita comigo mesma.

Ele agarrou meu braço e me puxou para baixo de uma passarela lamacenta entre duas casas. — O que você pensa que está fazendo?

— Ninguém me viu. Ele pensou que era só outra camponesa.

— Não podemos assumir riscos como esse.

— Então você não quer uma mordida?

Ele hesitou.

— Eu não disse isso.

— Eu ia oferecer uma mordida, mas já que você não quer, terei que comer a rosquinha inteira sozinha.

Maly tentou pegar a rosquinha, mas eu dancei para longe, me esquivando de suas mãos para a esquerda e para a direita. Pude ver a surpresa dele e adorei. Eu não era mais a garota desajeitada da qual ele se lembrava.

— Você é uma fedelha — ele rosnou e deu outro golpe.

— Ah, mas eu sou uma fedelha com uma rosquinha.

Não sei qual de nós dois ouviu primeiro, mas ambos paramos retesados, conscientes de repente de que tínhamos companhia.

Dois homens apareceram sorrateiramente atrás de nós vindos de um beco vazio.

Antes que Maly conseguisse se virar, um dos homens estava segurando uma faca suja na garganta dele, e o outro tinha coberto minha boca com sua mão imunda.

— Quietinha agora — disse o homem com a faca. — Ou abrirei a garganta dos dois. — Ele tinha o cabelo␣gorduroso e um rosto comicamente comprido.

Olhei para a lâmina no pescoço de Maly e assenti levemente. A mão do outro homem deslizou da minha boca, mas ele continuou a segurar firme o meu braço.

— Dinheiro — disse o Rosto Longo.

— Vocês estão nos roubando? — falei alto.

— Isso mesmo — sussurrou o homem me segurando e dando-me uma sacudidela.

Eu não me aguentei. Estava tão aliviada e surpresa por não estarmos sendo capturados que uma risadinha borbulhou de mim.

Os ladrões e Maly me olharam como se eu fosse louca.

— Ela é meio idiota, né? — perguntou o homem que me segurava.

— Sim — disse Maly, olhando para mim com olhos que claramente diziam "cale a boca". — Uma idiota.

— Dinheiro — insistiu Rosto Longo. — Agora.

Maly enfiou cuidadosamente a mão em seu casaco e puxou sua bolsa de moedas, passando-a para o Rosto Longo que resmungou e franziu o cenho ao constatar o peso leve.

— Só isso? O que tem na mochila?

— Não muito, algumas peles e comida — Maly respondeu.

— Mostre pra mim.

Bem devagar, Maly tirou a mochila das costas e abriu a parte de cima, permitindo que os ladrões vissem o conteúdo. Seu rifle, envolto por um cobertor de lã, estava claramente visível no topo.

— Ah — disse o Rosto Longo. — Esse aí é um belo rifle. Não é, Lev?

O homem que me prendia manteve sua mão grossa apertando meu pulso e pescou o rifle com a outra.

— Belo mesmo — ele resmungou. — E a mochila parece de uso militar. — Meu ânimo despencou.

— E daí? — perguntou o Rosto Longo.

— E daí que Rikov falou que tem um soldado desaparecido do posto avançado de Chernast. Ouvi dizer que ele foi para o sul e nunca mais voltou. Talvez a gente tenha capturado um desertor.

Rosto Longo analisou Maly, especulando, e eu sabia que ele já estava pensando na recompensa que o aguardava. Ele não tinha ideia.

— O que me diz, garoto? Você não estaria fugindo, estaria?

— A mochila é do meu irmão — disse Maly, sossegado.

— Talvez. E talvez a gente vá deixar o capitão em Chernast dar uma olhada nela e em você.

Maly deu de ombros.

— Boa. Eu ficaria feliz em avisá-lo de que você tentou nos roubar.

Lev não pareceu gostar da ideia.

— Vamos pegar só o dinheiro e ir embora.

— Não — disse Rosto Longo, ainda olhando Maly de soslaio. — Ou ele é um desertor ou tirou isso de algum outro soldado raso. De um jeito ou de outro, o capitão pagará um bom dinheiro para ouvir a história.

— E ela? — Lev me deu outra sacudidela.

— Ela não deve ser ninguém que preste se está viajando com um cara desses. Talvez ela também seja uma fugitiva. E se não for, servirá para um pouco de diversão. Não é, docinho?

— Não toque nela — Maly disparou, avançando.

Com um movimento rápido, Rosto Longo bateu com força com o punho de sua faca na cabeça de Maly. Maly cambaleou, um joelho se dobrando, sangue escorrendo de sua têmpora.

— Não! — gritei. O homem tampou minha boca de novo com a mão e soltou meu braço. Era tudo de que eu precisava. Sacudi o pulso e o espelho deslizou entre os meus dedos.

Rosto Longo estava de pé sobre Maly, a faca em sua mão.

— Talvez o capitão pague por ele vivo ou morto.

Ele avançou. Eu virei o espelho e a luz brilhante acertou os olhos de Rosto Longo. Ele hesitou, erguendo a mão para bloquear o brilho. Maly aproveitou a oportunidade; ficou de pé de repente e agarrou Rosto Longo, jogando-o com força na parede.

Lev afrouxou a pegada para levantar o rifle de Maly, mas eu girei sobre ele e ergui o espelho, cegando-o.

— Mas que?... — ele grunhiu, apertando os olhos. Antes que pudesse se recuperar, bati com um joelho na sua virilha. Quando ele se dobrou, coloquei as mãos na sua nuca e levantei o joelho com tudo. Houve um barulho repugnante e eu me afastei, enquanto ele caía no chão segurando o nariz, sangue jorrando entre os dedos.

— Consegui! — gritei. Ah, se Botkin pudesse me ver agora.

— Venha! — disse Maly, distraindo-me de minha comemoração. Eu me virei e vi Rosto Longo deitado inconsciente na sujeira.

Maly pegou sua mochila e correu na direção da saída oposta da aleia, longe do barulho do desfile. Lev estava gemendo, mas ainda apertava o gatilho do rifle. Eu dei um belo chute forte no estômago dele e corri atrás de Maly.

Nós passamos direto por lojas e casas vazias e atravessamos de volta à estrada principal lamacenta, então mergulhamos na floresta e na segurança das árvores. Maly assumiu um ritmo furioso, nos levando por um pequeno riacho e então sobre uma serra, e mais e mais adiante pelo que pareceram quilômetros. Pessoalmente, eu não achava que os ladrões estivessem em condição alguma de nos caçar, mas também estava sem fôlego para argumentar. Finalmente, Maly diminuiu o ritmo e parou, se dobrando, mãos no joelho, sua respiração ofegante.

Eu me joguei no chão, o coração batendo contra as minhas costelas, e caí de costas. Deitei lá com o sangue pulsando em meus ouvidos, absorvendo a luz da tarde filtrada pela copa das árvores, e tentando recuperar o fôlego. Quando senti que podia falar, me apoiei sobre os cotovelos e indaguei:

— Você está bem?

Maly tocou a ferida na cabeça com cautela. Tinha parado de sangrar, mas ele fez uma careta.

— Estou bem.

— Você acha que eles dirão alguma coisa?

— É claro. Eles tentarão ganhar algum dinheiro com a informação.

— Pelos Santos — praguejei.

— Não há nada que possamos fazer sobre isso agora. — Então, para minha surpresa, ele abriu um sorriso. — Onde aprendeu a lutar daquele jeito?

— Treinamento Grisha — sussurrei dramaticamente. — Os antigos segredos do chute na virilha.

— O que quer que funcione.

Eu ri.

— É isto que Botkin sempre diz. "Sem exibicionismo, apenas provoque dor" — eu disse, imitando o sotaque pesado do mercenário.

— Sujeito esperto.

— O Darkling não acha que os Grishas devem depender de seus poderes para se defender. — Eu me arrependi imediatamente de falar isso. O sorriso de Maly desapareceu.

— Outro sujeito esperto — disse ele, friamente, olhando para a floresta. Após um minuto, falou: — Agora ele saberá que você não seguiu direto para a Dobra. Ele saberá que estamos caçando o cervo. — Maly se sentou pesadamente atrás de mim, com uma expressão sombria.

Nós tínhamos pouquíssimas vantagens nessa luta e agora havíamos perdido uma delas.

— Eu não devia ter levado a gente para a cidade — disse ele, friamente.

Dei um soco de leve no braço dele.

— Nós não tínhamos como saber que alguém tentaria nos roubar. Quero dizer, qual de nós é tão pé-frio?

— Foi um risco estúpido. Eu devia ter sido mais cauteloso. — Ele pegou um ramo no solo da floresta e o arremessou com raiva.

— Eu ainda tenho a rosquinha — falei meio desajeitada, puxando do meu bolso o pedaço amassado e embrulhado em retalhos. Tinha sido assada na forma de um pássaro para celebrar as revoadas da primavera, mas agora parecia mais uma meia enrolada.

Maly soltou a cabeça, cobrindo-a com as mãos, os cotovelos descansando nos joelhos. Seus ombros começaram a tremer e, por um terrível momento, pensei que ele poderia estar chorando, mas então percebi que ria silenciosamente. Seu corpo inteiro endureceu, sua respiração vindo em soluços, lágrimas começando a vazar de seus olhos.

— É melhor que seja uma puta de uma rosquinha — ele arfou.

Eu olhei para ele por um segundo, com medo de que tivesse ficado completamente louco, e então comecei a rir também. Cobri minha boca com a mão para abafar o som, o que só me fez rir ainda mais forte. Era como se toda a tensão e o medo dos últimos dias tivessem passado dos nossos limites.

Maly colocou um dedo nos lábios, fez um "shhhh!" exagerado e entrou em colapso com uma nova onda de risadas.

— Acho que você quebrou o nariz daquele cara — ele bufou.

— Isso não é legal. Eu não sou legal.

— Não, você não é — ele concordou e então estávamos rindo de novo.

— Você se lembra de quando o filho daquele fazendeiro quebrou o seu nariz em Keramzin? — falei entre espasmos. — Você não contou a ninguém, e depois manchou a toalha de mesa favorita da Ana Kuya de sangue?

— Você está inventando isso.

— Não estou!

— Sim, está! Você quebra narizes e mente.

Rimos até não poder mais respirar, até nossos flancos doerem e nossas cabeças girarem. Eu não podia me lembrar da última vez que tinha rido daquele jeito.

Nós realmente comemos a rosquinha. Havia pó misturado com açúcar e ela tinha o mesmo gosto dos pães doces que comíamos quando crianças.

Quando terminamos, Maly disse:

— Foi uma rosquinha e tanto — e explodimos em outro surto de risadas.

No fim, ele suspirou e se levantou, oferecendo a mão para me ajudar.

Caminhamos até anoitecer e então armamos acampamento nas ruínas de uma casa de campo. Dado o susto recente, achamos que não deveríamos arriscar uma fogueira naquela noite, então comemos os suprimentos que pegamos na vila. Enquanto mastigávamos a carne-seca e aquele queijo duro miserável, ele perguntou sobre Botkin e os outros professores do Pequeno Palácio. Eu não percebi quanto estava ansiosa para compartilhar as minhas histórias com ele até começar a falar. Ele não riu tão facilmente como antes. Mas quando aconteceu, parte daquela frieza sombria o abandonou e ele pareceu um pouco mais com o Maly que eu conhecia. Aquilo me deu esperança de que ele não estivesse perdido para sempre.

Quando chegou a hora de dormir, Maly caminhou pelo perímetro do acampamento, certificando-se de que estávamos seguros enquanto eu reempacotava a comida. Havia bastante espaço na mochila agora que tínhamos perdido o rifle de Maly e a coberta de lã. Eu estava grata por ele ainda ter seu arco.

Apertei o chapéu de pele de esquilo na minha cabeça e deixei Maly usar a mochila como travesseiro. Então, puxei meu casaco em volta de mim e me aconcheguei embaixo das novas peles. Estava cochilando quando ouvi Maly voltar e se acomodar ao meu lado, suas costas pressionadas confortavelmente contra as minhas.

Enquanto mergulhava no sono, senti como se ainda pudesse provar o açúcar da rosquinha na minha língua, sentir o prazer do riso rolando através de mim. Nós tínhamos sido roubados. Quase mortos. Estávamos sendo caçados pelo homem mais poderoso de Ravka. Mas éramos amigos de novo e o sono veio mais facilmente do que viera em um longo tempo.

Em algum ponto durante a noite, acordei com o ronco de Maly. Eu o acertei nas costas com o cotovelo. Ele rolou para o lado, murmurou algo dormindo, e jogou o braço por cima de mim. Um minuto depois, começou a roncar de novo, mas dessa vez eu não o acordei.

Capítulo 18

NÓS AINDA VÍAMOS brotos de gramíneas frescas e até algumas flores silvestres, mas havia menos sinais da primavera enquanto caminhávamos para o norte rumo a Tsibeya e às terras selvagens onde Maly acreditava que encontraríamos o cervo. Os pinheiros densos deram lugar a florestas esparsas de bétula e então a longos trechos de terra de pastagem.

Embora Maly se arrependesse de nossa viagem para a vila, logo admitimos que ela fora necessária. As noites ficaram mais frias enquanto viajávamos para o norte, e as fogueiras não eram mais uma opção conforme nos aproximávamos do posto avançado de Chernast. Também não queríamos perder tempo caçando ou capturando comida com armadilhas todos os dias, então dependíamos de nossos suprimentos e os víamos diminuir de forma preocupante.

Algo entre nós parecia ter descongelado e, em vez do silêncio sepulcral de Petrazoi, conversávamos enquanto andávamos. Ele parecia curioso de ouvir sobre a minha vida no Pequeno Palácio, os modos estranhos da corte e até mesmo teoria Grisha.

Não pareceu nem um pouco chocado de ouvir sobre o desprezo que a maioria dos Grishas nutria pelo Rei. Pelo visto, os rastreadores vinham reclamando cada vez mais entre eles da incompetência real.

— Os fjerdanos têm um rifle de recarga traseira que pode atirar vinte e oito vezes por minuto. Nossos soldados deveriam tê-lo, também. Se o Rei se desse ao trabalho de se interessar pelo Primeiro Exército, não seríamos tão dependentes dos Grishas. Mas isso nunca acontecerá — ele me disse. Então murmurou: — Todos nós sabemos quem comanda o país.

Eu não disse nada. Tentava evitar falar sobre o Darkling o máximo possível.

Quando perguntava sobre o tempo que Maly tinha passado rastreando o cervo, ele sempre encontrava um jeito de trazer a conversa de volta para mim. Eu não o pressionei. Eu sabia que a unidade de Maly tinha cruzado a fronteira para Fjerda. Suspeitava que eles tivessem precisado lutar para sair de lá e por isso Maly tivesse adquirido a cicatriz na mandíbula, mas ele se recusava a dizer algo mais.

Enquanto passávamos por um grupo de salgueiros ressecados, a geada esmagada sob nossas botas, Maly apontou um ninho de gaviões e eu me peguei desejando que pudéssemos continuar caminhando para sempre. Por mais que ansiasse por uma refeição e uma cama quentes, tinha medo do que o fim da nossa jornada nos traria. E se nós encontrássemos o cervo e eu reivindicasse os chifres? Como um amplificador tão poderoso me mudaria? Ele seria suficiente para nos libertar do Darkling? Se pelo menos pudéssemos continuar assim, caminhando lado a lado, dormindo encolhidos sob as estrelas. Talvez aquelas planícies vazias e aqueles bosques tranquilos pudessem nos abrigar da mesma forma que tinham abrigado o cervo de Morozova e nos manter protegidos do homem que nos procurava.

Esses eram pensamentos tolos. Tsibeya era um lugar inóspito, um mundo selvagem e vazio de invernos rigorosos e verões desgastantes. E nós não éramos criaturas antigas e estranhas que perambulavam pelo mundo no crepúsculo. Éramos apenas Maly e Alina, e não poderíamos ficar à frente de nossos perseguidores para sempre. Um pensamento sombrio que passava pela minha mente há dias finalmente havia se estabelecido. Eu suspirei, ciente de que tinha deixado de falar com Maly sobre esse problema por tempo demais. Era uma irresponsabilidade e, considerando quanto nós dois tínhamos nos arriscado, eu não podia deixar isso continuar.

Naquela noite, Maly estava quase dormindo, sua respiração profunda, mesmo antes de eu reunir coragem de falar.

— Maly — comecei. No mesmo instante, ele despertou, tensão percorrendo o seu corpo, enquanto se sentava e procurava a faca.

— Não — eu disse, repousando a mão em seu braço. — Está tudo bem. Mas preciso falar com você.

— Agora? — ele resmungou, caindo para trás e passando seu braço em volta de mim.

Suspirei. Eu só queria deitar lá no escuro, ouvindo o sussurro do vento na grama, aquecida nessa sensação de segurança, mesmo que ilusória. Mas sabia que não podia.

— Eu preciso que você faça algo por mim.

Ele bufou.

— Você quer dizer, algo além de desertar do exército, escalar montanhas e congelar minha bunda no chão frio toda noite?

— Sim.

— Hunf — ele resmungou evasivo, sua respiração já voltando ao ritmo profundo e constante do sono.

— Maly — falei claramente —, se não conseguirmos, se eles nos pegarem antes de encontrarmos o cervo, você não pode deixar que ele me capture.

Ele ficou completamente imóvel. Eu de fato conseguia ouvir seu coração batendo. Ficou quieto por tanto tempo que comecei a pensar que ele tinha caído de novo no sono.

Então ele disse:

— Você não pode me pedir isso.

— Eu tenho que pedir.

Ele se sentou, me afastando dele, esfregando uma das mãos no rosto. Eu me sentei também, apertando mais as peles ao redor dos ombros, observando-o na luz da lua.

— Não.

— Você não pode só dizer não, Maly.

— Você perguntou, eu respondi. Não.

Ele ficou de pé e se afastou alguns passos.

— Se ele colocar aquele colar em mim, você sabe o que isso significará, quantas pessoas morrerão por minha causa. Eu não posso deixar isso acontecer. Não posso ser responsável por isso.

— Não.

— Você tem que saber que essa é uma possibilidade quando chegarmos ao norte, Maly.

Ele se virou e voltou rapidamente, se agachando na minha frente para que pudesse olhar nos meus olhos.

— Eu não vou matar você, Alina.

— Talvez você precise.

— Não — ele repetiu, sacudindo a cabeça, desviando os olhos de mim. — Não, não e não.

Segurei seu rosto em minhas mãos geladas, virando sua cabeça de volta até ele precisar encarar o meu olhar.

— Sim.

— Não posso, Alina. Eu não posso.

— Maly, naquela noite no Pequeno Palácio, você disse que eu pertencia ao Darkling.

Ele se retraiu de leve.

— Eu estava com raiva. Eu não quis dizer...

— Se ele conseguir aquele colar, eu realmente pertencerei a ele. Completamente. E ele me transformará em um monstro. Por favor, Maly. Eu preciso saber que você não deixará isso acontecer comigo.

— Como você pode me pedir para fazer isso?

— A quem mais eu pediria?

Ele olhou para mim, seus olhos cheios de desespero, raiva e algo mais que eu não conseguia interpretar. Finalmente, ele assentiu uma vez.

— Me prometa, Maly. — Sua boca formou uma linha sombria, e um músculo tremeu em sua mandíbula. Eu odiava ter de fazer isso com ele, mas precisava ter certeza. — Me prometa.

— Eu prometo — disse ele, rouco.

Dei um longo suspiro, sentindo uma onda de alívio passar por mim. Em seguida, me inclinei para a frente, encostando minha testa na dele, fechando meus olhos.

— Obrigada.

Nós ficamos assim por um longo momento, então ele se inclinou de volta. Quando abri os olhos, ele estava olhando para mim. Seu rosto estava a centímetros do meu, perto o suficiente para eu sentir sua respiração quente. Passei as mãos em suas bochechas de barba cerrada, de repente consciente de quão próximos estávamos. Ele olhou para mim um momento, então ficou de pé abruptamente e caminhou para o escuro.

Fiquei acordada por um longo tempo, gelada e miserável, encarando a noite. Sabia que ele estava lá fora, se movendo silenciosamente pela grama fresca, carregando o peso do fardo que eu tinha colocado sobre ele. Eu sentia muito, mas estava feliz de finalmente ter feito isso. Queria esperá-lo voltar, mas finalmente caí no sono, sozinha sob as estrelas.

NÓS PASSAMOS OS DIAS SEGUINTES em áreas perto de Chernast, percorrendo quilômetros de terreno atrás de sinais do cervo de Morozova, chegando tão perto do posto avançado quanto ousávamos. A cada dia que passava, o humor de Maly ficava mais sombrio. Ele mal comia e se revirava enquanto dormia. Às vezes, eu acordava com ele se debatendo embaixo das peles e murmurando:

— Onde está você? Onde está você?

Ele viu sinais de outras pessoas – galhos quebrados, pedras fora do lugar, padrões invisíveis para mim até ele apontá-los –, mas nenhum sinal do cervo.

Então, uma manhã, Maly me acordou antes de amanhecer.

— Levante-se — disse ele. — Eles estão perto, posso senti-los. — Ele já havia puxado as peles de cima de mim e as enfiado de volta na mochila.

— Ei! — reclamei, meio dormindo, tentando puxar as cobertas de volta, sem sucesso. — E o café da manhã?

Ele me passou um pedaço duro de biscoito.

— Coma e ande. Quero tentar as trilhas a oeste hoje. Tenho um pressentimento.

— Mas ontem você pensou que deveríamos seguir para o leste.

— Isso foi ontem — disse ele, já colocando a mochila nos ombros e caminhando a passos largos na grama alta. — Continue andando. Precisamos encontrar aquele cervo para que eu não tenha que cortar sua cabeça fora.

— Eu nunca disse que você teria que cortar minha cabeça fora — resmunguei, esfregando o sono de meus olhos e cambaleando atrás dele.

— Atravessá-la com uma espada, então? Pelotão de fuzilamento?

— Estava pensando em algo mais tranquilo, como talvez um bom veneno.

— Você só falou que eu tinha de matá-la. Não disse como.

Eu mostrei a língua com ele de costas, mas estava feliz de vê-lo tão animado, e achava que era uma boa coisa podermos fazer piada sobre tudo. Pelo menos, eu esperava que fosse piada.

As trilhas a oeste nos levaram por bosques de lariços achatados e por prados cheios de erva de salgueiro e líquen vermelho. Maly se movia com convicção, seu passo leve como sempre.

O ar estava frio e úmido e, algumas vezes, eu o peguei olhando nervosamente para o céu nublado, mas ele seguiu em frente. No fim da tarde, chegamos a uma colina baixa que descia suavemente até um planalto amplo coberto de grama pálida. Maly andou ao longo do topo da encosta, indo para o oeste e depois para o leste. Ele desceu a colina, depois subiu, e desceu de novo até eu pensar que iria gritar. Por fim, ele nos levou para o lado sota-vento de um grande aglomerado de pedregulhos, tirou a mochila das costas e disse:

— Aqui.

Sacudi a pele no chão frio e sentei para esperar, observando o ritmo inquieto de Maly indo para lá e para cá. Finalmente, ele se sentou ao meu lado, seus olhos treinados no planalto, uma mão repousando levemente sobre o arco. Eu sabia que ele os estava imaginando lá, visualizando o rebanho surgir no horizonte, corpos brancos cintilando no anoitecer brilhante, a respiração soltando vapor no frio. Talvez estivesse desejando que aparecessem.

Esse parecia o lugar certo para o cervo – fresco com grama nova e pontuado por minúsculos lagos azuis que brilhavam como moedas no sol que se punha.

O sol desapareceu e nós vimos o planalto ficar azul no crepúsculo. Esperamos, ouvimos o som de nossa própria respiração e o lamento do vento pela vastidão de Tsibeya. Mas enquanto a luz desaparecia, o planalto continuava vazio.

A lua nasceu, coberta pelas nuvens. Maly não se moveu.

Ele continuou sentado como uma pedra, olhando para a extensão do planalto, seus olhos azuis distantes. Puxei a outra pele da mochila e a enrolei em torno dos ombros dele e dos meus. Ali, abrigados pela rocha, estávamos protegidos do pior do vento, mas ela não era um abrigo lá muito bom.

Então, ele suspirou profundamente e olhou de soslaio para o céu noturno.

— Vai nevar. Eu devia ter nos levado para a floresta, mas pensei... — Ele balançou a cabeça. — Eu tinha certeza.

— Tudo bem — eu disse, inclinando a cabeça em seu ombro. — Talvez amanhã.

— Nossos suprimentos não durarão para sempre, e cada dia que estamos aqui é outra chance de nos capturarem.

— Amanhã — eu disse, novamente.

— Não sabemos se ele já encontrou o rebanho. Se ele matou o cervo e agora está apenas nos caçando.

— Não acredito nisso.

Maly não disse nada. Puxei a pele mais para cima e deixei o mínimo possível de luz brotar da minha mão.

— O que você está fazendo?

— Estou com frio.

— Não é seguro — disse ele, puxando a pele mais para cima a fim de esconder a luz que brilhava quente e dourada em seu rosto.

— Não encontramos outra vivalma há mais de uma semana. E ficar escondidos não irá nos fazer tão bem se congelarmos até morrer.

Ele franziu a testa, mas, um momento depois, estendeu a mão, deixando os dedos brincarem na luz, e comentou:

— Isso é realmente impressionante.

— Obrigada — disse eu, sorrindo.

— Mikhael morreu.

A luz crepitou na minha mão.

— Quê?

— Ele está morto. Foi assassinado em Fjerda. Dubrov também.

Eu fiquei em choque, congelada. Nunca havia gostado de Mikhael nem de Dubrov, mas nada disso importava agora.

— Eu não percebi... — Hesitei. — Como isso aconteceu?

Por um momento, não soube se ele responderia ou mesmo se eu deveria ter perguntado. Ele mirou a luz que ainda brilhava na minha mão, seus pensamentos muito distantes.

— Estávamos bem para o norte, perto do permafrost, muito além do posto avançado de Chernast — contou ele, calmamente. — Tínhamos caçado o cervo por quase todo o caminho até Fjerda. O capitão veio com a ideia de que alguns de nós deveriam cruzar a fronteira disfarçados de fjerdanos e continuar a rastrear o rebanho. Isso foi estúpido, ridículo, na verdade. Mesmo se conseguíssemos passar escondidos pela área fronteiriça, o que faríamos depois de capturarmos o rebanho? Tínhamos ordens de não matar o cervo, então precisávamos capturá-lo e depois, de alguma forma, trazê-lo de volta para Ravka pela fronteira. Foi insano.

Eu assenti. Soava mesmo como loucura.

— Então, naquela noite, Mikhael, Dubrov e eu rimos sobre o assunto, conversamos sobre como essa seria uma missão suicida e sobre o capitão ser um completo idiota, e brindamos aos pobres coitados que acabaram ficando com a tarefa. E na manhã seguinte eu me apresentei como voluntário.

— Por quê? — indaguei, espantada.

Maly ficou em silêncio outra vez. Finalmente, ele falou:

— Você salvou a minha vida na Dobra das Sombras, Alina.

— E você salvou a minha — retruquei, incerta do que aquilo tinha a ver com a missão suicida em Fjerda. Mas Maly não pareceu me ouvir.

— Você salvou a minha vida e depois, na tenda Grisha, quando eles levaram você embora, eu não fiz nada. Só fiquei lá em pé e deixei que levassem você.

— E o que você poderia ter feito, Maly?

— Algo. Qualquer coisa.

— Maly...

Ele passou a mão pelo cabelo, frustrado.

— Eu sei que não faz sentido. Mas foi como me senti. Eu não conseguia comer. Não conseguia dormir. Só continuava vendo você ir embora, vendo você desaparecer.

Eu pensei em todas as noites em que tinha ficado acordada no Pequeno Palácio, me lembrando do meu último vislumbre do rosto de Maly desaparecendo na multidão enquanto os guardas do Darkling me levavam embora, me perguntando se voltaria a vê-lo. Eu tinha sentido uma falta terrível dele, mas nunca acreditei de verdade que Maly pudesse ter sentido a minha da mesma maneira.

— Eu sabia que estávamos caçando o cervo para o Darkling — Maly continuou. — Eu pensei... Eu tinha essa ideia de que se encontrasse o cervo, poderia ajudá-la. Poderia ajudar a consertar as coisas. — Ele olhou para mim e ambos percebemos quanto ele estivera errado. — Mikhael não sabia de nada disso. Mas ele era meu amigo, então, como um idiota, ele se apresentou também. E depois, é claro, Dubrov teve que se inscrever. Eu disse a eles que não, mas Mikhael apenas riu e disse que não me deixaria ficar com toda a glória.

— O que aconteceu?

— Nove dos nossos cruzaram a fronteira, seis soldados e três rastreadores. Apenas dois voltaram.

Suas palavras pairaram no ar, frias e fatais. Sete homens mortos na busca do cervo. E quantos outros mais que eu desconhecia? Mas assim que pensei nisso, uma ideia perturbadora invadiu minha mente: quantas vidas o poder do cervo poderia salvar? Maly e eu éramos refugiados, nascidos durante as guerras que tinham devastado as fronteiras de Ravka por tanto tempo. E se o Darkling e o terrível poder da Dobra das Sombras pudessem parar tudo isso? Pudessem silenciar os inimigos de Ravka e nos deixar seguros para sempre?

Não apenas os inimigos de Ravka, eu me lembrei. *Qualquer um que se levantasse contra o Darkling, qualquer um que ousasse se opor a ele.*

O Darkling transformaria o mundo num deserto antes de abdicar de um pouco de poder.

Maly esfregou a mão no rosto cansado.

— Era tudo ou nada, de qualquer modo. O cervo cruzou de volta para Ravka quando o clima mudou. Nós poderíamos ter apenas esperado o cervo vir até nós.

Eu olhei para Maly, para seus olhos distantes e a estrutura rígida de sua mandíbula marcada. Ele não parecia em nada com o menino que eu tinha conhecido.

Ele tinha tentado me ajudar quando fora atrás do cervo. Isso significava que eu era parcialmente responsável pela mudança nele, e partiu o meu coração pensar nisso.

— Desculpe, Maly. Sinto demais.

— Não é sua culpa, Alina. Eu fiz minhas próprias escolhas. Mas essas escolhas mataram os meus amigos.

Eu queria jogar meus braços ao redor dele e abraçá-lo apertado. Mas não podia, não com esse novo Maly. Talvez também não pudesse com o antigo, admiti. Não éramos mais crianças. A nossa proximidade fácil era coisa do passado. Eu me estiquei e repousei a mão em seu braço.

— Se não é minha culpa, então também não é sua, Maly. Mikhael e Dubrov fizeram suas próprias escolhas também. Mikhael queria ser um bom amigo para você. E você não sabe se ele tinha seus próprios motivos para querer rastrear o cervo. Ele não era uma criança e não gostaria de ser lembrado como uma.

Maly não olhou para mim, mas, após um momento, colocou sua mão sobre a minha. Ainda estávamos sentados daquela maneira quando os primeiros flocos de neve começaram a cair.

Capítulo 19

MINHA LUZ NOS MANTEVE aquecidos durante a noite no abrigo da rocha. Algumas vezes eu cochilava e Maly tinha que me cutucar para que eu acordasse e pudesse puxar o sol através dos trechos escuros e sem estrelas de Tsibeya, de modo a nos aquecer debaixo das peles.

Quando levantamos na manhã seguinte, o sol brilhava forte sobre um mundo coberto de branco. Tão ao norte, a neve era comum na primavera, mas ficava difícil não achar que o clima era apenas outra parte de nossa má sorte.

Maly deu uma olhada na expansão imaculada do prado e sacudiu a cabeça, aborrecido. Não precisei perguntar no que ele estava pensando. Se o rebanho tinha estado por perto, qualquer sinal que pudessem ter deixado fora coberto pela neve.

Mas nós deixaríamos um monte de rastros para quem quisesse nos seguir.

Sem uma palavra, sacudimos as peles e as guardamos. Maly prendeu seu arco na mochila e começamos a andar pelo planalto. Foi uma caminhada lenta. Maly fez o possível para disfarçar nossas trilhas, mas claramente estávamos com um sério problema.

Eu sabia que Maly se culpava por não ser capaz de encontrar o cervo, mas eu não sabia como consertar isso. Tsibeya pareceu, de alguma maneira, maior do que no dia anterior. Ou talvez eu é que me sentisse menor.

Por fim, a pradaria deu lugar a bosques de bétulas finas e densos aglomerados de pinheiros, seus galhos carregados de neve. O ritmo de Maly diminuiu. Ele parecia exausto, olheiras se acumulando abaixo de seus olhos azuis. Em um impulso, dei minha mão enluvada à dele. Pensei que poderia me afastar, mas, em vez disso, ele apertou meus dedos. Nós caminhamos dessa maneira, de mãos dadas pelo fim da tarde, os ramos dos pinheiros agrupados em um dossel acima de nós enquanto nos movíamos mais para dentro, no coração escuro da floresta.

Perto do pôr do sol, saímos das árvores para uma clareira pequena onde a neve repousava pesada, em montes perfeitos que brilhavam na luz tênue. Caminhamos em silêncio, nossos passos abafados pela neve. Já era tarde. Eu sabia que deveríamos estar armando acampamento, encontrando abrigo. Em vez disso, permanecemos lá em silêncio, de mãos dadas, vendo o dia desaparecer.

— Alina? — disse ele, calmamente. — Desculpe. Pelo que eu disse naquela noite no Pequeno Palácio.

Olhei para ele, surpresa. De alguma maneira, aquilo parecia ter acontecido muito tempo atrás.

— Me desculpe também — falei.

— E me desculpe por tudo mais.

Eu apertei a mão dele.

— Eu sabia que não tínhamos muita chance de encontrar o cervo.

— Não — disse ele, olhando para longe. — Não, não por isso. Eu... Quando vim atrás de você, pensei que estava fazendo isso por você ter salvado a minha vida, porque eu lhe devia algo.

Meu coração deu uma leve guinada. A ideia de que Maly tinha vindo atrás de mim para me pagar algum tipo de dívida imaginária foi mais dolorosa do que eu esperava.

— E agora?

— Agora não sei o que pensar. Só sei que tudo está diferente.

Meu coração deu outra guinada miserável.

— Eu sei — sussurrei.

— Você sabe? Naquela noite no palácio, quando a vi no palco com ele, você parecia tão feliz. Como se o seu lugar fosse ao lado dele. Não consigo tirar aquela imagem da cabeça.

— Eu estava feliz — admiti. — Naquele momento, eu estava feliz. Não sou como você, Maly. Nunca me adaptei realmente da maneira como você fez. Nunca pertenci de fato a lugar nenhum.

— Seu lugar era ao meu lado — ele disse, mansamente.

— Não, Maly. Não de verdade. Não foi assim por um longo tempo.

Ele olhou para mim, e seus olhos eram de um azul profundo no anoitecer.

— Você sentiu minha falta, Alina? Você sentiu minha falta quando foi embora?

— Todos os dias — respondi, honestamente.

— Eu senti sua falta a cada hora. E você sabe qual foi a pior parte? Isso me pegou completamente desprevenido. Eu me surpreendia caminhando por aí para encontrar você, sem qualquer razão, apenas por hábito, porque tinha visto algo que queria lhe contar ou porque queria ouvir a sua voz. E então me lembrava de que você não estava mais lá e todas as vezes, cada uma delas, era como se me faltasse o ar. Eu tinha arriscado minha vida por você. Andado metade da extensão de Ravka por você, e faria tudo isso de novo e de novo e de novo só para estar com você, só para passar fome com você e congelar com você, e ouvir você reclamando do queijo duro todo dia. Então não me diga que o seu lugar não é ao meu lado — disse ele, intensamente. Ele estava muito perto agora, e meu coração repentinamente retumbava no peito. — Desculpe se levei tanto tempo para enxergar você, Alina. Mas eu a enxergo agora.

Ele abaixou a cabeça, e senti os lábios dele nos meus. O mundo pareceu silenciar. Tudo o que eu sentia era a mão dele na minha enquanto ele me puxava para perto, e a pressão morna de sua boca.

Eu havia pensado que tinha desistido de Maly. Que o amor que eu tinha por ele era coisa do passado, da menina solitária e tola que eu não queria ser novamente. Tentara enterrar aquela menina e o amor que ela sentia, assim como havia tentado enterrar o meu poder.

Mas não cometeria esse erro de novo. O que quer que ardesse entre nós dois era tão inegável e brilhante quanto meu poder. No momento em que nossos lábios se encontraram, soube com uma certeza pura e penetrante que eu teria esperado por ele para sempre.

Maly se afastou de mim e abri os olhos.

Ele levantou a mão enluvada para segurar meu rosto, seus olhos procurando os meus. Então, do canto do meu olho, captei um movimento trêmulo.

— Maly — chamei, sem nenhum movimento brusco, olhando por sobre o ombro dele. — Veja.

Diversos corpos brancos surgiam das árvores, seus pescoços graciosos inclinados para mordiscar as gramíneas nas bordas da clareira nevada. No meio do rebanho de Morozova encontrava-se um enorme cervo branco. Ele olhou para nós com enormes olhos escuros, seus chifres prateados brilhando na meia-luz.

Com um movimento rápido, Maly sacou seu arco da lateral da mochila.

— Eu o derrubarei, Alina. Mas é você quem tem que matá-lo — disse ele.

— Espere — sussurrei, colocando a mão em seu braço.

O cervo avançou lentamente e parou a poucos metros de nós. Eu podia ver seus flancos subindo e descendo, o brilho de suas narinas, a fumaça de sua respiração no ar frio.

Ele nos observava com olhos negros e líquidos. Eu caminhei na direção dele.

— Alina! — Maly sussurrou.

O cervo não se moveu enquanto eu me aproximava, nem mesmo quando estiquei a mão e a repousei em seu focinho quente.

Suas orelhas se contraíram levemente, seu couro brilhando num tom branco leitoso no crepúsculo que se intensificava. Pensei em tudo de que Maly e eu tínhamos abdicado, os riscos assumidos. Pensei sobre as semanas que passamos rastreando o cervo, as noites frias, os dias miseráveis de caminhadas intermináveis, e estava feliz por tudo isso.

Feliz de estar ali e viva nessa noite gelada. Feliz de ter Maly ao meu lado. Eu olhei nos olhos escuros do cervo e soube como era a sensação da terra sob seus cascos firmes, o cheiro de pinheiro em suas narinas, a batida forte do seu coração. Soube que não poderia ser eu a pessoa a encerrar sua vida.

— Alina — Maly murmurou com urgência —, não temos muito tempo. Você sabe o que tem de fazer.

Eu balancei a cabeça. Não conseguia me desvencilhar do olhar sombrio do cervo.

— Não, Maly. Nós acharemos outra maneira.

O som foi como um assobio suave no ar, seguido por um baque surdo assim que a flecha encontrou seu alvo. O cervo berrou e se ergueu, uma seta aflorando de seu peito, e então ele desabou sobre as patas dianteiras. Eu cambaleei para trás, enquanto o resto do rebanho partia veloz, se dispersando para dentro da floresta. Em um instante, Maly estava ao meu lado, seu arco a postos, enquanto a clareira se enchia de oprichniki vestidos de cinza e Grishas encapotados de azul e vermelho.

— Você devia tê-lo escutado, Alina. — A voz veio clara e fria das sombras, e o Darkling entrou na clareira, um sorriso de satisfação brincando em seus lábios, seu *kefta* negro flutuando atrás dele como uma mancha de ébano.

O cervo tinha caído de lado, deitado na neve, e agora respirava pesadamente, seus olhos negros arregalados e apavorados.

Senti Maly se mover antes que eu o visse. Ele virou seu arco para o cervo e soltou a flecha, mas um Aeros de túnica azul se adiantou, sua mão arqueando pelo ar. A flecha desviou para a esquerda, caindo inofensiva na neve.

Maly buscou outra flecha e, no mesmo instante, o Darkling esticou a mão, enviando uma fita negra de escuridão ondulando em nossa direção. Eu ergui minhas mãos e disparei luz dos meus dedos, estilhaçando facilmente a escuridão.

Mas isso tinha sido apenas uma distração. O Darkling se virou para o cervo, levantando o braço em um gesto que eu conhecia muito bem.

— Não! — gritei e, sem pensar, me joguei na frente do cervo. Fechei os olhos, pronta para me sentir sendo dividida em dois pelo Corte, mas o Darkling deve ter virado o corpo no último instante. A árvore atrás de mim se abriu com um estalo alto, gavinhas de escuridão sendo derramadas da ferida. Ele tinha me poupado, mas também ao cervo.

Todo o humor foi embora do rosto do Darkling quando ele bateu as mãos e uma parede enorme de escuridão ondulante surgiu à sua frente, engolindo a nós e ao cervo. Não precisei pensar. Luz resplandeceu em uma esfera luminosa e pulsante, envolvendo a mim e a Maly, mantendo a escuridão na margem e cegando nossos atacantes. Por um momento, estávamos em um beco sem saída. Eles não podiam nos ver e nós não podíamos vê-los. A escuridão girava em torno da bolha de luz, pressionando-a para entrar.

— Impressionante — disse o Darkling, sua voz vindo até nós como se de uma longa distância. — Baghra a ensinou muito bem. Mas você não é forte o suficiente para isso, Alina.

Eu sabia que ele estava tentando me distrair e o ignorei.

— Você! Rastreador! Está tão pronto assim para morrer por ela? — o Darkling gritou. A expressão de Maly não se alterou. Ele ficou firme, arco a postos, flecha encaixada, seus olhos se movendo ao redor do círculo, procurando a voz do Darkling. — Foi uma cena muito tocante a que testemunhamos — ele zombou. — Você contou a ele, Alina? O garoto sabe quanto você desejava se entregar a mim? Você contou a ele o que eu lhe mostrei no escuro?

Uma onda de vergonha me percorreu e a luz brilhante enfraqueceu. O Darkling riu.

Eu olhei para Maly. Sua mandíbula estava firme. Ele irradiava a mesma raiva gelada que eu tinha visto na noite do festival de inverno. Senti o meu controle sobre a luz escorregar e o persegui. Tentei me reconcentrar em meu poder. A esfera pulsou com um brilho revigorado, mas eu já podia sentir minha capacidade forçando os limites do que eu poderia fazer. A escuridão começou a vazar pelas bordas da bolha como tinta.

Eu sabia o que tinha de ser feito. O Darkling estava certo, eu não era forte o suficiente. E nós não teríamos outra chance.

— Vá em frente, Maly — sussurrei. — Você sabe o que precisa fazer.

Maly olhou para mim, pânico tremulando em seus olhos. Ele balançou a cabeça. A escuridão ondulou contra a bolha. Eu cambaleei um pouco.

— Rápido, Maly! Antes que seja tarde demais.

Em um movimento ligeiro, Maly largou seu arco e pegou a faca.

— Ande, Maly! Acabe logo com isso!

A mão de Maly tremia. Eu podia sentir minha força diminuindo.

— Não posso — ele sussurrou, acabado. — Não posso. — Ele soltou a faca, deixando-a cair silenciosamente na neve. A escuridão caiu sobre nós.

Maly desapareceu. A clareira desapareceu. Eu fui jogada em um breu sufocante. Ouvi Maly gritar e fui na direção de sua voz, mas, de repente, braços fortes me seguraram de ambos os lados. Eu chutei e lutei furiosamente.

A escuridão se ergueu e, rápido assim, vi que estava tudo acabado.

Dois dos guardas do Darkling me seguravam enquanto Maly lutava entre outros dois.

— Fique quieto ou matarei você onde está — Ivan sibilou para ele.

— Deixe-o em paz! — gritei.

— Shhhhhh. — O Darkling caminhou na minha direção, um dedo em seus lábios curvados em um sorriso irônico. — Quieta agora ou deixarei Ivan matá-lo. Lentamente.

Lágrimas escorreram pelo meu rosto, congelando no ar frio da noite.

— Tochas — disse ele. Ouvi uma pederneira se chocando e duas tochas irromperam em chamas, iluminando a clareira, os soldados e o cervo ainda ofegante no solo. O Darkling puxou uma faca pesada de seu cinto e a luz do fogo brilhou no aço Grisha. — Já perdemos muito tempo aqui.

Ele avançou a passos largos e, sem hesitar, cortou a garganta do cervo.

Sangue jorrou sobre a neve, encharcando a área ao redor do corpo do cervo. Eu observei enquanto a vida abandonava seus olhos escuros, e um soluço de choro nasceu do meu peito.

— Pegue os chifres — o Darkling falou para um dos oprichniki. — Corte um pedaço de cada.

O oprichnik avançou e se inclinou sobre o corpo do cervo, com uma lâmina serrilhada na mão.

Eu me virei, meu estômago se contorcendo enquanto um som de serra preenchia o silêncio da clareira. Nós ficamos calados, nossa respiração formando caracóis no ar gelado, enquanto o som prosseguia.

Mesmo quando ele parou, eu ainda podia senti-lo vibrando através do meu maxilar cerrado.

O oprichnik atravessou a clareira e deu os dois pedaços do chifre para o Darkling. Eles eram quase idênticos, ambos terminando em pontas duplas com aproximadamente o mesmo tamanho. O Darkling apertou as peças nas mãos, deixando seu polegar passar pelo osso áspero e prateado. Então ele fez um gesto e fiquei surpresa ao ver David sair das sombras em seu *kefta* roxo.

É claro. O Darkling escolheria seu melhor Fabricador para confeccionar a gargantilha. O olhar de David não encontrou o meu. Eu me perguntei se Genya sabia onde ele estava e o que fazia.

Talvez ela ficasse orgulhosa. Talvez agora ela pensasse em mim como uma traidora também.

— David — eu disse calmamente —, não faça isso.

David olhou para mim e então desviou o olhar, rapidamente.

— David entende o futuro — disse o Darkling, o tom de uma ameaça em sua voz. — E ele sabe que não deve lutar contra isso.

David se aproximou para ficar de pé atrás do meu ombro direito. O Darkling me analisou na luz da tocha. Por um momento, tudo esteve quieto. O crepúsculo tinha terminado e a lua nascido, cheia e brilhante. A clareira parecia suspensa em silêncio.

— Abra o seu casaco — disse o Darkling.

Eu não me movi.

O Darkling olhou para Ivan e acenou. Maly gritou, suas mãos apertando o peito quando ele caiu no chão.

— Não! — eu gritei. Tentei correr para junto de Maly, mas os guardas ao meu lado seguraram firme nos meus braços. — Por favor — implorei ao Darkling. — Faça-o parar!

Outra vez o Darkling acenou e os gritos de Maly cessaram.

Ele deitou na neve, respirando com dificuldade, seu olhar fixo no rosto sorridente de Ivan, seus olhos cheios de ódio.

O Darkling olhou para mim, esperando, seu rosto impassível.

Ele parecia quase entediado. Eu sacudi os ombros, me livrando do oprichnik. Com mãos trêmulas, limpei as lágrimas dos meus olhos e desabotoei meu casaco, deixando-o deslizar de meus ombros.

De uma maneira meio vaga, estava ciente do frio que penetrava minha túnica de lã, dos olhos observadores dos soldados e dos Grishas. Meu mundo tinha se resumido às partes curvas de osso nas mãos do Darkling, e experimentei uma sensação arrebatadora de horror.

— Levante seu cabelo — ele murmurou. Eu afastei o cabelo do meu pescoço com ambas as mãos.

O Darkling se aproximou e empurrou o tecido da minha túnica para fora do caminho. Quando seus dedos tocaram a minha pele, eu recuei. Vi um lampejo de raiva passar em seu rosto.

Ele colocou os pedaços curvos do chifre em torno da minha garganta, um de cada lado, deixando-os repousar em minha clavícula com extremo cuidado. Então acenou para David e senti o Fabricador segurar os chifres. Na minha mente, imaginei David atrás de mim, a mesma expressão concentrada que tinha visto naquele primeiro dia nas oficinas do Pequeno Palácio.

Vi os pedaços de ossos mudarem e se fundirem. Sem fecho, sem dobradiça. Esse colar seria meu e eu o usaria para sempre.

— Está pronto — sussurrou David. Ele soltou o colar e senti o peso assentar em meu pescoço. Fechei as mãos em punhos, aguardando.

Nada aconteceu. Senti uma repentina e negligente onda de esperança. E se o Darkling tivesse se enganado? E se o colar não fizesse absolutamente nada?

Então o Darkling cravou seus dedos no meu ombro e senti um comando silencioso reverberar por mim: *Luz*. Foi como uma mão invisível avançando dentro do meu peito.

Luz dourada explodiu de dentro de mim, inundando a clareira. Eu vi o Darkling cerrar os olhos devido ao brilho, seu rosto iluminado de triunfo e júbilo.

Não, eu pensei, tentando liberar a luz, mandá-la embora.

Mas assim que a ideia de resistência se formou, senti aquela mão invisível afastá-la como se não fosse nada.

Outro comando ecoou por dentro de mim: *Mais*. Uma nova onda de poder atravessou meu corpo, mais ampla e mais forte do que tudo que eu jamais havia sentido. Não havia limites para ela.

O controle que eu havia aprendido e o conhecimento que adquiri caíram diante dela. Casas que eu havia construído, frágeis e imperfeitas, esmagadas na inundação que era o poder do cervo. A luz explodiu de mim onda após onda resplandecente, obliterando o céu noturno em uma torrente de brilho. Não senti nada da euforia ou alegria que imaginei que fosse sentir por usar o meu poder. Ele não era mais meu, e eu estava afundando, indefesa, presa por aquela mão horrível e invisível.

O Darkling me manteve lá, testando meus novos limites, eu não soube dizer por quanto tempo. Só soube quando senti a mão invisível afrouxar o aperto.

A escuridão caiu novamente sobre a clareira. Respirei de maneira entrecortada, tentando me orientar, me colocar nos eixos. A luz treme-luzente da tocha iluminou as expressões assombradas dos guardas, dos Grishas e de Maly, ainda caído no chão, seu rosto triste, os olhos cheios de arrependimento.

Quando olhei novamente para o Darkling, ele me observava de perto, estreitando os olhos. Ele olhou para mim e para Maly, depois se virou para os seus homens.

— Algemem-no.

Abri a boca para reclamar, mas um olhar de Maly me fez calar.

— Nós acamparemos hoje à noite e partiremos para a Dobra ao amanhecer — disse o Darkling. — Avisem ao Apparat para que se prepare. — Ele se virou para mim. — Se você tentar se machucar, o rastreador sofrerá por isso.

— E o cervo? — perguntou Ivan.

— Queimem-no.

Um dos Etherealki ergueu o braço na direção de uma tocha e a chama disparou para a frente em um arco amplo, envolvendo o corpo sem vida do cervo. Enquanto éramos levados da clareira, não houve nenhum som além de nossos passos e o crepitar das chamas atrás de nós. Nenhum farfalhar veio das árvores, nenhum inseto zuniu, nenhum pássaro noturno cantou. O bosque estava silencioso em seu túmulo.

Capítulo 20

ANDAMOS EM SILÊNCIO por mais de uma hora. Eu fitava meus próprios pés, entorpecida, vendo minhas botas se movendo pela neve, pensando no cervo e o preço da minha fraqueza. Depois de algum tempo, vi a luz de fogo crepitando em meio às árvores e chegamos a uma clareira onde um pequeno acampamento tinha sido montado em torno da fogueira vibrante. Vi diversas tendas pequenas e um grupo de cavalos amarrados nas árvores. Dois oprichniki estavam sentados perto do fogo, comendo sua refeição noturna.

Os guardas de Maly o levaram para uma das tendas, empurrando-o para dentro e entrando com ele. Tentei fazer contato visual, mas ele desapareceu rápido demais.

Ivan me arrastou pelo acampamento até outra tenda e me empurrou. Dentro, vi vários sacos de dormir colocados no chão. Ele me empurrou para a frente e fez um gesto em relação ao poste no meio da tenda.

— Sente-se — ele ordenou.

Eu me sentei com as costas para o poste e ele me prendeu lá, com as mãos atrás das costas e amarrando meus tornozelos.

— Confortável?

— Você sabe o que ele planeja fazer, Ivan.

— Ele planeja nos trazer paz.

— A que preço? — perguntei, com desespero. — Você sabe que isso é loucura.

— Você sabia que eu tinha dois irmãos? — Ivan perguntou, abruptamente. O sorriso familiar desapareceu de seu rosto bonito. — É claro que não. Eles não nasceram Grishas. Eles eram soldados e ambos morreram lutando nas guerras do Rei. Meu pai também. Meu tio também.

— Lamento, Ivan.

— Sim, todos lamentam. O Rei lamenta. A Rainha lamenta. Eu lamento. Mas só o Darkling fará algo a respeito.

— Não precisa ser assim, Ivan. Meu poder poderia ser usado para destruir a Dobra.

Ivan balançou a cabeça.

— O Darkling sabe o que precisa ser feito.

— Ele nunca vai parar! Você sabe disso. Não depois que ele provar esse tipo de poder. Sou eu que estou na coleira agora. Mas um dia serão todos vocês. E não haverá alguém ou algo forte o suficiente para ficar no caminho dele.

Um músculo se contraiu na mandíbula de Ivan. — Continue falando de traição e irei amordaçá-la — ameaçou ele, e sem outra palavra foi embora da tenda.

Um pouco depois, um Conjurador e um Sangrador entraram. Não reconheci nenhum deles. Evitando meu olhar, eles se assentaram silenciosamente em suas peles e apagaram a lanterna.

Fiquei sentada no escuro, observando a luz crepitante da fogueira refletida nas paredes de lona das tendas. Podia sentir o peso do colar no meu pescoço, e minhas mãos amarradas coçavam de vontade de dilacerá-lo. Pensei em Maly, a apenas alguns metros de distância em outra tenda.

Eu era a responsável por estarmos ali. Se tivesse tirado a vida do cervo, o poder dele teria sido meu. Eu sabia o que a minha piedade poderia nos custar. Minha liberdade. A vida de Maly. A vida de inúmeros outros.

E ainda assim tinha sido fraca demais para fazer o que precisava ser feito.

Naquela noite, eu sonhei com o cervo. Vi o Darkling cortar sua garganta de novo e de novo. Vi a vida se esvair de seus olhos escuros. Mas quando olhei para baixo, era o meu sangue que se derramava vermelho na neve.

Ofegante, acordei com os sons do acampamento ganhando vida em torno de mim. A aba da tenda se abriu e uma Sangradora apareceu. Ela me soltou do poste da tenda e me puxou para que eu ficasse de pé. Meu corpo rangeu e estalou em protesto, rígido depois de uma noite em uma posição desconfortável.

A Sangradora me levou para onde os cavalos já estavam selados, e o Darkling de pé falava calmamente com Ivan e os outros Grishas.

Procurei Maly e senti uma pontada súbita de pânico quando não o encontrei, mas então vi um oprichnik puxá-lo de outra tenda.

— O que fazemos com ele? — o guarda perguntou a Ivan.

— Deixe o traidor andar — Ivan respondeu. — E quando ele se cansar, deixe os cavalos o arrastarem.

Abri a boca para protestar, mas antes que pudesse dizer algo, o Darkling falou.

— Não — disse ele, graciosamente montado em seu cavalo. — Eu quero ele vivo quando chegarmos à Dobra das Sombras.

O guarda deu de ombros e ajudou Maly a montar em seu cavalo. Depois, amarrou suas mãos presas ao chifre da sela. Senti uma onda de alívio seguida de uma pontada aguda de medo. O Darkling pretendia levar Maly a julgamento? Ou ele tinha planos muito piores para ele em mente? *Ele ainda está vivo*, falei para mim mesma, *e isso significa que ainda há uma chance de salvá-lo.*

— Cavalgue com ela — o Darkling disse para Ivan. — Garanta que não faça nada estúpido. — Ele nem me olhou de novo e colocou seu cavalo para trotar.

Cavalgamos por horas pela floresta, depois do planalto onde Maly e eu tínhamos esperado pelo rebanho. Eu só conseguia ver o rochedo onde havíamos passado a noite e me perguntei se fora justamente a luz que nos mantivera vivos durante a tempestade que tinha levado o Darkling até nós.

Eu sabia que ele estava nos levando de volta a Kribirsk, mas odiava pensar o que podia estar me esperando por lá. Quem o Darkling escolheria atacar primeiro? Ele lançaria uma frota de esquifes terrestres ao norte para Fjerda? Ou planejava marchar ao sul para levar a Dobra para Shu Han? Quais mortes pesariam na minha consciência?

Outra noite e outro dia de viagem se passaram antes que chegássemos às estradas amplas que nos levariam pelo sul até o Vy. Na encruzilhada, encontramos um enorme contingente de homens armados, a maioria em cinza oprichniki. Eles trouxeram cavalos novos e a carruagem do Darkling. Ivan me jogou nas almofadas de veludo sem nenhuma cerimônia e subiu logo depois.

E então, com um estalido das rédeas, estávamos em movimento de novo.

Ivan insistiu que mantivéssemos as cortinas cerradas, mas arrisquei uma espiada lá fora e vi que estávamos flanqueados por cavaleiros fortemente armados. Era difícil não me lembrar da primeira viagem que tinha feito com Ivan nesta carruagem.

Os soldados acamparam à noite, mas fui mantida isolada, confinada à carruagem do Darkling. Ivan me trouxe refeições, claramente enojado de ter que bancar a babá.

Ele se recusou a falar comigo durante a viagem e ameaçou reduzir meus batimentos o suficiente para me deixar inconsciente se eu insistisse em perguntar sobre Maly. Mas perguntei todo dia mesmo assim, e mantive meus olhos fixos na pequena fresta de janela visível entre a cortina e a carruagem, torcendo para ter um vislumbre dele.

Dormi mal. Toda noite eu sonhava com a clareira nevada e com os olhos negros do cervo me encarando no silêncio.

Era um lembrete noturno da minha falha e do pesar que minha piedade havia gerado. O cervo tinha morrido de qualquer maneira, e agora Maly e eu estávamos condenados. Toda manhã, eu acordava com uma sensação renovada de culpa e vergonha, mas também com um sentimento frustrante de que estava esquecendo algo, alguma mensagem que tinha sido clara e óbvia no sonho, mas que flutuava para além do meu entendimento quando eu despertava.

Não vi o Darkling novamente até chegarmos aos arredores de Kribirsk, quando a porta da carruagem se abriu de repente e ele deslizou para um assento na minha frente. Ivan desapareceu sem dizer uma palavra.

— Onde está Maly? — perguntei, assim que a porta foi fechada.

Vi os dedos de sua mão enluvada se tensionarem, mas quando ele falou, sua voz saiu fria e suave como sempre.

— Estamos entrando em Kribirsk — disse ele. — Quando formos recebidos por outros Grishas, você não dirá uma palavra sobre sua pequena aventura.

Meu queixo caiu.

— Eles não sabem?

— Tudo que sabem é que você esteve em reclusão, se preparando para a sua jornada pela Dobra das Sombras com rezas e descanso.

Deixei escapar uma risada seca.

— Certamente pareço bem descansada.

— Direi que você esteve em jejum.

— É por isso que nenhum dos soldados em Ryevost estava procurando por mim — disse eu, começando a entender. — Você nunca contou para o Rei.

— Se soubessem do seu desaparecimento, você seria caçada e morta por assassinos fjerdanos em dias.

— E você teria que prestar contas sobre a perda do único Conjurador do Sol do reino.

O Darkling me analisou por um longo momento.

— Que tipo de vida você acha que poderia ter com ele, Alina? Ele é *otkazat'sya*. Ele nunca poderia entender o seu poder, e, mesmo se conseguisse, ele só teria medo de você. Não existe uma vida normal para pessoas como você e eu.

— Eu não sou nada como você — falei, secamente.

Seus lábios se curvaram em um sorriso tenso e amargo.

— É claro que não — ele assentiu, educadamente. Então bateu no teto da carruagem e ela parou. — Quando chegarmos, você dirá seus olás e então se desculpará, dizendo-se cansada, e voltará para sua tenda. E se fizer algo imprudente, torturarei o rastreador até ele me implorar para tirar a vida dele.

E então ele se foi.

O resto do caminho para Kribirsk passei sozinha, tentando parar de tremer. *Maly está vivo*, disse para mim mesma. *Isso é tudo que importa.*

Mas outro pensamento se insinuou. *Talvez o Darkling esteja tentando fazer você acreditar que ele está vivo só para mantê-la na linha.* Eu me abracei, rezando para isso não ser verdade.

Puxei as cortinas enquanto chegávamos a Kribirsk, e senti uma pontada de tristeza ao me lembrar de caminhar por esta mesma estrada tantos meses atrás. Fora quase esmagada pela mesma carruagem na qual estava agora. Maly havia me salvado, e Zoya olhara para mim da janela da carruagem dos Conjuradores.

Eu queria ser como ela, uma linda garota em um *kefta* azul.

Quando finalmente paramos em uma enorme tenda de seda negra, uma multidão de Grishas se aproximou da carruagem. Marie, Ivo e Sergei correram para me cumprimentar. Fiquei surpresa ao constatar como foi bom vê-los novamente.

Quando me viram, a excitação deles desapareceu e foi substituída por preocupação. Eles esperavam uma Conjuradora do Sol triunfante, usando o maior amplificador já conhecido, radiante com o poder e a bênção do Darkling.

Em vez disso, viram uma garota pálida e cansada, consumida pela dor.

— Você está bem? — Marie sussurrou quando me abraçou.

— Sim — assegurei. — Apenas desgastada da viagem.

Fiz o meu melhor para sorrir de modo convincente e tranquilizá-los. Tentei fingir entusiasmo enquanto eles admiravam o colar de Morozova e esticavam a mão para tocá-lo.

O Darkling nunca estava longe, um aviso em seus olhos, e continuei a andar pela multidão, sorrindo até minhas bochechas doerem.

Quando passamos pelo pavilhão Grisha, notei Zoya aborrecida em uma pilha de almofadas. Ela olhou o colar com cobiça quando passei. *É todo seu se quiser*, pensei amargamente, e apressei o passo.

Ivan me levou a uma tenda privada próxima dos aposentos do Darkling.

Roupas novas esperavam em minha cama portátil, juntamente com uma banheira de água quente e meu *kefta* azul. Apenas algumas semanas tinham se passado, mas era estranho vestir as cores dos Conjuradores novamente.

Os guardas do Darkling estavam posicionados por todo o perímetro da minha tenda. Só eu sabia que eles estavam lá para me vigiar, e não só me proteger. A tenda era decorada luxuosamente com pilhas de peles, uma mesa pintada e cadeiras, e um espelho de Fabricadores, claro como água e incrustado de ouro. Eu teria trocado tudo aquilo em um instante para tremer de frio ao lado de Maly em uma coberta maltrapilha.

Eu não recebia visitas e passava meus dias andando para lá e para cá sem nada para fazer além de me preocupar e imaginar o pior.

Não sabia por que o Darkling estava esperando para entrar na Dobra das Sombras ou o que ele poderia estar planejando, e meus guardas certamente não tinham interesse em falar sobre isso.

Na quarta noite, quando a aba da minha tenda se abriu, eu quase caí da cama. Lá estava Genya, segurando minha bandeja de jantar e incrivelmente linda. Eu me sentei, sem saber o que dizer.

Ela entrou e depositou a bandeja, aguardando perto da mesa.

— Eu não deveria estar aqui — disse ela.

— Provavelmente não — admiti. — Não sei se deveria receber visitas.

— Não, digo que não deveria estar *aqui*. Este lugar é incrivelmente sujo.

Eu ri, subitamente muito feliz em vê-la. Ela sorriu um pouco e se sentou graciosamente na borda da cadeira pintada.

— Eles estão dizendo que você esteve em reclusão, se preparando para a sua provação — disse ela.

Examinei o rosto de Genya, tentando identificar quanto ela sabia.

— Não tive chance de dizer adeus antes de... ir — falei, cuidadosamente.

— Se tivesse falado comigo, eu teria impedido você.

Então ela sabia que eu tinha fugido.

— Como está Baghra?

— Ninguém a viu desde que você foi embora. Ela parece ter ficado em reclusão também.

Estremeci. Torcia para que Baghra tivesse escapado, mas sabia que era improvável. Que preço o Darkling teria cobrado por sua traição?

Mordi o lábio, hesitando, e então decidi aproveitar o que poderia ser minha única chance.

— Genya, se eu conseguisse fazer uma mensagem chegar ao Rei. Tenho certeza de que ele não sabe o que o Darkling está planejando. Ele...

— Alina — Genya me interrompeu —, o Rei está doente. O Apparat está governando no lugar dele.

Meu coração se apertou. Eu me lembrei do que o Darkling tinha dito no dia em que conheci o Apparat: *Ele tem sua utilidade*.

Ainda assim, o sacerdote tinha falado não só de derrubar reis, mas darklings também. Será que ele tinha tentado me avisar? Ah, se eu tivesse tido menos medo. Se estivesse mais disposta a escutar. Mais arrependimentos para adicionar à minha longa lista. Eu não sabia se o Apparat era realmente leal ao Darkling ou se estava jogando um jogo mais complexo. E agora não havia como descobrir.

A esperança de que o Rei pudesse ter o desejo ou a força de vontade de se opor ao Darkling era pequena, mas tinha me alimentado ao longo dos últimos dias. Agora essa esperança morria também.

— E a Rainha? — perguntei, com pouco otimismo.

Um sorrisinho intenso passou pelos lábios de Genya.

— A Rainha está confinada aos seus aposentos. Para sua própria segurança, é claro. Contágio, você sabe.

Foi então que percebi o que Genya estava vestindo. Eu estava tão surpresa em vê-la, tão mergulhada em meus próprios pensamentos, que não tinha realmente prestado atenção. Genya estava vestindo vermelho.

Vermelho Corporalki. As suas mangas estavam decoradas com azul, uma combinação que eu nunca tinha visto antes.

Um calafrio passou pela minha espinha. Que papel Genya teria na doença repentina do Rei? O que ela tinha dado em troca de vestir as cores completas dos Grishas?

— Entendo — falei em voz baixa.

— Eu realmente tentei avisá-la — ela disse com algum pesar.

— E você sabe o que o Darkling planeja fazer?

— Existem rumores — disse ela, desconfortável.

— São todos verdadeiros.

— Então precisa ser feito.

Olhei fixamente para ela. Depois de um momento, seu olhar desceu para o próprio colo. Seus dedos dobravam e desdobravam as bordas do *kefta*.

— David se sente muito mal — ela sussurrou. — Ele acha que destruiu Ravka inteira.

— Não é culpa dele — eu disse com um riso sem alegria. — Todos fizemos nossa parte para o fim do mundo acontecer.

Genya me olhou com atenção.

— Você não acredita realmente nisso.

Seu rosto expressava agonia. Havia um aviso ali também?

Pensei em Maly e nas ameaças do Darkling.

— Não — falei, sem força. — É claro que não.

Eu sabia que ela não tinha acreditado em mim, mas sua expressão se amenizou e Genya ofereceu seu sorriso suave e bonito. Ela parecia o ícone pintado de um Santo, seu cabelo um halo de cobre queimado.

Genya se levantou e caminhei com ela até a aba da tenda, os olhos negros do cervo na minha mente, os olhos que eu via todas as noites nos meus sonhos.

— Não sei se adianta muito — falei —, mas diga a David que eu o perdoo.

E perdoo você também, adicionei na minha cabeça. Eu estava sendo sincera. Sabia o que era desejar fazer parte de algo.

— Farei isso — disse ela, em voz baixa. E então se virou e desapareceu na noite, mas não antes que eu visse que seus olhos graciosos estavam cheios de lágrimas.

Capítulo 21

FIQUEI BELISCANDO MEU JANTAR e depois me deitei de novo na cama, remoendo as coisas que Genya tinha dito.

Genya tinha passado toda a vida isolada em Os Alta, migrando desconfortavelmente entre o mundo dos Grishas e as intrigas da corte. O Darkling a tinha colocado naquela posição por interesse próprio e agora a tinha liberado. Ela nunca teria que se dobrar novamente aos caprichos do Rei e da Rainha ou vestir as cores de um servo. Mas David tinha arrependimentos. E se ele tinha, talvez outros também tivessem. Talvez esse arrependimento se espalhasse quando o Darkling liberasse o poder da Dobra das Sombras. Mas aí, talvez, já fosse tarde demais.

Meus pensamentos foram interrompidos pela chegada de Ivan na entrada da minha tenda.

— Levante-se — ele ordenou. — Ele quer vê-la.

Meu estômago se contorceu de nervoso, mas me levantei e o segui. Assim que demos um passo para fora da tenda, fomos cercados por guardas que nos escoltaram pelo curto percurso até os aposentos do Darkling.

Quando viram Ivan, os oprichniki na entrada abriram espaço. Ivan fez um movimento com a cabeça em direção à tenda.

— Vá em frente — falou com um sorriso de canto de boca. Eu queria tanto socá-lo e tirar aquela expressão condescendente do seu rosto. Em vez disso, levantei o queixo e passei por ele andando a passos largos.

A seda pesada se fechou atrás de mim e dei alguns passos para a frente, parando para me orientar. A tenda era grande e iluminada por lâmpadas de luz tênue. O chão era coberto por tapetes e peles e no centro queimava um fogo que crepitava em um grande prato de prata.

Bem acima, uma aba no teto da tenda permitia que a fumaça escapasse e mostrava um pedaço do céu noturno.

O Darkling estava sentado em uma cadeira grande, suas pernas longas esticadas diante dele, fitando o fogo, um copo em sua mão e uma garrafa de *kvas* na mesa ao lado.

Sem olhar para mim, ele gesticulou para a cadeira a sua frente. Eu passei pelo fogo, mas não me sentei. Ele olhou rapidamente para mim com um pouco de frustração e então voltou a fitar as chamas.

— Sente-se, Alina.

Eu me apoiei na borda da cadeira, olhando-o com cautela.

— Fale — disse ele. Eu estava começando a me sentir como um cachorro.

— Não tenho nada a dizer.

— Imagino que você tenha muito a dizer.

— Se eu disser para você parar, você não vai parar. Se eu disser que você está louco, não acreditará em mim. Para que perder tempo?

— Talvez porque você queira que o garoto viva.

Perdi todo o fôlego e tive que me controlar para não soluçar. Maly estava vivo. O Darkling poderia estar mentindo, mas eu não achava que estivesse. Ele amava o poder, e a vida de Maly lhe dava poder sobre mim.

— Diga-me o que quer que eu fale para salvá-lo — sussurrei, inclinando-me para a frente. — Diga, e eu falarei.

— Ele é um traidor e desertor.

— Ele é o melhor rastreador que você já teve ou terá.

— Possivelmente — disse o Darkling, dando de ombros, indiferente.

Mas eu o conhecia melhor agora e vi a centelha de cobiça em seus olhos quando inclinou a cabeça para trás para esvaziar seu copo de *kvas*.

Eu sabia que era difícil para ele pensar em destruir algo que poderia adquirir e usar. Eu insisti com essa pequena vantagem.

— Você poderia exilá-lo, enviá-lo para o norte, para o permafrost, até que precise dele.

— Você concordaria que ele passasse o resto da vida em um campo de trabalho ou na prisão?

Eu engoli em seco.

— Sim.

— Você pensa que achará um jeito de chegar até ele, não? — o Darkling perguntou, pensativo. — Acha que, de algum jeito, se ele estiver vivo, você encontrará um modo. — Ele balançou a cabeça e deu uma risada curta. — Eu dei a você poder além da imaginação, e você mal pode esperar para correr e ser a dona de casa de seu rastreador.

Eu sabia que deveria permanecer calada, ser diplomática, mas não pude me conter.

— Você não me deu nada. Você me tornou uma escrava.

— Isso nunca esteve nos meus planos, Alina. — Ele passou a mão pela mandíbula, sua expressão cansada, frustrada, humana.

Mas quanto disso era real e quanto era fingimento?

— Eu não podia arriscar — disse ele. — Não com o poder do cervo, não com o futuro de Ravka em risco.

— Não finja que tudo isso é pelo bem de Ravka. Você mentiu pra mim. Você vem mentindo desde o momento em que o conheci.

Seus dedos longos se apertaram em torno do copo.

— Você mereceu minha confiança? — ele perguntou, e pela primeira vez sua voz estava menos estável e fria. — Baghra sussurra algumas acusações em seu ouvido e você sai correndo. Já parou para pensar o que significaria para mim, para Ravka inteira, se você simplesmente desaparecesse?

— Você não me deu muita escolha.

— É claro que você tinha uma escolha. E você escolheu dar as costas para o seu país e para tudo que você é.

— Isso não é justo.

— Justiça! — ele riu. — Ela ainda vem falar sobre justiça. O que justiça tem a ver com qualquer uma dessas coisas? As pessoas amaldiçoam o meu nome e rezam por você, mas era você que estava pronta para abandoná-los. Serei eu que darei a eles poder sobre seus inimigos. Serei eu a libertá-los da tirania do Rei.

— E oferecerá sua tirania em troca.

— Alguém precisa liderar, Alina. Alguém tem que pôr um ponto final nisso. Acredite em mim, eu queria que houvesse outra maneira.

Ele soava tão sincero, tão razoável, menos uma criatura de ambição implacável e mais um homem que acreditava estar fazendo a coisa certa pelo seu povo. Apesar de tudo que ele tinha feito e pretendia fazer, quase acreditei nele. Quase.

Eu dei uma sacudida discreta de cabeça.

Ele caiu de volta em sua cadeira.

— Certo — disse ele, sacudindo os ombros, cansado. — Torne-me o seu vilão. — Ele largou o copo vazio e ficou de pé. — Venha aqui.

O medo me percorreu, mas me obriguei a levantar e diminuir a distância entre nós. Ele me observou na luz da fogueira. Esticou a mão e tocou o colar de Morozova, deixando seus longos dedos deslizarem pelo osso rude, e então subirem pelo meu pescoço para segurar meu rosto com uma das mãos. Senti uma onda de repulsão, mas também senti a sua força segura, intoxicante. Eu odiava o fato de ele ainda ter algum efeito em mim.

— Você me traiu — ele disse suavemente.

Eu quis rir. *Eu* o tinha traído? Ele tinha me usado, me seduzido e agora me escravizado, e eu era a traidora? Mas pensei em Maly e engoli minha raiva e orgulho.

— Sim — eu disse. — E lamento por isso.

Ele riu.

— Você não lamenta nada. Você só pensa no garoto e na sua vida miserável.

Eu não disse nada.

— Diga-me — falou ele, suas mãos me apertando dolorosamente, as pontas dos dedos pressionando minha carne. Na luz do fogo, seu olhar parecia impenetravelmente vazio. — Diga-me quanto o ama. Implore pela vida dele.

— Por favor — sussurrei, lutando contra as lágrimas que se acumulavam nos meus olhos. — Por favor, poupe a vida dele.

— Por quê?

— Porque o colar não pode dar a você o que você deseja — eu disse, imprudente. Eu só tinha uma coisa com a qual barganhar, e era tão pequena, mas insisti. — Eu não tenho escolha a não ser servi-lo, mas se algo acontecer a Maly, eu nunca irei perdoá-lo. Lutarei contra você de todas as formas possíveis. Gastarei cada minuto em que estiver acordada buscando uma maneira de me matar, e um dia conseguirei. Mas mostre piedade por ele, deixei-o viver, e o servirei de bom grado. Passarei o resto dos meus dias provando minha gratidão. — Eu quase engasguei na última palavra.

Ele inclinou a cabeça para o lado, um pequeno sorriso cético brincando em seus lábios. Então o sorriso desapareceu, substituído por algo que não reconheci, algo que quase parecia saudade.

— Piedade. — Ele disse a palavra como se estivesse experimentando um gosto desconhecido. — Eu poderia ser piedoso. — Ele levantou a outra mão para cercar meu rosto e me beijou suavemente, gentilmente, e embora tudo dentro de mim se rebelasse, eu deixei. Eu o odiava. Eu o temia.

Mas ainda sentia a atração estranha de seu poder e não podia impedir a resposta ávida do meu próprio coração traiçoeiro.

Ele se afastou e olhou para mim. Então, com seu olhar ainda preso no meu, chamou Ivan.

— Leve-a para as celas — disse o Darkling quando Ivan apareceu na porta da tenda. — Deixe-a ver o rastreador.

Um fiapo de esperança surgiu dentro de mim.

— Sim, Alina — disse ele, acariciando minha bochecha. — Eu posso ser piedoso.

Ele se inclinou, puxando-me para perto, seus lábios tocando o meu ouvido.

— Amanhã, entraremos na Dobra das Sombras — sussurrou, sua voz como uma carícia. — E quando chegarmos lá, alimentarei os volcras com o seu amigo e você o verá morrer.

— Não! — eu gritei, me retraindo em horror. Tentei me desvencilhar, mas suas mãos eram como ferro, seus dedos pressionando meu crânio. — Você disse...

— Você pode se despedir hoje à noite. Esta é toda a piedade que traidores merecem.

Algo se quebrou dentro de mim. Eu avancei em sua direção, tentando acertá-lo com minhas unhas, gritando meu ódio. Ivan me segurou em instantes, me apertando com força enquanto eu me debatia e lutava em seus braços.

— Assassino! — gritei. — Monstro!

— Todas essas coisas.

— Eu odeio você — cuspi.

Ele deu de ombros.

— Você se cansará do ódio logo. Você se cansará de tudo. — Ele sorriu então, e por trás de seus olhos vi aquele mesmo abismo vazio e entediado do olhar ancião de Baghra. — Você usará esse colar pelo resto de sua longa, longa vida, Alina. Lute contra mim quanto for capaz. Você descobrirá que tenho muito mais prática com a eternidade.

Ele acenou com a mão em desprezo, e Ivan me puxou da tenda e pelo caminho, ainda lutando. Um soluço escapou de minha garganta. As lágrimas que havia tentado segurar durante minha conversa com o Darkling começaram a cair livremente pelas minhas bochechas.

— Pare com isso — disse Ivan, furioso. — Alguém vai ver você.

— Eu não me importo.

O Darkling ia matar Maly de qualquer jeito. Que diferença faria se alguém me visse triste? A realidade da morte de Maly e a crueldade do Darkling estavam na minha cara, e entendi como o futuro seria terrível e rigoroso.

Ivan me empurrou para a minha tenda e me balançou forte.

— Você quer ver o rastreador ou não? Não irei arrastar uma garota chorando pelo acampamento.

Eu pressionei minhas mãos contra os olhos e engoli meus soluços.

— Melhor — ele falou. — Vista isso. — Ele jogou para mim um longo manto marrom. Eu o vesti por cima do *kefta* e ele puxou o capuz largo para cima. — Mantenha sua cabeça baixa e fique quieta, ou eu juro que arrasto você de volta para cá e você dirá seu adeus na Dobra. Entendido?

Eu fiz que sim com a cabeça.

Seguimos por um caminho escuro que contornava o perímetro do acampamento. Meus guardas mantinham distância, andando bem à frente e atrás de nós, e rapidamente me dei conta de que Ivan não queria que ninguém me reconhecesse ou percebesse que eu visitava a prisão.

Enquanto andávamos pelas barracas e tendas, senti uma estranha tensão percorrendo o acampamento. Os soldados pelos quais passamos pareciam apreensivos, e alguns fitavam Ivan com ostensiva hostilidade. Eu me perguntei como o Primeiro Exército se sentia quanto à súbita ascensão do Apparat ao poder.

A prisão ficava no outro canto do acampamento. Era uma construção mais antiga, claramente de uma época anterior à das barracas que a cercavam. Guardas entediados flanqueavam a entrada.

— Prisioneira nova? — um deles perguntou a Ivan.

— Uma visitante.

— Desde quando você escolta visitantes às celas?

— Desde hoje à noite — disse Ivan, com um tom perigoso na voz.

Os guardas trocaram olhares nervosos e deram um passo para o lado.

— Não precisa ficar impaciente, Sangrador.

Ivan me conduziu por um corredor com celas, a maioria das quais estava vazia. Vi alguns homens maltrapilhos, um bêbado roncando sonoramente no chão de seu compartimento. No final do corredor, Ivan destrancou um portão e descemos por um lance de escadas raquítico até um quarto escuro e sem janelas, iluminado por uma única lâmpada tremeluzente. Na penumbra, consegui enxergar as barras pesadas de ferro da única cela da câmara, e sentado prostrado na parede mais distante, o único prisioneiro.

— Maly? — sussurrei.

Em segundos ele se levantou e nós estávamos nos segurando pelas barras de ferro, nossas mãos apertadas juntas com força. Eu não consegui conter os soluços que me sacudiam.

— Shhhh. Está tudo bem. Alina, está tudo bem.

— Vocês têm esta noite — disse Ivan e sumiu escada acima. Quando ouvimos o portão externo se fechar, Maly se virou para mim.

Seus olhos analisaram meu rosto.

— Não acredito que ele deixou você vir aqui.

Lágrimas novas se derramaram pelas minhas bochechas.

— Maly, ele me deixou vir porque...

— Quando? — ele perguntou, sua voz rouca.

— Amanhã. Na Dobra das Sombras.

Ele engoliu em seco, e vi sua dificuldade em processar essa informação, mas tudo que disse foi:

— Tudo bem.

Deixei escapar um som que era meio riso meio soluço.

— Só você poderia contemplar a morte iminente e dizer "tudo bem".

Ele sorriu e afastou o meu cabelo do rosto manchado por lágrimas.

— Que tal "Oh, não!"?

— Maly, se eu tivesse sido mais forte...

— Se eu tivesse sido mais forte, teria perfurado seu coração com uma faca.

— Eu queria que você tivesse feito isso — sussurrei.

— Bem, eu não queria.

Eu observei nossas mãos dadas.

— Maly, o que o Darkling disse na clareira sobre eu e ele. Eu não... Eu nunca...

— Isso não importa.

Levantei o rosto para fitá-lo.

— Não?

— Não — disse ele, com um pouco de força demais.

— Não sei se consigo acreditar em você.

— Talvez eu mesmo não acredite ainda, não completamente, mas é a verdade. — Ele segurou minhas mãos com mais força, junto ao seu coração. — Eu não me importo se você dançou pelada no telhado do Pequeno Palácio com ele. Eu te amo, Alina, até a parte de você que amava ele.

Eu queria negar, apagar isso, mas não podia. Outro soluço me sacudiu.

— Eu odeio ter pensado... que eu um dia...

— Você me culpa por todos os erros que eu já cometi? Por cada garota com quem me envolvi? Por cada coisa estúpida que já falei? Porque se a gente começar a puxar um histórico de coisas idiotas, você sabe quem vai ganhar.

— Não, eu não culpo você. — Eu consegui um pequeno sorriso. — Muito.

Ele sorriu de canto de boca e meu coração saltou como sempre fazia.

— Nós encontramos o caminho de volta um para o outro, Alina. É só isso que importa.

Ele me beijou pelas barras, o ferro frio pressionando contra a minha bochecha conforme seus lábios encontravam os meus.

Nós ficamos juntos aquela última noite. Conversamos sobre o orfanato, o tom irritado da voz de Ana Kuya, o gosto de licor de cereja roubado, o cheiro de capim recém-cortado na nossa campina; sobre como sofremos no calor do verão e buscamos o conforto gelado do chão de mármore da sala de música, a jornada que fizemos juntos para chegar ao serviço militar, os violinos suli que escutamos na nossa primeira noite longe da única casa da qual podíamos nos lembrar.

Contei a ele a história do dia em que estava consertando cerâmica com uma das empregadas na cozinha em Keramzin, esperando que ele voltasse de uma das caçadas que o levavam para longe de casa com cada vez mais frequência. Eu tinha quinze anos e estava no balcão, tentando em vão colar as peças irregulares de um copo azul. Quando o vi cruzando os campos, corri para a porta e acenei. Ele me viu e começou a correr.

Eu atravessei o quintal até ele devagar, vendo-o chegar mais perto, espantada com o modo como meu coração pulava em meu peito. Então ele me ergueu e me girou, e eu me segurei nele, aspirando seu cheiro doce e familiar, chocada com o quanto tinha sentido a falta dele. Estava vagamente ciente de que ainda segurava uma lasca do copo azul, e que ela estava perfurando a palma da minha mão, mas não queria soltar.

Quando ele finalmente me colocou no chão e rumou para a cozinha a fim de saborear seu almoço, eu fiquei lá, minha palma pingando sangue, a cabeça ainda girando, consciente de que tudo tinha mudado.

Ana Kuya tinha me dado uma bronca por sujar de sangue o chão limpo da cozinha. Ela colocou um curativo na minha mão e me disse que iria sarar. Mas eu sabia que continuaria a doer.

No silêncio da cela, Maly beijou a cicatriz na minha palma, a ferida causada pela borda daquele copo quebrado havia tanto tempo, uma coisa frágil que achei que não tinha como consertar.

Nós adormecemos no chão, as bochechas encostadas entre as barras, as mãos apertadas com força. Eu não queria dormir. Queria aproveitar cada momento com ele. Mas devo ter caído no sono porque sonhei de novo com o cervo. Desta vez, Maly estava comigo na clareira e era o sangue dele na neve.

Quando me dei conta, estava acordando com o som do portão sendo aberto acima de nós e dos passos de Ivan na escada.

Maly me fez prometer que não iria chorar. Disse que isso só tornaria as coisas mais difíceis para ele. Então engoli minhas lágrimas. Beijei-o uma última vez e deixei Ivan me levar.

Capítulo 22

SOL ESTAVA NASCENDO sobre Kribirsk quando Ivan me levou de volta para a minha tenda. Sentei em minha cama e olhei em volta sem atenção. Meus braços e pernas pareciam estranhamente pesados, minha mente vazia. Eu ainda estava sentada lá quando Genya chegou.

Ela me ajudou a lavar o rosto e vestir outra vez o *kefta* negro que usara no festival de inverno. Olhei para a seda e pensei em rasgá-la em pedacinhos, mas por algum motivo não conseguia me mover. Minhas mãos permaneceram frouxas do meu lado.

Genya me conduziu para a cadeira pintada. Fiquei imóvel conforme ela arrumava meu cabelo, empilhando-o na cabeça com laços e espirais fixados com pinos dourados, para destacar o colar de Morozova.

Quando terminou, ela pressionou sua bochecha contra a minha e me levou a Ivan, colocando minha mão em seu braço como uma noiva. Não trocamos nem uma palavra.

Ivan me levou para a tenda Grisha, onde assumi meu lugar ao lado do Darkling. Eu sabia que meus amigos estavam me encarando, sussurrando, se perguntando o que havia de errado. Eles provavelmente pensavam que eu estava nervosa sobre entrar na Dobra. Estavam enganados. Eu não estava nervosa ou com medo. Eu não sentia mais nada.

Os Grishas nos seguiram em um cortejo ordenado por todo o percurso até a doca seca. Lá, apenas alguns escolhidos tinham permissão de embarcar no esquife terrestre. Ele era maior do que qualquer embarcação que eu já tinha visto e equipado com três velas enormes ostentando o símbolo do Darkling. Vasculhei a multidão de soldados e Grishas no esquife. Sabia que Maly se encontrava a bordo em algum lugar, mas não podia vê-lo.

O Darkling e eu fomos escoltados para a frente do esquife, onde fui apresentada a um grupo de homens de roupas elaboradas com barbas loiras e olhos azuis penetrantes. Com um susto, me dei conta de que eram embaixadores fjerdanos. Do lado deles, em seda vermelha, estava uma delegação de Shu Han, e perto deles um grupo de comerciantes kerch em casacos curtos com curiosas mangas de sino. Um enviado do Rei estava com eles em vestimentas militares completas, seu cinturão azul-pálido com uma águia dourada dupla, uma expressão firme em seu semblante envelhecido.

Eu os analisei com curiosidade. Deve ter sido por isso que o Darkling adiou nossa viagem para a Dobra. Ele precisava de tempo para juntar um público apropriado, testemunhas que pudessem contar sobre seu novo poder. Mas até onde ele pretendia ir?

Um mau presságio me agitou, perturbando o entorpecimento agradável que tinha me tomado durante toda a manhã. O esquife balançou e começou a deslizar para a frente por cima da grama, na direção da névoa negra e misteriosa da Dobra. Três Conjuradores levantaram seus braços e as grandes velas estalaram para a frente, expandindo com o vento.

Na primeira vez que entrei na Dobra, tive medo da escuridão e da minha própria morte. Agora, a escuridão não significava nada para mim e eu sabia que logo a morte pareceria um presente. Eu sempre soube que teria que voltar ao Não Mar, mas olhando para trás me dei conta de que parte de mim ansiava por isso. Desejava a chance de provar a mim mesma o meu valor e, doía me lembrar disso, de agradar ao Darkling. Eu tinha sonhado com aquele momento, o momento de estar ao lado dele. Queria acreditar no destino que ele tinha me apresentado, que a órfã que ninguém queria mudaria o mundo e seria adorada por isso. O Darkling olhava fixamente para a frente, irradiando confiança e um ar à vontade. O sol tremeluziu e então começou a desaparecer de vista.

Um momento depois, estávamos na escuridão.

Por muito tempo, deslizamos pelo negrume, os Aeros Grishas impulsionando os esquifes adiante sobre a areia.

Então, a voz do Darkling ecoou.

— Fogo.

Enormes nuvens de chamas explodiram dos Infernais nas laterais do esquife, iluminando brevemente o céu noturno. Os embaixadores e até os guardas em volta de mim se inquietaram, nervosos.

O Darkling estava anunciando nossa posição, chamando os volcras diretamente para nós.

Não levou muito tempo para que eles respondessem, e um arrepio percorreu minha espinha quando ouvi a batida distante de asas coriáceas. Senti o medo se espalhar pelos passageiros do esquife e ouvi os fjerdanos começarem a rezar em sua língua melódica. Na luz do fogo dos Grishas, vi as silhuetas turvas de corpos escuros voando em nossa direção. Os gritos dos volcras cortaram o ar.

Os guardas sacaram seus rifles. Alguém começou a chorar. Mas ainda assim o Darkling esperou até que os volcras chegassem mais perto. Baghra tinha dito que os volcras foram homens e mulheres, vítimas do poder sobrenatural liberado pela cobiça do Darkling. Pode ter sido um truque da minha mente, mas achei que ouvi algo não apenas horrível, mas humano, em seus gritos.

Quando eles estavam quase em cima de nós, o Darkling segurou meu braço e disse simplesmente:

— Agora.

Aquela mão invisível agarrou o poder dentro de mim, e eu o senti se expandindo, atravessando a escuridão da Dobra, buscando a luz. Ela surgiu com uma velocidade e fúria que quase me derrubaram, irrompendo sobre mim em uma chuva de brilho e calor.

A Dobra estava acesa, luminosa como o meio-dia, como se sua escuridão impenetrável nunca tivesse existido. Eu vi uma longa extensão de areia esbranquiçar, carcaças do que pareciam ser naufrágios pontilhando o cenário morto e, acima de tudo isso, um bando numeroso de volcras. Eles gritavam aterrorizados, seus corpos cinzentos se contorcendo de modo nojento na luz brilhante do sol. *Essa é sua verdadeira face*, eu pensei conforme apertava os olhos na luz cegante. *Os similares se atraem*.

Essa era sua alma transformada em carne, a verdade sobre ele deixada nua no sol brilhante, despida de mistério e sombra. Essa era a verdade por trás do seu rosto charmoso e de seus poderes milagrosos, a verdade que era o espaço vazio e morto entre as estrelas, o espaço árido preenchido de monstros amedrontados.

Abra um caminho. Eu não tenho certeza se ele disse isso ou simplesmente pensou o comando que reverberou por mim. Impotente, deixei que a Dobra se fechasse em torno de nós enquanto eu concentrava a luz, formando um canal pelo qual os esquifes poderiam passar, cercado de ambos os lados por paredes de escuridão ondulante. Os volcras fugiram para o escuro, e eu podia ouvi-los gritando de raiva e confusão, como se estivessem atrás de uma cortina impenetrável.

Nós aceleramos pela areia pálida, a luz do sol se espalhando em ondas reluzentes diante de nós. Bem à frente, vi um lampejo de verde e percebi que vislumbrava o outro lado da Dobra das Sombras. Estávamos vendo Ravka Oeste, e conforme nos aproximávamos, eu podia enxergar suas pradarias, suas docas secas, a vila de Novokribirsk aninhada atrás dele. As torres de Os Kervo reluziam ao longe. Era minha imaginação ou podia sentir o cheiro penetrante e salgado do Mar Real no ar?

As pessoas estavam deixando a vila e se amontoando nas docas secas, apontando para a luz que tinha dividido a Dobra diante deles. Eu vi crianças brincando na relva.

Eu podia escutar os trabalhadores da doca falando uns com os outros.

Após um sinal do Darkling, o esquife desacelerou e ele levantou os braços. Eu senti uma ponta de horror quando entendi o que estava prestes a acontecer.

— Eles são seu próprio povo! — gritei, desesperada.

Ele me ignorou e juntou as mãos produzindo um som similar ao de um trovão.

Parecia que estava tudo acontecendo devagar. Escuridão flutuava para fora de suas mãos. Quando ela encontrou a escuridão da Dobra, um som retumbante surgiu das areias mortas. As paredes negras do caminho que eu havia criado pulsavam e cresciam. *É como se estivessem respirando*, pensei aterrorizada.

O estrondo evoluiu para um rugido. A Dobra tremeu e balançou em volta de nós, e então irrompeu para a frente em uma maré terrível.

Um grito amedrontado surgiu da multidão nas docas à medida que a escuridão se precipitava sobre ela. As pessoas correram e eu vi seu medo, ouvi seus gritos conforme o tecido negro da Dobra se derramava sobre as docas secas e a vila, como uma onda se quebrando. A escuridão as envolveu e os volcras caíram sobre suas novas presas. Uma mulher carregando um menininho tropeçou, tentando escapar da escuridão ávida, mas ela foi engolida também.

Procurei dentro de mim desesperadamente, tentando encontrar uma forma de ampliar a luz, de afastar os volcras e oferecer algum tipo de proteção. Mas eu não podia fazer nada. Meu poder deslizava para fora do meu alcance, puxado de mim por aquela mão invisível, zombeteira. Eu desejei uma faca para enterrar no coração do Darkling, em meu próprio coração, qualquer coisa que fizesse aquilo parar.

O Darkling se virou para observar os embaixadores e o enviado do Rei. Seus rostos eram máscaras idênticas de horror e choque. O que quer que ele tenha visto ali o satisfez, porque o Darkling separou as mãos e a escuridão parou de avançar. O estrondo cessou.

Eu podia ouvir os gritos angustiados das pessoas perdidas na escuridão, os guinchos dos volcras, os sons de tiros de rifle. As docas secas tinham sumido. A vila de Novokribirsk não existia mais.

Estávamos observando os novos limites da Dobra.

A mensagem era clara: hoje tinha sido Ravka Oeste.

Amanhã, com a mesma facilidade, o Darkling poderia empurrar a Dobra para o norte rumo a Fjerda, ou para o sul dos shu han. Ela poderia devorar países inteiros e empurrar os inimigos do Darkling para o mar. Quantas pessoas eu tinha ajudado a matar? Por quantas mortes mais eu seria responsável?

Feche o caminho, comandou o Darkling. Eu não tinha escolha a não ser obedecer. Puxei a luz de volta até que ela circundou o esquife como um domo reluzente.

— O que você fez? — sussurrou o enviado, com a voz tremendo.

O Darkling se virou na direção dele.

— Você precisa ver mais?

— Era para você desfazer essa abominação, não a aumentar! Você massacrou ravkanos! O Rei nunca permitirá...

— O Rei fará o que lhe for ordenado ou avançarei com a Dobra das Sombras sobre as próprias paredes de Os Alta.

O enviado engasgou, sua boca abrindo e fechando sem produzir som. O Darkling virou-se para os embaixadores.

— Acho que vocês me entendem agora. Não existem mais ravkanos, fjerdanos, kerches ou shu han. Não existem mais fronteiras e não haverá mais guerras. De agora em diante, só existe a terra dentro da Dobra e a terra fora dela, e haverá paz!

— Paz sob suas condições — disse um dos shu han, com raiva.

— Isso não será tolerado — vociferou um fjerdano.

O Darkling olhou para eles e disse muito calmamente:

— Paz sob minhas condições. Ou suas preciosas montanhas e tundras abençoadas simplesmente cessarão de existir.

Com uma certeza devastadora, entendi que não eram ameaças vãs. Os embaixadores talvez torcessem para aquilo ser uma ameaça vazia, acreditando que a cobiça dele teria limites, mas logo entenderiam seu erro. O Darkling não hesitaria.

Ele não sentiria pesar. Sua escuridão consumiria o mundo, e ele nunca vacilaria.

O Darkling deu as costas para as expressões de choque e raiva da comitiva e se dirigiu aos Grishas e soldados no esquife.

— Contem a história do que viram hoje. Digam a todos que os dias de medo e incerteza terminaram. Os dias de lutas incessantes terminaram. Digam que viram uma nova era começar.

A multidão aplaudiu. Eu vi alguns soldados murmurando uns com os outros. Até alguns dos Grishas pareciam enervados. Mas a maioria dos rostos era de otimismo, triunfo e orgulho.

Eles estão sedentos por isso, entendi. Mesmo depois de ver do que ele é capaz, mesmo depois de ver seu próprio povo morrer. O Darkling não estava apenas oferecendo um modo de terminar a guerra, mas um fim da fraqueza. Depois de todos aqueles longos anos de terror e sofrimento, ele lhes daria algo que sempre parecera fora do alcance: a vitória. E apesar de seu medo, eles o amavam por isso.

O Darkling fez um sinal para Ivan, que estava atrás dele esperando por ordens.

— Traga o prisioneiro.

Levantei os olhos abruptamente, uma nova sensação de medo me percorrendo enquanto Maly era levado pela multidão para a balaustrada, suas mãos atadas.

— Nós voltaremos para Ravka — disse o Darkling. — Mas o traidor fica.

Antes que eu percebesse o que estava acontecendo, Ivan empurrou Maly pela borda do esquife. Os volcra guincharam e bateram suas asas. Eu corri para a balaustrada. Maly estava de lado na areia, ainda dentro do círculo protetor da minha luz. Ele cuspiu areia da boca e se levantou usando as mãos presas.

— Maly! — gritei.

Sem pensar, eu me virei para Ivan e o soquei com força na boca. Ele tropeçou contra o corrimão, espantado, e então se lançou na minha direção. *Ótimo*, pensei quando ele me segurou.

Jogue-me também.

— Pare — disse o Darkling, sua voz como gelo. Ivan fez uma careta, seu rosto vermelho de vergonha e raiva. Ele relaxou a mão, mas não me soltou.

Eu podia ver a confusão das pessoas no esquife. Elas não sabiam do que se tratava esse show, por que o Darkling se importava com um desertor ou por que sua Grisha mais valiosa tinha acabado de socar o homem que era seu braço direito.

Puxe de volta. O comando me percorreu e olhei para o Darkling com horror.

— Não! — falei desesperada. Mas não podia parar, e o domo de luz começou a se contrair. Maly olhou para mim enquanto o círculo se apertava em torno do esquife, e se Ivan não estivesse me segurando, o olhar de arrependimento e amor em seus olhos azuis teria me prostrado de joelhos. Eu lutei com todas as minhas forças, cada reserva que tinha, tudo que Baghra havia me ensinado, e nada adiantou diante do poder do Darkling sobre mim. A luz encolhia para perto do esquife.

Segurei o corrimão e gritei com raiva e pesar, as lágrimas descendo pelo meu rosto. Maly estava na fronteira do círculo de luz agora. Eu podia ver as silhuetas dos volcras na escuridão serpente, ouvir o bater de suas asas. Ele poderia ter corrido, chorado, se agarrado às laterais do esquife até que a escuridão o encontrasse, mas não fez nada disso. Ele permaneceu estoico diante do breu que se aproximava.

Apenas eu tinha o poder de salvá-lo, e estava impotente. Em um piscar de olhos, a escuridão o engoliu. Eu o ouvi gritar. A memória do cervo surgiu diante de mim, tão vívida que por um momento a clareira nevada tomou minha visão, sua imagem transposta sobre a paisagem estéril da Dobra. Eu podia cheirar os pinhos, sentir o ar gelado nas minhas bochechas. Eu me lembrei dos olhos negros e líquidos do cervo, do vapor de sua respiração na noite fria, do momento em que soube que não poderia tirar sua vida. E finalmente entendi por que o cervo tinha aparecido todas as noites em meus sonhos.

Achei que o cervo estivesse me assombrando, um lembrete do meu fracasso e do preço da minha fraqueza. Mas estava errada.

O cervo estava me mostrando a minha força – não apenas o preço da piedade, mas o poder que ela conferia. E piedade era algo que o Darkling nunca entenderia.

Eu tinha poupado a vida do cervo. O poder daquela vida pertencia a mim com tanta certeza quanto pertencia ao homem que a tinha tomado.

Eu arfei com a onda de entendimento me inundando, e senti aquela pegada invisível fraquejar. Meu poder voltou para as minhas mãos. Uma vez mais, estava na cabana de Baghra, chamando a luz pela primeira vez, sentindo-a correr para mim, tomando posse do que era meu por direito. Esse era meu destino. Jamais deixaria alguém me separar dele novamente.

Luz explodiu de mim, pura e decisiva, inundando o lugar escuro onde Maly estava apenas alguns momentos atrás. Os volcras que o estavam segurando gritaram e o soltaram. Maly caiu de joelhos, sangue escorrendo de seus ferimentos enquanto minha luz o envolvia e empurrava os volcras de volta para a escuridão.

O Darkling pareceu momentaneamente confuso. Ele estreitou os olhos e eu senti o peso da sua mente cair sobre mim de novo, aquela mão invisível apertando. Eu a rejeitei. Ela era insignificante.

Ele era insignificante.

— O que é isso? — ele sibilou. Ele levantou as mãos e novelos de escuridão deslizaram em minha direção, mas queimaram como névoa a um gesto meu.

O Darkling avançou, seu rosto charmoso contorcido em fúria. Minha mente estava trabalhando freneticamente. Eu sabia que ele gostaria de me matar ali mesmo, mas não podia, não com os volcras circulando ao redor da luz que só eu podia fornecer.

— Agarrem-na! — ele gritou para os guardas que nos cercavam.

Ivan esticou as mãos.

Eu senti o peso do colar no meu pescoço, o ritmo estável do coração ancião do cervo batendo junto ao meu.

Meu poder cresceu dentro de mim, sólido e sem hesitação, uma espada em minha mão.

Eu levantei o braço e fiz um gesto de corte. Com um estalo de romper os tímpanos, um dos mastros do esquife se partiu em dois. As pessoas gritaram em pânico e correram enquanto o mastro quebrado caía no convés, sua madeira grossa brilhando com luz ardente. O rosto do Darkling registrava seu choque.

— O Corte! — Ivan bafejou, dando um passo para trás.

— Para trás — avisei.

— Você não é uma assassina, Alina — disse o Darkling.

— Acho que os ravkanos que você acabou de massacrar com a minha ajuda discordariam dessa afirmação.

O pânico começava a se alastrar pelo esquife. Os oprichniki pareciam cautelosos, mas se espalhavam para me cercar mesmo assim.

— Vocês viram o que ele fez com aquelas pessoas! — eu gritei para os guardas e Grishas ao meu redor. — É esse o futuro que vocês querem? Um mundo de escuridão? Um mundo refeito à imagem do Darkling? — Eu vi sua confusão, sua raiva e medo. — Não é tarde demais para impedi-lo. Ajudem-me! — implorei. — Por favor, me ajudem. — Mas ninguém se moveu. Soldados e Grishas permaneceram congelados no convés. Eles estavam com medo demais, medo dele e de um mundo sem a sua proteção.

Os oprichniki se aproximavam aos poucos. Eu tinha que fazer uma escolha.

Maly e eu não teríamos outra oportunidade.

Assim seja, pensei.

Olhei de relance por sobre meu ombro, torcendo para que Maly entendesse, e então corri para a lateral do esquife.

— Não deixem que ela alcance o corrimão! — o Darkling gritou.

Os guardas correram em minha direção. E eu deixei a luz se apagar.

Nós mergulhamos na escuridão. As pessoas gritaram e, acima de nós, ouvi os volcras guinchando. Minhas mãos esticadas para a frente alcançaram a balaustrada. Eu passei por baixo dela e me joguei na areia, rolando até ficar em pé e correndo cegamente em direção a Maly, enquanto jogava a luz na minha frente em um arco.

Atrás de mim, podia ouvir os sons da carnificina no esquife conforme os volcras atacavam e nuvens de fogo Grisha explodiam na escuridão. Mas eu não podia pensar nas pessoas deixadas para trás.

Meu arco de luz iluminou Maly, agachado na areia.

Os volcras pairando sobre ele guincharam e giraram rumo às sombras. Eu corri para ele e o coloquei de pé.

Uma bala bateu na areia perto de nós e eu deixei a escuridão nos envolver novamente.

— Parem de atirar! — ouvi o Darkling gritando acima do caos do esquife. — Precisamos dela viva!

Joguei outro arco de luz, espalhando os volcras que flutuavam ao nosso redor.

— Você não pode fugir de mim, Alina! — o Darkling gritou.

Eu não podia deixar que ele viesse atrás de nós. Eu não podia correr o risco de ele sobreviver. Mas odiei o que precisava fazer. Os outros no esquife não quiseram me ajudar, mas será que mereciam ser abandonados aos volcras?

— Você não pode nos deixar aqui para morrer, Alina! — o Darkling gritou. — Se der esse passo, você sabe onde vai parar.

Senti um riso histérico se formando dentro de mim. Eu sabia. Eu sabia que me tornaria mais parecida com ele.

— Você me implorou por piedade uma vez — ele gritou pelas extensões mortas da Dobra, mais alto que os guinchos famintos dos horrores que havia criado. — É essa a sua ideia de piedade?

Outra bala ricocheteou na areia, a poucos centímetros de nós. *Sim*, pensei conforme o poder surgia dentro de mim, *é a piedade que você me ensinou*.

Ergui minha mão e a baixei em um arco brilhante, cortando o ar. Um estalo de estremecer o chão ecoou pela Dobra quando o esquife terrestre foi dividido em dois. Gritos terríveis preencheram o ar e os volcras guincharam em frenesi.

Peguei o braço de Maly e produzi um domo de luz ao nosso redor. Nós corremos, tropeçando pela escuridão, e logo os sons de batalha diminuíram enquanto deixávamos os monstros para trás.

EMERGIMOS DA DOBRA em algum lugar ao sul de Novokribirsk e demos nossos primeiros passos em Ravka Oeste. O sol da tarde estava claro, a grama da campina verde e bonita, mas não paramos para apreciá-los. Estávamos cansados, famintos e feridos, mas nossos inimigos não descansariam, e nós também não podíamos descansar.

Caminhamos até encontrar abrigo em um pomar e nos escondemos lá até escurecer, com medo de sermos vistos e lembrados.

O ar estava repleto do cheiro de flores de maçã, mas as frutas eram muito pequenas e verdes para comer.

Havia um balde cheio de água fétida da chuva debaixo da nossa árvore, e o usamos para lavar as piores manchas da camisa ensanguentada de Maly. Ele tentou não fazer careta ao puxar o tecido rasgado por cima da cabeça, mas não tinha como disfarçar as feridas profundas que as garras dos volcras tinham deixado na pele lisa do seu ombro e das costas.

Quando a noite caiu, começamos a nossa viagem para a costa. Por um breve momento, me preocupei achando que pudéssemos estar perdidos. Mas mesmo em um país estranho, Maly encontrou o caminho.

Um pouco antes do amanhecer, subimos um morro e vimos a ampla Baía de Alkhem e as luzes brilhantes de Os Kervo abaixo de nós. Sabíamos que precisávamos nos afastar da estrada. Ela logo estaria fervilhando de comerciantes e viajantes que, com certeza, notariam um rastreador ferido e uma garota vestindo um *kefta* preto. Mas não pudemos resistir ao nosso primeiro vislumbre do Mar Real.

O sol se levantou atrás de nós, luz rosa refletindo nas torres esguias da cidade, e então em fragmentos dourados nas águas da baía. Eu vi a vastidão do porto, os grandes navios flutuando no ancoradouro e além daquele ponto azul, azul e mais azul. O mar parecia continuar para sempre, se esticando em um horizonte impossivelmente distante. Eu tinha visto muitos mapas. Eu sabia que havia terra lá fora em algum lugar, depois de longas semanas de viagem e quilômetros de oceano. Mas ainda tinha a sensação vertiginosa de que estávamos na beira do mundo. Uma brisa veio da água, carregando o cheiro de sal e umidade, os gritos distantes das gaivotas.

— É simplesmente tão vasto — disse eu, por fim.

Maly assentiu. Então ele se virou para mim e sorriu.

— Um bom lugar para se esconder.

Ele esticou a mão e deslizou-a em meu cabelo. Puxou um dos pinos dourados no meio dos cachos desalinhados. Senti uma mecha se soltar e deslizar pelo meu pescoço.

— Para comprar roupas — disse ele, colocando o pino no bolso.

No dia anterior, Genya tinha colocado esses pinos dourados em meu cabelo. Eu nunca a veria novamente, nunca veria qualquer um deles.

Meu coração apertou. Eu não sabia se Genya tinha realmente sido minha amiga em algum momento, mas sentiria falta dela mesmo assim.

Maly me deixou esperando perto da estrada, escondida em um grupo de árvores. Concordamos que seria mais seguro para ele entrar em Os Kervo sozinho, mas era difícil vê-lo partir.

Ele tinha me pedido para descansar, mas, depois que se foi, eu não conseguia dormir. Eu podia sentir o poder vibrando pelo meu corpo, o eco do que havia feito na Dobra. Minha mão subiu para a gargantilha no meu pescoço. Eu nunca tinha sentido algo assim, e parte de mim queria sentir aquilo de novo.

E as pessoas que você deixou lá?, disse uma voz na minha cabeça que eu desesperadamente queria ignorar. Embaixadores, soldados, Grishas. Eu praticamente os tinha condenado, e não podia nem ter certeza de que o Darkling estava morto. Ele tinha sido destroçado pelos volcras? Os homens e mulheres condenados do Vale de Tula tinham finalmente se vingado do Herege Negro? Ou será que ele estava naquele exato momento correndo atrás de mim pela extensão morta do Não Mar, pronto para saborear seu próprio tipo de acerto de contas?

Eu tremi e andei de um lado para outro, me retraindo a cada som.

No final da tarde, estava convencida de que Maly tinha sido identificado e capturado. Quando ouvi passos e vi sua silhueta familiar emergindo por entre as árvores, quase solucei de alívio.

— Algum problema? — perguntei hesitante, tentando esconder meu nervosismo.

— Nenhum — disse ele. — Nunca vi uma cidade tão cheia. Ninguém me olhou duas vezes.

Ele vestia uma camisa nova e um casaco que não cabia muito bem nele, e seus braços estavam cheios de roupas para mim. Um vestido que parecia um saco, de uma cor vermelha tão gasta que era quase laranja, e um casaco maltrapilho de cor mostarda. Ele os passou para mim e então, educadamente, virou de costas para que eu pudesse me trocar.

Eu me atrapalhei com os pequenos botões pretos do *kefta*. Parecia haver milhares deles. Quando a seda finalmente deslizou pelos meus ombros e se acumulou aos meus pés, senti um grande peso ser tirado de mim. O ar fresco da primavera pinicava minha pele nua e, pela primeira vez, ousei ter esperança de que pudéssemos estar realmente livres. Mas esmaguei esse pensamento. Até saber que o Darkling estava morto, não poderia respirar aliviada.

Puxei o vestido de lã grossa e o casaco mostarda.

— Você comprou de propósito as roupas mais feias que encontrou? Maly se virou para me olhar e não consegui evitar um sorriso.

— Eu comprei as *primeiras* roupas que consegui encontrar — ele disse. Então seu sorriso se apagou. Ele tocou meu queixo gentilmente, e, quando falou de novo, sua voz era baixa e pura. — Eu nunca mais quero ver você de preto.

Eu o encarei nos olhos.

— Nunca — sussurrei.

Ele puxou do bolso do seu casaco um longo lenço vermelho. Gentilmente, enrolou-o em meu pescoço, escondendo o colar de Morozova.

— Pronto — disse ele, sorrindo novamente. — Perfeito.

— O que farei quando o verão chegar? — eu ri.

— Até lá teremos encontrado uma maneira de nos livrar dele.

— Não! — falei abruptamente, surpresa de ver quanto a ideia me aborrecia. Maly se retraiu, surpreso. — Não podemos nos livrar dele — expliquei. — É a única chance de Ravka de se libertar da Dobra das Sombras.

Isso era verdade, mas não toda a verdade. Precisávamos do colar, realmente.

Era um seguro contra a força do Darkling e uma promessa de que um dia voltaríamos a Ravka e encontraríamos uma forma de resolver tudo. Mas o que eu não podia dizer a Maly era que o colar pertencia a mim, que o poder do cervo era como uma parte de mim agora, e eu não tinha certeza de que queria abrir mão dele.

Maly me observou com as sobrancelhas franzidas. Pensei nos avisos do Darkling, no olhar vazio que vi em seu rosto e no de Baghra.

— Alina…

Tentei um sorriso reconfortante.

— Nós nos livraremos dele — prometi. — Assim que pudermos.

Alguns segundos se passaram.

— Tudo bem — ele disse, finalmente, mas sua expressão ainda era de cautela. Então ele cutucou o *kefta* amassado com a ponta da bota. — O que devemos fazer com isso?

Eu olhei para a pilha de seda esfarrapada e senti raiva e vergonha.

— Vamos queimá-lo — falei. E assim o fizemos.

Enquanto as chamas consumiam a seda, Maly puxou lentamente o restante dos pinos dourados dos meus cachos, um por um, até que meu cabelo se soltou sobre os ombros. Gentilmente, ele moveu-o para o lado e beijou meu pescoço, bem acima do colar.

Quando as lágrimas começaram a cair, ele me puxou para perto e me segurou, até que não houvesse nada além de cinzas.

DEPOIS

O GAROTO E A GAROTA estão de pé na balaustrada do navio, um navio de verdade que balança na superfície agitada do Mar Real.

— *Bom dia, fentomen!* — um ajudante de convés grita para eles enquanto passa, com os braços cheios de cordas.

Toda a tripulação do navio os chama de *fentomen*. É a palavra em kerch para fantasmas.

Quando a garota pergunta o motivo ao contramestre, ele ri e diz que é por serem tão pálidos, e por causa do modo como ficam silenciosos na balaustrada do navio, observando o mar por horas, como se nunca tivessem visto água antes. Ela sorri e não conta a verdade: que eles precisam manter os olhos no horizonte. Eles procuram um navio com velas negras.

O *Verloren* de Baghra havia partido fazia muito tempo, então eles se esconderam nas favelas de Os Kervo até que o garoto pudesse usar os pinos dourados do cabelo dela para comprar passagens em outro navio. A cidade fervilhava com o horror dos eventos de Novokribirsk. Alguns culpavam o Darkling. Outros culpavam os shu han ou os fjerdanos. Alguns até diziam que era obra divina dos Santos raivosos.

Começaram a chegar rumores sobre os estranhos acontecimentos em Ravka. Eles ouviram dizer que o Apparat tinha desaparecido, que tropas estrangeiras estavam se mobilizando nas fronteiras, que o Primeiro e o Segundo Exércitos estavam ameaçando entrar em guerra um com o outro, e que a Conjuradora do Sol estava morta. Esperaram para ouvir algo sobre a morte do Darkling na Dobra, mas essa notícia nunca veio.

À noite, o garoto e a garota deitam abraçados no bojo do navio. Ele a segura com força quando ela desperta de outro pesadelo, seus dentes rangendo, seus ouvidos ecoando os gritos aterrorizados dos homens e mulheres que ela deixou para trás no esquife quebrado, seus braços e pernas tremendo ao relembrar o poder.

— Está tudo bem — ele sussurra na escuridão. — Está tudo bem.

Ela quer acreditar nele, mas está com medo demais para fechar os olhos. O vento faz as velas rangerem. O navio sussurra em volta deles. Estão sozinhos novamente, como estavam quando jovens, escondendo-se de outras crianças, do mau humor de Ana Kuya, das coisas que pareciam se mover e se arrastar no escuro.

Eles são órfãos novamente, sem um lar verdadeiro exceto um pelo outro e por qualquer vida que possam construir juntos do outro lado do mar.

Leia um trecho de *SOL E TORMENTA*,
o próximo volume da série:

Capítulo 1

Estávamos em Cofton havia duas semanas e eu ainda me perdia. A cidade ficava no interior, a oeste da costa de Novyi Zem, longe do porto onde descemos. Em breve avançaríamos mais, para dentro dos confins da fronteira zemeni. Talvez, então, começássemos a nos sentir seguros.

Verifiquei um pequeno mapa que tinha desenhado para mim e recalculei meus passos. Maly e eu nos encontrávamos todo dia após o trabalho para caminhar juntos de volta para a pensão, mas hoje eu tinha ficado completamente desorientada quando desviara do caminho para comprar a janta. O vitelo e as tortas de repolho foram enfiados na minha bolsa e exalavam um cheiro muito peculiar. O dono da loja disse que eram iguarias zemeni, mas eu tinha minhas dúvidas. Isso não importava muito. Ultimamente, tudo tinha gosto de cinzas para mim.

Maly e eu tínhamos vindo a Cofton para encontrar um trabalho que pudesse financiar nossa viagem para oeste. A cidade ficava no centro da rota da *jurda*, cercada de campos com as pequenas flores laranja que as pessoas mascavam em grande quantidade. O estimulante era considerado um luxo em Ravka, mas alguns dos marinheiros a bordo do *Verrhader* o tinham usado para se manterem acordados em vigílias longas. Os homens zemenis gostavam de comprimir as pétalas secas entre os lábios e a gengiva, e até mesmo as mulheres as carregavam em algibeiras bordadas que pendiam de seus pulsos. A vitrine de cada loja pela qual eu passava anunciava marcas diferentes: Folha Brilhante, Sombra, Dhoka, Nodosa. Vi uma menina belamente vestida com anáguas se inclinar e cuspir um jato de suco cor de ferrugem direto em uma das escarradeiras de latão que ficavam do lado de fora de todas as lojas. Quase engasguei de nojo. Ali estava um costume zemeni com o qual eu não planejava me acostumar.

Com um suspiro de alívio, virei-me para a via principal da cidade. Pelo menos agora sabia onde estava. Cofton ainda não parecia exatamente real para mim. Havia algo bruto e inacabado nela. A maioria das ruas não era pavimentada, e eu sempre tinha a sensação de que as construções de telhados planos, com suas paredes frágeis de madeira, iam desabar a qualquer minuto. E, ainda assim, todas tinham janelas de vidro. As mulheres se vestiam de veludo e rendas. As vitrines das lojas estavam repletas de doces, bugigangas e todo tipo de ornamentos em vez de rifles, facas e panelas. Aqui, até os mendigos usavam sapatos. Era essa a aparência de um país quando não estava sob cerco.

Quando passei por uma loja de gim, percebi com o canto do olho um flash de carmesim. Corporalki. Recuei na mesma hora, encolhendo-me no espaço escuro entre duas construções, o coração ribombando, minha mão já procurando a pistola na cintura.

Adaga primeiro, eu me lembrei, deslizando a lâmina da minha manga. *Tente não chamar atenção. Pistola, se precisar. Usar o poder somente em último caso.* Não pela primeira vez, senti falta das luvas feitas pelos Fabricadores que eu havia deixado para trás, em Ravka. Elas eram revestidas de espelhos que me permitiam cegar oponentes com facilidade em uma luta mano a mano, além de serem uma boa alternativa para dividir alguém ao meio com o Corte. Mas, se fosse localizada por um Sangrador Corporalnik, eu poderia não ter escolha. Eles eram os soldados favoritos do Darkling e podiam parar meu coração ou esmagar meus pulmões sem acertar um soco.

Esperei, a mão escorregadia no punho da adaga. Então, finalmente me atrevi a espiar em volta da parede. Vi um carrinho com uma pilha alta de barris. O condutor havia parado para conversar com uma mulher cuja filha dançava impaciente atrás dela, balançando e girando em sua saia vermelho-escura.

Apenas uma menininha. Nenhum Corporalnik à vista. Eu me afundei de volta no espaço entre as casas e respirei fundo, tentando me acalmar.

Não será assim para sempre, disse a mim mesma. *Quanto mais tempo permanecer livre, mais fácil ficará.*

Um dia eu acordaria de uma noite de sono sem pesadelos, caminharia pela rua sem medo. Até lá, manteria minha adaga frágil por perto e desejaria o peso firme do aço Grisha na minha mão.

Retomei meu caminho pela rua movimentada e segurei o lenço em volta do pescoço, apertando-o mais. Aquele tinha se tornado um hábito nervoso. Sob o lenço estava o colar de Morozova, o mais poderoso amplificador já conhecido, e o único modo de me identificarem. Sem ele, eu era apenas mais uma refugiada ravkana, suja e malnutrida.

Eu não tinha certeza do que faria quando o clima mudasse. Não poderia andar por ali vestindo cachecóis e casacos de gola alta quando o verão chegasse. Mas, até lá, com alguma sorte, Maly e eu estaríamos longe de cidades populosas e perguntas indesejadas. Estaríamos por nossa própria conta pela primeira vez desde que fugíramos de Ravka. O pensamento me fez tremer de nervoso.

Atravessei a rua, desviando de carroças e cavalos, ainda vasculhando a multidão com a certeza de que a qualquer momento veria uma tropa de Grishas ou *oprichniki* descendo na minha direção. Ou talvez fossem os mercenários shu han, ou assassinos fjerdanos, ou os soldados do Rei ravkano, ou quem sabe o próprio Darkling. Tantas pessoas poderiam estar nos caçando. Ou melhor, *me caçando*. Se não fosse por mim, Maly ainda seria um rastreador do Primeiro Exército, e não um desertor fugindo para sobreviver.

Uma lembrança veio espontaneamente à minha mente: cabelos negros, olhos de ardósia, o rosto triunfante do Darkling enquanto liberava o poder da Dobra. Antes que eu arrancasse a vitória dele.

Era fácil conseguir notícias em Novyi Zem, mas nenhuma delas era boa. Havia rumores de que o Darkling tinha, de algum modo, sobrevivido à batalha na Dobra, que se recolhera para reunir suas forças antes de tentar conquistar o trono ravkano novamente. Eu não queria acreditar que isso fosse possível, mas sabia que era melhor não o subestimar. As outras histórias eram igualmente perturbadoras: a Dobra tinha começado a transbordar em suas margens, empurrando refugiados para leste e oeste; havia surgido um culto para uma Santa que podia conjurar o sol. Eu não queria pensar nisso. Maly e eu tínhamos uma nova vida agora. Tínhamos deixado Ravka para trás.

Leia também, de Leigh Bardugo

Trilogia Sombra e Ossos
Visite, em Ravka, um mundo de magia e superstição, onde nem tudo é o que parece ser. Soldado. Conjuradora. Santa. Descubra como tudo começou...

Duologia Nikolai
Conheça um dos personagens mais cativantes do Grishaverso, Nikolai Lantsov!

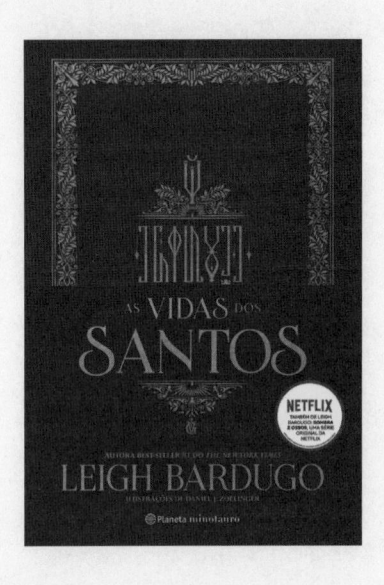

As Vidas dos Santos

Nesta réplica ilustrada de *As vidas dos Santos – o Istorii Sankt'ya –*, conheça as incríveis histórias da mitologia fantástica criada por Leigh Bardugo, em uma coletânea de contos retirados diretamente do Grishaverso.

Nona Casa

A fascinante estreia adulta de Leigh Bardugo: uma história de poder, privilégio, magia negra e assassinato, ambientada na elite da Ivy League.

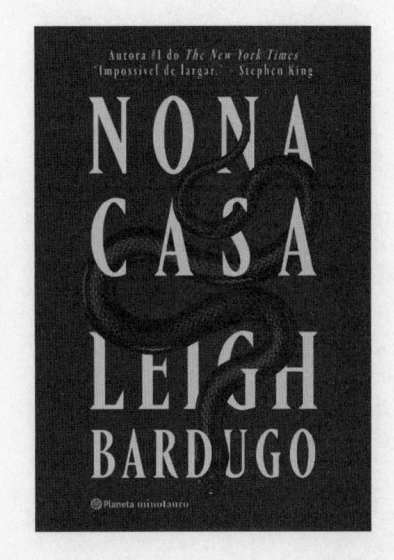

Editora Planeta Brasil | 20 ANOS

Acreditamos nos livros

Este livro foi composto em Dante MT Std e impresso pela Geográfica para a Editora Planeta do Brasil em novembro de 2023.